FUSION FANTASTIC STORY

마스터
대전

최영채 퓨전 판타지 소설

마스터대전 1

최영채 퓨전 판타지 소설

초판 1쇄 찍은 날 § 2008년 3월 17일
초판 1쇄 펴낸 날 § 2008년 3월 27일

지은이 § 최영채
펴낸이 § 서경석

편집장 § 문혜영
편집책임 § 이재권

펴낸곳 § 도서출판 청어람
등록번호 § 제1081-1-89호
등록일자 § 1999. 5. 31
어람번호 § 제1-0955호

주소 § 경기도 부천시 원미구 심곡1동 350-1 남성B/D 3F (우) 420-011
전화 § 032-656-4452 팩스 § 032-656-4453
http://www.chungeoram.com
E-mail § eoram99@chollian.net

ⓒ 최영채, 2008

ISBN 978-89-251-1234-3 04810
ISBN 978-89-251-1233-6 (세트)

The Duel of Master

1

마스터 대전

최영채 퓨전 판타지 소설
FUSION FANTASTIC STORY

청람

CONTENTS

■ 작가의 말

독자 여러분 사과드리겠습니다.

이렇게 권두언(卷頭言)을 남기게 된 것은 새로운 작품으로 여러분을 찾아뵙게 되어 반가운 생각이 들면서도 이전에 황급히 끝을 맺었던 졸작에 대해 사과를 드리기 위해섭니다.

오래전부터 생각해 왔던 작품이라 일단 시작은 했습니다만, 생각지도 못했던 많은 난관이 생겼습니다.

오랫동안 간절히 바라던 결혼을 하게 되었지만, 건강상의 이유로 병원도 다녀야 했습니다. 이렇게 환경이 바뀌다 보니 작품에 많은 신경을 쓰지 못했던 것도 사실이고, 또 황급하게 몇 권 분량을 줄여서 끝을 맺은 것도 사실입니다.

독자 여러분께 진심으로 사과를 드리겠습니다.

    그동안 새로운 작품을 준비하면서 몇 권을 다시 쓰고, 몇 번의 수정을 거치느라 고생도 했습니다만, 열과 성의를 다해 준비했습니다. 책을 읽는 동안만이라도 잠시 복잡하고 힘든 현실을 잊을 수 있다면 그것만으로도 전 무척이나 행복하겠습니다.

    앞으로는 더욱 좋은 작품을 독자 여러분께 소개할 수 있도록 최선의 노력을 아끼지 않겠습니다.

                                        울진군 후포에서 최영채 배상(拜上).

프롤로그 1. 9,574

① 1

젠장··· X팔··· 니X미 X도·······.

욕이 튀어나오지 않는 게 더 이상한 상황이다.

이게 얼마 만에 경험하는 정상적인 삶인데, 불과 20년도 못 채우고 또다시 이렇게 황당하고 어이없게 이승을 떠나야만 한단 말인가?

그것도 변심한 애인이 결혼하겠다고 보낸 청첩장 때문에 미쳐 버린 또라이 같은 어떤 멍청한 놈 때문에 말이다.

지금 이 글을 읽는 당신은 지금부터 내 억울한 이야기를 자세히 보고 내가 얼마나 억울하게 죽었는지 한번 생각해 보시길 바란다.

사건이 벌어진 그날, 나는 지친 몸을 이끌고 보습학원으로 가기 위해 버스를 기다리고 있었다.

2

부앙~ 빵빵~

끊임없이 귓전을 자극하는 자동차의 소음과 경적 소리가 오늘따라 유난히도 듣기 싫었다.

매일 듣던 자동차의 소음이 오늘따라 듣기 싫은 이유 하나는 내 신체 리듬이 바닥에 떨어지다 못해 아예 지면을 파고들 정도로 엉망이었기 때문이다. 하지만 그보다 더 큰 이유는 지금 내 가방 속에 들어 있는 한 장의 종이, 즉 시험 결과가 적혀 있는 성적표라는 종이 쪼가리 때문이었다.

학급에서 중간 정도인 내 실력을 증명하는 19라는 석차에서 5를 유지하기만 했다면 지금과 같은 걱정은 할 필요도 없는 일이었다. 하지만 32라는 이 아라비아 숫자는 내가 생각하기에도 스스로의 생존을 위험하게 만들기 충분했기에 이렇듯 길바닥에서 한숨만 내쉬고 있는 것이다.

차라리 학원을 제끼고, 친구 녀석들과 어른들 몰래 술이라도 한잔할까 생각도 했었다. 또 당구나 치면서 가족들이 모두 잠들 때까지 밖에서 시간을 보내다 들어갈까 하는 생각도 했었다. 하지만 그런 생각을 하다가도 화가 머리끝까지 나서 야구 방망이나 각목을 마구 휘두를 아버지가 생각나 결국 그냥 집으로 향하는 수밖에 없었다.

그렇게 버스 정류장에서 한숨만 푹푹 쉬고 있을 때 누군가가 나에게 말을 걸었다. 그것도 싸가지없이 반말로 말이다.

휴우~ 그렇지 않아도 사람 열받아 있는데… 오늘 그냥 사고 치고 개 값을 물고 말아?

"야! 옥수동으로 가는 버스가 몇 번이냐?"

느닷없이 들려오는 반말에 나는 상대방을 기죽일 목적으로 인상을 잔뜩 쓰며 숙이고 있던 고개를 번쩍 처들었다. 하지만 상대의 얼굴을 확인하는 순간 나는 급하게 인상을 풀며 상대에게 호감을 줄 수 있는 표정을 지으며 최대한 공손하게 대꾸했다.

"죄송하지만 잘 모르겠는데요?"

"뭐? 몰라? 정말 몰라?"

'쓰벌 놈이, 모른다면 그냥 갈 것이지 따지기는……'

"제가 그 동네에 살지 않아서 몇 번 버스가 옥수동으로 가는지 정말 몰라요, 형."

상대의 기분을 건드리지 않도록 최대한 부드러운 표정과 음성으로 대답했다. 그것도 나와는 혈연관계도 아닌 놈한테 형이라는 소리까지 하면서 말이다.

동시에 이 인상 더러운 인간에게 이렇게까지 아양을 떠는 내 신세가 너무나 한심스럽게 느껴졌다.

그렇지만 어쩌겠는가?

주먹은 코앞이었고, 준엄하기 이를 데 없다는 법을 수행해야 할 경찰들은 코빼기도 보이지 않는데 말이다.

그래도 내 목적지가 그가 말한 옥수동과는 정반대 방향이라는 것을 천만다행이라고 느끼하는 자신을 생각하면 너무나 한심해서 눈물이 다 나올 지경이었다.

분한 마음에 이를 갈면서—물론 속으로 말이다—다시 한 번 상대를 곁눈질로 순식간에 확인했다.

190㎝는 너끈히 넘을 정도의 키에 보통 사람의 두 배는 충분히 될 듯 보이는 쩍 벌어진 어깨, 보디빌더를 연상케 하는 울퉁불퉁한 근육질의 몸매, 특히 허벅지만큼이나 굵은 팔뚝이 인상적이었다. 하지만 그를 더욱 위압적이고 살벌하게 만든 것은 단연코 그의 얼굴이었다.

약간 얽은 듯한 얼굴은 울긋불긋한 혈색을 띠고 있어 보기에 너무나 역겨웠다. 더더욱 엷은 눈썹은 아예 나지도 않은 것처럼 훤하게만 보였다.

가죽이 모자라 뚫어놓은 듯 보이는 토끼 똥 같은 눈은 파충류, 특히 독사의 눈처럼 번들거리고 있었고, 약간 비뚤어진 코와 한쪽으로 치솟은 입술은 균형이 맞지 않아 보는 사람의 눈을 거슬리게 만들기에 충분했다. 또 삶은 돼지 머리처럼 보이는 둥근 얼굴에 흐르는 개기름은 정말 역겨움의 극치였다. 더더구나 짧은 머리는 스스로 각두기임을 증명이라도 하는 것처럼 보였다.

생긴 것만 봐서는 가슴이나 등짝에 뱀이나 도마뱀의 문신이 있거나 팔뚝에 '차카게 살자'나 '일심(一心)'이라는 문신 쪼가리가 있다고 해도 조금도 이상할 것이 없어 보였다.

한시라도 빨리 눈앞의 이 재수없는 인간이 사라지기만을 간절히 바라면서 나는 오늘따라 평소처럼 여전히 운행 시간을 지키지 않는 버스를 원망하며 버스가 나타나기만을 기도했다.

마침내 그런 나의 간절한 기도가 하늘마저 감동시켰는지 드디어 29XX—2번 버스가 급하게 정류장으로 다가오는 모습이 보였다.

아마 내가 세상에 태어나 이렇게까지 단 하나의 행동에 몰입해 보기는 처음일 것이다.

좀 더 쉽고 간단하게 말하자면, 다가오는 버스를 향해 열심히, 정말 쌔빠지게 달렸다는 이야기다. 버스의 문이 열리자마자 단숨에 뛰어오른 난 교통카드로 요금을 계산하고 잠시도 망설이지 않고 버스의 가장 뒷부분으로 향했다.

하늘이 위험에 빠질 뻔한 날 위해 마련한 축복의 자리인지, 그렇지 않으면 별 볼일 없는 날 조롱하기 위해 마련한 저주의 자리인지 꼭 한 자리가 왼쪽 창가 쪽에 비어 있었다.

자연스럽게 자리에 앉은 나는 가쁜 숨을 몰아쉬며 엉뚱하게도 이번 기회를 통해 담배를 끊어야겠다는 심각한 고민을 하고 있을 때, 정말 믿을 수 없는 광경이 내 앞에 펼쳐졌다.

내가 버스 정류장에서 마주쳤던 그 빌어먹을 재수없는 깍두기가 하필이면 내가 탄 버스에 올라타는 비극적인 상황이 연출된 것이다.

'아니, 저 빌어먹을 자식이 왜 이 버스를 타는 거야? 호, 혹시 내 미모(?)를 노리고? 아니지, 아니야. 지금 이런 쓰잘 데 없는 생각을 할 때가 아니지. 그렇다면 저 빌어먹을 깍두기 자식은 왜 이 버스를 탔을까?

나는 정말 열심히, 찬바람이 아침저녁으로 부는 이 살벌한 계절에 반팔 꽃무늬 남방을 입고 날 따라 이 버스에 탄 깍두기의 저의에 대해 심각하게 고민하기 시작했다.

그러는 사이, 나를 발견했기 때문에 내 앞에 선 것인지, 아니면 우연히 그가 선 곳에 하필이면 내가 앉아 있었던 것인지 알 수 없는 뭣 같은 상황과 조우하게 된 것이었다.

눈앞에서 펄럭이는 꽃무늬 남방을 보면서 얼어붙은 듯 굳어진 내 육신과는 달리 내 머리는 과부하가 걸릴 정도로 정말 열심히, 또한 맹렬하게 생각하고 또 생각했다. 그리고 마침내 하나의 해답을 얻을 수 있었다.

정말 이 깍두기만 눈앞에 없었다면 크게 외쳤을 것이다.

'유레카!' 라고 말이다.

내가 정말 결정적인 실수를 했다는 사실을 깨달았기 때문이다.

이 빌어먹을 깍두기가 원하는 옥수동 방향으로 버스를 타려면 길 건너편으로 가야 한다는 사실을 가르쳐 주지 않았기 때문에 하필이면 친절하게 호의(?)를 베푼 내 꽁무니를 쫓아온 것이 분명하다는 것을 깨달은 것이다.

내가 베푼 멍청한 친절을 눈물로 후회하면서 이 뭣 같은 상황에서 벗어나기 위해 내가 어떤 노력을 해야 하는지 다시 한 번 심각하게 고민해야만 했다.

지금의 상황에서 벗어나려면 한시라도 빨리 이 버스에서 내리는 것이다. 하지만 그러려면 남산 위의 어떤 빌어먹을 소나무처럼 떡 버티고 서 있는 저 깍두기에게 말을 걸어 옆으로 비켜달라고 양해를 구해야 한다는 것이 바로 문제였다. 하지만 깍두기에게 말을 걸기는 정말 죽기보다 더 싫었다.

다음 해결 방법은 깍두기에게 내 자리를 양보하고 눈치 채지 못하게 그의 시야에서 은밀하게 벗어나는 것이었다. 하지만 그 방법 역시 일단은 그에게 말을 걸어야 한다는 문제 때문에 포기해야만 했다. 그리고 마지막으로는 저 깍두기가 이 버스에서 내릴 때까지 찍소리도 하지 않고 멍청하게 앉아서 인내의 시간을 가지며 한없이, 밑도 끝도 없이, 무작정 기다리는 것이다.

이 방법은 그에게 말을 걸지 않아도 되고, 또 별다른 노력 없이도 원하는 것을 얻을 수 있기 때문에 가장 좋은 방법……인 것처럼 잠시 생각이 들었지만 이 방법도 문제가 없는 것은 아니었다.

만약 앞으로 내가 내려야 할 여덟 정거장 안에 이 깍두기가 내리지 않는다면 그때는 어쩔 거냐 하는 것이다. 게다가 내 예상보다 훨씬 더 재수가 없어서 스무 정거장이나 남은 종점에 도착할 때까지 깍두기가 내리지 않는다면 나 역시 종점까지 동행을 해야만 할 것이다.

그거야말로 정말 몸서리쳐질 정도로 끔찍한 일이었다.

그런 생각을 하는 동안 이 상황에서 벗어날 수 있는 획기적인 방법 하나를 떠올리곤 진심으로 기뻐했다. 때문에 깍두기에게 말을 걸어야 하는 역겨움도 충분히 이겨낼 수 있었다.

'남자는 배짱, 여자는 절개.'

느닷없이 왜 이 말이 하필이면 그때 생각났는지 아무리 생각해 봐도 영문을 알 수 없었다. 아마도 운명은 정해진 대로 흘러가는 모양이다.

"저어기~ 혀, 형님."

아마도 내 음성이 알아듣기에는 조금 작았던 모양이다.

깍두기는 영화 속 주인공처럼 건방지게 짝다리를 짚은 채 굳은 표정으로 어두운 버스 창밖만 바라보고 있었다.

"형님!"

이제야 날 본다.

"뭐야? 나한테 관심있어?"

세상에나……

이렇게나 재수없는 말이 세상에 존재하리라고는 상상도 못해봤다. 더더구나 그 말을 내가 듣게 되리라고는 더더욱 상상도 못했던 일이다.

평상시의 내 인내심을 스스로 판단해 볼 때 절대로 불가능한 일이었겠지만 역시 사람은 생명이 달린 위급한 순간에는 본인도 모르는 미지의 힘, 내 경우에는 인내력이라는 것이 나오는 모양이다.

나는 너무도 장하게 헛구역질과 역겨움을 참아낸 채 깍두기에게 조금 전 내가 알아낸 사실을 알려주었다. 그것도 목소리가 떨려 나오는 것을 필사적으로 참으면서 말이다.

"아까 옥수동으로 가신다고 하지 않았나요? 이 버스는 옥수 동과는 반대 방향으로 가거든요. 버스를 잘못 타신 게 아닌지 걱정이 돼서……."

'걱정은 개뿔이나 무슨 걱정. 너 같은 인간을 걱정할 바엔 차라리 우리 집 똥개 해피의 비만이나 걱정하겠다.'

"신경 쓰지 마라, 집으로 가는 길이니까."

"헤헤헤, 그러시군요."

'아무리 할 짓이 없어도 그렇지 씨X, 내가 왜 너 같은 놈을 신경 쓰냐? 빌어먹을, 어제저녁 꿈이 분명히 돼지꿈 같았는데 왜 하루 종일 이렇게 재수없는 일만 생기는 거야? 혹시 그거 돼지 껍데기를 뒤집어쓴 개꿈 아니야? 그러고 보니 몸에 난 털 이 길었던 것도 같고, 꼬리의 생김새가 왠지 해피 녀석하고 상 당히 닮았던 것도 같기도 한데… 설마 지금보다 더 뭣 같은 일 이 생기지는 않겠지?'

온갖 불길한 생각이 뇌리를 스치고 지나갔고, 웬일인지 시 간이 지날수록 가슴속 불안감은 더욱 커져만 갔다. 그리고 그 런 나의 불안은 어김없이 적중해 결국 깍두기와 나는 사이좋 게 종점까지 직행해야만 했다.

덤으로 술에 취해 졸고 있던 아저씨, 핸드폰으로 통화하느 라 정신을 차리지 못하고 있는 여고생, 20대 초반의 새침해 보 이는 젊은 여자, 잠에 취해 고개를 꾸벅거리고 있던 70대 노부 부, 마지막으로 인상을 잔뜩 쓴 채 버스의 실내등 불빛에 참고

서를 읽고 있던, 대략 고등학생으로 보이는 안경잡이 범생이 하나, 이렇게 여섯 명이 추가로 종점까지 동참하게 되었다. 재수도 더럽게 없는 인간들.

버스가 차고지에 도착해 파킹하기 위해 천천히 후진하고 있을 때 마침내 나를 불안에 떨게 만들었던 뭣 같은 상황이 결국 연출되고야 말았다.

내가 비록 몸이 날랜 축에 들진 않지만 조금만 빨리 움직였다면 이런 개 같고 황당한 사태에서는 벗어날 수도 있었을 텐데……

하지만 그 엿 같은 사태는 너무도 갑자기 발생했기에 속수무책으로 지켜볼 수밖에 없었다.

그 우람한 덩치에 어울리지 않게 잽싸게 버스의 운전석으로 달려간 깍두기는 막 시동을 끄려던 기사 아저씨의 멱살을 오른손으로 움켜잡으며 시커먼 쇠뭉치를 움켜잡고 번쩍 쳐들었다. 내 눈이 잘못된 것이 아니라면 수류탄이 틀림없었다.

"모두 그 자리에서 눈도 깜빡거리지 마!"

깍두기의 우렁찬 고함에도 불구하고 버스 안에 타고 있던 사람들은 사태의 심각성을 전혀 이해하지 못하고 있었다.

노인네들은 가는귀가 먹어서, 여자 애(?)들은 통화를 하느라, 술 취한 아저씨는 취했기 때문에, 그리고 공부하던 녀석은 상황이 어떻게 돌아가는지도 모르고 그저 책 보기에만 여념이 없었기 때문에 현재 벌어진 상황을 전혀 깨닫지 못하고 있었다.

현재 벌어지고 있는 상황에 대해 심각하게 고민하는 사람은 오로지 나뿐이었다.

기사 아저씨는 왜 뺐냐고?

미치고 환장하게도 기사 아저씨는 이 깍두기를 동네 술집에 자릿세나 뜯어내려고 온 동네 양아치쯤으로 생각했는지 엉뚱한 소리만 늘어놓고 있었다.

"이봐, 이 손 놓고 사무실로 가서 사장이나 만나보란 말이야. 이 사람아, 기사가 무슨 돈이 있다고 이런 짓을 하는 거야? 사장한테 말하면 섭섭지 않게 용돈을 줄 테니까 어서 사장이나 찾아가 봐."

"좋은 말 할 때 닥치고 가만히 있는 게 운짱 아제가 장수하는 데 좋을 거야."

아마도 인질을 잡아 협박하는 영화나 비디오는 더럽게 많이 본 모양이었다.

묵직한 깍두기의 음성은 내가 듣기에도 제법 설득력있어 보였다. 하지만 문제는 기사 아저씨가 현 상황의 심각성을 전혀 인지하지 못하고 있다는 점이었다.

"이봐, 자네도 집에 가면 나 같은 형이 있을 것 아닌가? 그러니 할 말이 있으면 나를 붙잡지 말고……."

퍽!

"거 씨X 놈, 더럽게 떠드네."

수류탄의 용도가 인마 살상용이 아닌 인마 상해용으로도 쓰일 수 있다는 것을 오늘 처음 깨닫는 순간이었다. 동시에 핸드폰으로 오만 수다를 떨던 여자 애들의 음성이 마치 마술처럼 실내에서 사라졌다.

더불어 기사 아저씨의 이마를 타고 흘러내리는 시뻘건 피를 발견하고는 목청이 찢어져라 합창을 하고 있었다.

"꺄~ 아~ 악!"

"엄마야!"

그래도 20대 아가씨는 사회생활을 경험한 사람답게 보편타당하고 상식적인 비명을 질렀지만 새침데기—솔직히 싸가지가 좀 없어 보이는 얼굴이었다—처럼 보인 여학생의 입에서는 평소 부모 의존도를 충분히 짐작할 만한 단어가 하이 소프라노의 톤으로 타고 튀어나왔다.

그렇지만 그때까지도 노부부는 여전히 상황이 어떻게 돌아가는지 전혀 깨닫지 못한 채 대화를 나누기에 여념이 없었고, 술 취한 아저씨는 여전히 잠을 자고 있었으며, 책을 보고 있던 녀석은 존경스럽게도(?) 그런 상황에서도 계속 책을 보고 있을 뿐 고개조차 들지 않았다.

"조용히 해, 씨X. 지금부터 허락없이 떠드는 새끼들은 나와 함께 저세상으로 가고 싶다는 것으로 알고 깡그리 죽여주겠다. 퉤!"

깍두기는 영화의 한 장면처럼 수류탄의 안전핀을 이빨로 뽑아서는 바닥에 뱉었다.

그 모습을 지켜보던 나는 예상하지 못했던 깍두기의 황당한 행동에 무슨 말을 해야 좋을지 몰랐다.

깍두기면 깍두기답게 잭나이프나 각목, 좀 더 나아가 사시미 칼이나 장검, 쇠파이프 같은 흉기를 애용해야지 제가 무슨 탈영한 군바리라고 수류탄을 들고 설친단 말인가?

맥없이 기절해 버린 버스 기사를 바닥에 팽개친 깍두기는 그때까지도 책에서 눈을 떼지 않고 있는 학생의 모습을 발견하고는 인상을 확 찌푸렸다. 그리고는 녀석의 뺨을 향해 솥뚜껑만 한 손을 힘껏 휘둘렀다.

솔직히 난 그 모습에 통쾌함을 느꼈다.

철썩!

"야, 이 존만 한 새끼야, 내가 지금 장난치는 줄 알아?"

"이씨~ 왜 때리고 난리예요? 아저씨는 그냥 아저씨 할 일만 하면 되잖아요. 어차피 이번에 시험 성적 안 좋으면 아버지한테 맞아 죽는단 말이에요."

"니 눈에는 이게 장난감으로 보이냐?"

"누가 장난감이래요?"

"그런데 왜 사람 열받게 책만 보고 있는 거야?"

두 인간이 대화를 나누는 모습을 지켜보던 나는 순간 머릿속이 이상해지는 것을 느끼지 않을 수 없었다.

저 모습을 보고 어떻게 정상적인 상식과 이성을 가진 인간들이 나누는 대화라 생각할 수 있겠는가?

난데없이 수류탄을 들고 설치는 저 깍두기도 이해가 안 되는 종자였지만, 그런 인간에게 꼬박꼬박 말대꾸를 하는 저 고딩도 절대 정상적인 자식으로는 보이지 않았다.

속으로 깊은 한숨을 내쉬던 내 눈에 하얗게 질린 얼굴과는 달리 눈부신 속도로 핸드폰의 숫자판을 만지작거리는 여학생이 눈에 들어왔다. 이렇게 위급한 상황에서 그 여학생이 대체 뭔 짓을 하는 것인지 정확히 알 수는 없었지만 아마도 누군가에게 이 사태를 알리려 하는 것이라는 생각이 들었다.

깍두기가 제발 그 여학생을 발견하지 못하기를 간절히 바라며 다시 깍두기 쪽으로 고개를 돌렸을 때, 그 책벌레가 내뱉는 너무나 황당한 말에 정말이지 너무나 열이 올라 내 손으로 때려죽이고 싶은 생각이 들 정도였다.

"죽이고 싶으면 그냥 그 수류탄이나 던지고 가요. 괜히 사람 귀찮게 하지 말고 말이에요. 어차피 난 오늘 죽으나 내일 죽으나 상관없단 말이에요."

'저 X탱이가 정말 죽고 싶어서 환장을 했나? 야, 이 X탱아! 니놈이 무심코 지나 보낸 오늘이 누군가에게는 간절히 기다리던 내일이 될 수도 있다는 명언을 들어본 적도 없냐? 제발 깍두기 성질 건드리지 말고 입 좀 닥치고 있어라.'

나의 그런 간절한 마음을 아는지 모르는지 그 범생이는 깍두기를 쳐다보며 꼬박꼬박 말대꾸를 하고 있었다.

정말 할 수만 있다면 몽둥이로 범생이 자식의 뒤통수를 날려 버리고 싶었다.

"야! 이 씨X 놈아! 조용히 안 해? 아니, 형님보고 그런 게 절대 아니거든요. 그러니까 하고 싶은 말 있으시면 하세요."

내 말에 감동을 먹은 것일까?

깍두기는 잠시 내 얼굴을 보다가 잔뜩 인상을 쓰며 입을 열었다.

"야, 씨X, 이런 개X 같은 경우도 있냐?"

"무슨 일을 당하셨기에……?"

내 대꾸가 마음에 드는지 깍두기는 뒤 호주머니에서 잔뜩 구겨진 종이 하나를 꺼내 나에게 던져 주었다.

종이가 흰색이란 것을 발견하는 순간 난 그것이 청첩장이라는 것을 본능적으로 깨달을 수 있었고, 겉면에 쓰인 글자를 확인하니 역시나 예상했던 대로 청첩장이었다.

막 청첩장의 내용을 읽으려는 순간 귓전을 자극하는 소리가 들려나왔다.

삐뽀~ 삐뽀~ 삐뽀~

고개를 돌려보니 어느새인가 십여 대의 경찰차가 버스 주위를 포위한 상태였다. 요란한 경광등 불빛과 귓전을 자극하는 소란스러운 경찰 사이렌 소리가 들려왔다.

잠시 눈살을 찌푸리던 난 다시 눈을 청첩장으로 돌렸다.

모시는 글.

만물이 영글어가는 가을을 맞이해 아름다운 선남선녀 두 사람이 가족과 여러 친지 분들 앞에서 한 쌍의 부부로 백년가약을 맺으려 합니다. 토요일 오후 1시 송파구에 위치한 교통회관 3층 크리스털 룸에서 여러분을 모시고자 하오니 부디 많이 참석하시어 두 사람의 앞날을 축복해 주시기 바랍니다.

  장소 : 교통회관 3층 크리스털 룸
  시간 : 24일 토요일 오후 1시
  신랑 : 장칠근 씨 장남 장남철
  신부 : 강희경 씨 차녀 강혜숙

                        장남철, 강혜숙 배상.

  청첩장 아래쪽에는 예식장의 위치 지도와 교통편 소개, 그리고 용도 미상의 통장 계좌번호 두 개가 적혀 있었다.
  짝 하면 누군가 뺨 맞는 소리고, 쿵 하면 호박 떨어지는 소리라고, 강혜숙이라는 여자가 변심한 애인이 틀림없을 것이란 생각이 들었다(혹은 신랑 될 남자가 변심한 애인일지도 모른다는 생각도 잠시 했다). 그리고 뒤이어 들려온 깍두기의 멘트가 내 탁월한 판단을 확인시켜 주었다.
  "내가 저를 얼마나 사랑했는데 씨X 년이 감히 날 배신해? 이 개 같은 년, 잡히기만 하면 내가 찢어 죽일 거야."
  그때 갑자기 스피커를 통해 늙수그레한 사내의 음성이 들렸다.
  "아~ 아~ 본인은 마포 경찰서의 서장 문일도다! 범인은 흥분을 가라앉히고 즉시 승객들을 풀어주고 자수하기 바란다! 다시 한 번 경고한다! 범인은 지금 즉시 버스 안의 승객들을 풀어주고 자수해라!"

"조까, 새꺄! 지금 당장 혜숙이란 년을 내 앞에 끌고 와! 그렇지 않으면 버스 안에 있는 연놈들을 싸그리 죽여 버릴 테니까!"

"혜숙이? 혜숙이가 누군가?"

"그런 년이 있어! 그러니까 당장 그년을 내 앞에 끌고 와. 조금이라도 허튼수작하면 지금 당장 끝내 버릴 테니까 알아서 기도록 해!"

번쩍이는 경광등의 불빛 때문에 얼마나 많은 경찰들이 출동했는지 확인하기 힘들었다. 그렇지만 불빛 사이로 방송국에서 나온 듯 보이는 방송용 카메라나 마이크를 들고 열심히 떠들고 있는 정장 차림의 사내나 여자들의 모습만큼은 분명히 확인할 수 있었다.

깍두기의 외침에 정신없이 움직이는 경찰관들의 모습을 바라보던 나는 문득 내 손에 그때까지 들려 있던 청첩장을 발견하고는 경찰관들에게 그 청첩장을 전해줘야 이 사태가 조금이라도 빨리 끝난다는 생각이 들었다. 하지만 먼저 열받은 깍두기한테 양해를 구해야 한다는 사실이 생각나 조심스럽게 그에게 물었다.

"저어~ 형님, 이 청첩장을 줘야 경찰들이 혜숙이란 여자 분을 찾기 쉬울 것 같은데… 그래도 될까요?"

"그래? 줘버려."

깍두기의 허락이 떨어지자마자 나는 깍두기의 눈치를 보며 창문을 열고 청첩장을 밖으로 힘껏 집어 던졌다. 떨어진 청첩장을 주워 든 경찰관은 황급히 자신의 동료들이 있는 곳으로 달려갔고, 잠시의 소란이 벌어지는 동안 버스 안의 상황은 혼란스러운 밖의 상황과는 전혀 다르게 돌아가고 있었다.

얻어맞고 기절해 있던 버스 기사는 여전히 깨어날 줄 모르고 있었고, 술 취한 양반은 코를 골며 여전히 세상모르고 잠에 빠져 있었다.

늙은 노부부는 바깥의 상황을 보고 그제야 정신을 차렸는지 깍두기의 횡포가 두려운 듯 구석에서 오들오들 떨고 있었다. 또 두 여자는 서로를 부둥켜안은 채 깍두기의 눈치만 살피고 있었다. 그런데 문제의 범생이는 이런 와중에도 책을 보고 있어 보는 사람을 환장하게 만들었다.

"잠시만 기다려라. 곧 강혜숙 씨를 데리고 오겠다!"

"허튼수작 부리면 이 버스 안에 있는 사람들과 죽어버릴 테니 알아서 해!"

시간이 지나자 조금은 진정이 되었는지 깍두기는 묵묵히 버스 밖을 바라보고 있었다.

정말 엿 같은 생각이지만, 애인의 변심으로 잠깐 동안 정신이 나가 남들 앞에서 당당하게 외쳐 대는 깍두기의 모습이 왠지 조금은 멋지다는 생각을 했다.

방법이야 용서받을 수 없을 정도로 극악했지만 한 여자를 사랑해 이런 만행을 저지른 깍두기.

수류탄의 용도가 자살을 하기 위한 것인지, 아니면 그냥 폼만 잡으려고 그런 것인지 알 수 없지만 많은 사람들 앞에서 하고 싶은 말을 거침없이 하는 점만은 정말 부러웠다.

왜 그런 멍청한 생각을 했냐고 묻는다면 이렇게 대답하겠다. 사실 난 남 앞에서 내가 하고 싶은 말을 마음먹은 대로 한 적이 단 한 번도 없었다. 그게 모두 남의 눈을 의식한 소심한 내 성격 탓이지만 말이다.

그건 그렇고, 강혜숙이란 여자를 데리고 오는 것인지, 아니면 단순히 시간만 끌려고 하는 것인지 밖의 상황은 여전히 혼잡스럽기만 했다.

바로 그때 문제가 생겼다.

깍두기한테 얻어맞아 기절해 있던 기사 아저씨가 홀연히 깨어났고, 깨어난 기사는 수류탄을 든 채 심각하게 밖을 쳐다보고 있는 깍두기한테 무작정 달려들었다.

물론 기사 아저씨야 자신을 비롯한 승객들의 안전을 위해서 한 행동이겠지만 깍두기가 지금 들고 있는 물건이 수류탄이라는 것을 자각이나 하고 한 행동인지……

아무리 생각을 해도 너무 무모한 행동이었다.

이유야 어찌 되었든 그때부터 기사 아저씨와 깍두기의 육체의 대화, 아니, 싸움이 시작되었고, 승객들은 갑작스러운 상황에 그저 쳐다보기만 할 뿐 누구 한 명 나서서 기사 아저씨를 도울 생각을 하지 못하고 있었다.

엎치락뒤치락하던 두 사람과 그걸 멍하니 바라보고 있는 승객들과 나, 그리고 들려오는 소리 하나.

딱~

데구르르~

번쩍!

콰앙!

뭔가가 구르는 소리가 들린 후 폭음이 터지며 난 망막을 가
득 메우는 섬광과 함께 머리에 뜨거운 통증을 느껴야만 했다.

제기랄……

결국 또 이렇게 허망하게 죽고 말았다. 그것도 겨우 열여덟
살까지밖에 못 살아보고 말이다.

9,574번째로 말이다.

폭발물의 파편에 의한 두개골 파열.

이것이 내 사인(死因)이다.

프롤로그 2. 저승에서 생긴 일

[1]

그렇게 실의에 빠진 채 죽어 나자빠져 있는 내 육체를 멍하니 지켜보고 있을 때 누군가의 음성이 들렸다.

"갈 때가 되었다. 이제 그만 가자."

고개를 돌리고 보니 지겹도록 봐서 이제는 낯이 익을 대로 익은 저승사자가 날 쳐다보고 있었다.

이름이 뭐라고 했더라?

'로슈' 인가 '루슈' 라고 했던 것 같은데 맞는지 모르겠다.

하기야 저 저승사자의 이름이 로슈이거나 파트라슈이거나 그게 나랑 무슨 상관인가?

난 또 이렇게 허망하고 어이없게 죽어버렸는데…….

죽는 순간 난 수많은 전생의 허망하고도 억울했던 죽음의 순간들을 모조리 기억해 낼 수 있었다.

이미 육체를 벗어나 허공에 둥둥 떠서 억울해하던 나는 곧 파트라슈(?)의 재촉에 육체에 대한 미련을 버리고 저승으로 향해야만 했다.

삼도천(三途川)의 세 개의 여울, 산수뢰(山水瀨), 강심연(江沈淵), 유교도(有橋渡)를 차례로 건너 마침내 지옥의 주인인 염라대왕이 있는 염라부(閻羅府)에 도착했다.

끝도 보이지 않는 영혼들이 줄지어 선 채 자신의 차례가 오기를 기다리고 있었다. 그 영혼 중에는 조금 전 버스 안에서 보았던 승객들의 모습도 보였다.

비교적 태연한 나와는 달리 그들은 하나같이 불안한 표정을 감추지 못하고 있었다.

어지간히 흉악하게 생긴 영혼쯤은 간단히 찜 쪄 먹을 정도로 험상궂게 생긴 염라부의 포혼귀졸(捕魂鬼卒:편의상 줄여서 귀졸이라고 부르겠다)들이 들고 있던 살벌하게 생긴 삼지창을 사정없이 휘두르며 줄을 이탈하려는 영혼들을 무자비하게 단속하고 있었다.

그 틈에 서 있던 나는 느긋하게 다음에는 어떤 삶을 살게 될까 하는 생각에 빠져 있었다.

이게 다 너무나 자주 환생을 한 부작용 아닌 부작용이었다.

그러다 문득 생각이 든 것은 헤아릴 수도 없이 허망하기 이를 데 없는 죽음을 당했으면서도 또 기대를 하며 다음 환생을 기다리는 내 꼴이 너무나 우습고도 한심하다는 것이다.

그런 결론이 내려지는 순간 울화통이 치밀었다.

"이봐, 너! 당장 원래 위치로 못 들어가?"

"……"

분명 염라부 귀졸과 눈이 마주쳤지만 일부러 못 본 척하며 짝다리를 짚고 선 채 건들거렸다. 그런 내 모습에 화가 난 귀졸은 불같이 화를 내며 뛰어왔다. 그리고는 내 멱살을 잡았다(그런데 영혼에게 멱살이 있던가?).

"이 자식아! 네 자리로 들어가라는 말 안 들려?"

"냐, 이 자식아!"

나는 양손으로 귀졸의 가슴 부분을 힘껏 밀쳤다.

너무나 황당한 일을 당했기 때문인지 귀졸은 몇 걸음 뒤로 물러난 채 멍한 표정으로 나를 쳐다보고 있었다.

그 모습이 나를 더욱 짜증나게 만들었다.

"뭘 꼬나봐? 눈 안 깔아?"

"뭐, 뭐, 뭐라고?"

이런 내 행동에 근처에 있던 영혼들과 그 영혼들을 통제하던 염라부 귀졸들은 하나같이 황당한 표정을 짓고 있었다.

"생각해 보니 이거 정말 열받네. 야, 너! 지금 당장 환생을 담당하는 책임자 나오라고 해. 빨리 안 불러와?"

지목을 당한 염라부 귀졸은 손가락으로 자신을 가리키며 '나?' 하는 표정을 지었다. 하지만 그런 귀졸의 멍청한 행동에 나는 짜증이 더욱 치밀었다.

"당연하지, 자식아! 당장 환생 담당 책임자 나오라고 하란 말이야!"

"지, 지금… 너, 너, 뭐, 뭐라…….."

"말도 제대로 못하는 저런 멍청하고 어리버리한 놈을 누가 귀졸로 뽑은 거야, 짜증나게!"

내가 너무 배짱 좋게 나간 탓일까?

다들 멍한 표정으로 나를 보기만 할 뿐 누구 하나 나서서 날 제지하는 사람, 아니, 귀졸이나 영혼이 없었다.

나는 더욱 기가 살아 광분해 날뛰다 결국에는 염라부에서 출동한 폭동진압대에 의해 난동죄로 체포되어 개처럼 끌려가야만 했다.

저승에서 체포되어 감옥에 갇히게 되다니…….

갇혀 있던 내가 염라대왕 앞으로 끌려간 것은 체포된 지 이레가 지나서였다.

2

조선시대 때 죄인에게 사용했던 구속 도구인 칼을 쓴 나는 양쪽 팔을 잡고 있는 귀졸들에게서 벗어나려고 몸을 뒤틀며 버둥거려 보았지만 전혀 힘을 쓸 수 없었다.

"죄인을 꿇어앉혀라."

만화나 영화에서 보았던 것처럼 왕들이나 앉는 태사의에 앉은 엄청난 거구의 염라대왕이 정면에 보였다. 그리고 그 양 옆으로 검은 옷을 입은 사내 둘이 책을 손에 든 채 나를 노려

보고 있었고, 나를 중심으로 양쪽에 건장한 체구의 귀졸들이 늘어서 살벌한 표정을 지으며 공포 분위기를 조성하고 있었다.

"건방진 놈, 감히 이곳이 어디라고 난동 따위를 부린단 말이냐?"

"당신이 환생 담당 책임자야?"

"뭐?"

내 대꾸가 의외였는지 그 자리에 있던 존재들은 일제히 나를 노려봤다. 하지만 감옥에 갇혀 있는 동안 독이 오를 대로 오른 탓에 다른 이의 시선 따위는 신경도 쓰지 않았다.

"당신이 환생 담당 책임자냐고 묻잖아!"

염라대왕의 오른쪽 편에 서 있던 검은 옷의 사내에게 시비를 걸듯 말을 내뱉었다.

"난 치죄 담당관이다."

"그럼 당신이 환생 담당 책임자야?"

내 질문에 왼쪽에 서 있던 검은 옷의 사내가 순순히 고개를 끄덕였다.

"그렇다. 그런데 그것은 왜 묻는 것이냐?"

"이봐, 당신, 무슨 일을 이따위로 처리하는 거야?"

"그게 무슨 소리냐?"

"지금까지 내가 몇 번이나 죽었다 환생을 했는지 알아?"

내 질문에 환생 담당관은 들고 있던 책은 볼 필요도 없다는 듯 금세 대답했다.

"9,574번이다."

"그럼 그중에서 내가 정상적으로 살다 죽은 적이 몇 번이나 돼?"

"9,574번 모두 네 명대로 살다 죽었다."

"개소리하고 있네, 씨X!"

너무나 태연한 상대의 대꾸에 얼굴이 화끈거리는 것이 온몸의 피가 모두 얼굴로 쏠린 것 같았다. 영혼 상태에서도 피라는 것이 있는지는 모르겠지만 말이다.

"태어나기도 전에 죽은 것이 149번, 태어나 1년 안에 죽은 것이 652번, 열 살 이전에 전염병, 전쟁, 기아, 홍수, 화재 등등으로 죽은 것이 3,358번, 스무 살 이전에 비슷한 이유로 죽은 것이 5,286번, 가장 오래 살았다고 해봐야 고작 스물세 살까진데… 스물세 살까지 산 것도 겨우 129번밖에 안 된단 말이야. 그래도 이게 내가 명대로 산 것이라 대답할 수 있단 말이야?"

"그렇다."

"젠장! 그래, 뭔 놈의 운명이 서른 살까지 단 한 번도 못 산단 말이야? 게다가 곤충으로 태어나거나 식물로 태어나거나, 동물로 태어났다 죽은 2만여 번은 계산하지도 않았단 말이야. 솔직히 난 너무나 원통하고 분하고 억울해서 이제 환생을 못하겠어. 염라대왕님, 대왕님의 생각은 어떠십니까요? 솔직히 이건 너무하신 것 아닙니까요?"

분통을 터뜨리면서도 난 염라부의 최고 대빵인 염라대왕에게만은 말을 높이면서 눈치를 살폈다.

나 같은 놈을 지금까지 본 적이 없는지 염라대왕은 곤혹스러운 표정을 감추지 못하며 좌우 보좌관을 불러 뭔가를 상의하기 시작했다.

　　나를 흘깃거리며 노려보는 환생 담당관의 시선이 곱지 않아 속으로는 찔렸지만 모르는 척 그냥 꿋꿋하게 버텼다.

　　"죄인을 일으켜라."

　　염라대왕의 말에 귀졸들이 거칠게 날 일으켰다.

　　우락부락한 외모와는 달리 염라대왕은 고심한 기색이 역력해 보였다. 겉보기와는 달리 꽤나 섬세한 성격의 소유자인 모양이었다.

　　"다음 생에서 바라는 것이 있느냐?"

　　"최소한 남들이 사는 것보다는 훨씬 오래 살고 싶습니다."

　　"또 바라는 것이 있느냐?"

　　"부모가 부자였으면 좋겠습니다."

　　"부자 부모 밑에서 태어나고 싶다?"

　　"그렇습니다, 염라대왕님. 굶어 죽거나 병들어 죽은 것이 몇 번인지 기억도 나지 않습니다. 이제 굶어 죽는 것이나 병들어 죽는 것은 정말 지긋지긋합니다."

　　내 대답이 생각 밖이었기 때문일까?

　　염라대왕은 호기심 어린 얼굴로 내 얼굴을 빤히 쳐다보며 말을 이었다.

　　"또 바라는 것이 있느냐?"

　　"남들보다 좀 강한 사람이었으면 좋겠습니다."

"그 문제는 내가 해결해 줄 수 있는 문제가 아니다. 그것은 네가 지금까지 쌓아온 선업(善業)에 의해 결정되는 것이다. 게다가 인간들은 본인의 노력 여하에 따라 얼마든지 강해질 수 있는 존재. 따라서 네가 강해질 수 있느냐는 네가 강해지기 위해 얼마나 노력하느냐에 달린 문제란 말이다. 내 말을 알아듣 겠느냐?"

"알겠습니다, 대왕님."

"치죄 담당관, 이번 생애에서 저 영혼이 저지른 죄목이 무엇이더냐?"

염라대왕의 명령에 오른쪽에 있던 검은 옷 사내가 열심히 책을 뒤적거리더니 곧 대답을 했다.

"부모의 말에 반항한 죄, 학생으로서 공부를 일부 등한시한 죄, 나태하게 지낸 죄, 다른 사람에게 비록 속으로 한 것이지만 함부로 욕설을 내뱉은 죄 등등 자질구레한 죄를 지은 적은 있어도 지옥의 8대 형벌을 받을 정도로 큰 죄를 지은 적은 없습니다."

젠장, 죄를 지을 시간을 줘야 죄를 저지르지.

"그래? 그렇다면 저 영혼을 다시 49일 동안 감옥에 가둬 이승에서 저지른 죄에 대한 죗값을 치르도록 한 뒤 환생시키도록 해라. 이것으로 판결을 마친다."

"명심 봉행하겠나이다, 대왕 마마."

"대왕 마마의 명을 받들겠습니다."

앞으로 어떻게 될지는 모르겠지만 하여튼 염라대왕이 나에게 확실히 호의적이라는 것만은 느낄 수 있었다.

하여간 이래서 순순히 남의 말을 잘 듣는 사람만 손해라는 말이 나온다니까.

왜 항상 따지고 대들어야만 제대로 된 대우를 받을 수 있는 것인지 난 영문을 모르겠다. 하지만 그 때문에 제대로 된 다음 생을 보장받았다는 생각이 들었기에 나는 귀졸들에게 끌려가면서도 피식거리며 웃을 수 있었다.

③

"나와라."

퉁명스러운 귀졸의 말에 감옥을 나서고 보니 귀졸 옆에 환생 담당관이라는 작자가 서 있는 모습이 보였다.

그 작자는 염라대왕 앞에서 판결을 받을 때 몰래 나한테 지어 보이던 예의 그 비릿한 미소를 지금도 짓고 있었다. 그것만으로도 고대하던 환생의 순간이 다가와 기뻐하고 있던 내 기분을 엉망으로 만들기에 충분했다.

"가자."

귀졸의 재촉에 난 그의 뒤를 따라 나섰다.

지하 감옥에서 나온 후 귀졸이 향한 곳은 염라부 뒤편이었는데, 그곳은 두 갈래길로 나뉘어진다.

오른쪽 길은 환생을 위한 환생로(還生路)였고, 왼쪽은 이승에서 저지른 죄에 대한 벌을 받기 위해 처벌장으로 향하는 징

벌로(懲罰路)였다.

지금까지 수없이 많은 환생을 거듭하면서 한 번도 징벌로로 간 적이 없었다. 벌을 받을 정도로 죄를 짓지 않은 것은 잘한 짓이지만 그것도 내가 착해서라기보다는 나쁜 짓을 할 때까지 살지 못했기 때문에 죄를 짓지 않았다는 것이 옳은 말일 것이다.

어찌 되었든 간에 환생로로 들어선 귀졸과 환생 담당관, 그리고 난 한가롭게 발걸음을 옮기고 있었다. 환생로라고 해봐야 폭이 5미터밖에 안 되는 낭떠러지 길이 구불구불 이어진 길이었다.

환생로 아래쪽은 하얀 구름이 뒤덮고 있어 그 아래에 무엇이 있는지 도무지 알 도리가 없었다.

지금까지 수없이 환생을 하면서 알게 된 것은 염라부에서 가까운 환생로에서 뛰어내렸을 때 동식물이나 곤충으로 태어날 확률이 크다는 것뿐이었다.

다시 말하면 염라부에서 가까우면 가까울수록 인간으로 태어나게 될 확률이 크고, 또 오래 살 확률이 커짐은 알고 있었지만 확실한 것은 나도 아직은 잘 모르겠다.

환생로를 따라 걸은 지 얼마나 되었을까?

환생 담당관이 갑자기 걸음을 멈췄다.

"바로 이곳이 네가 환생할 곳이다."

고개를 돌려 염라부를 바라보다 보니 상당히 애매한 위치였다. 이곳에서도 몇 번 뛰어내렸던 것 같은데 무엇으로 환생했는지는 금방 생각나지 않았다.

"이걸 마셔라."

환생 담당관이 내미는 표주박에 든 것은 망각수(忘却水)인데, 전생과 저승에서 있었던 일을 잊어버리게 만드는 힘을 가진 물이었다.

표주박을 받아 든 난 망각수를 마시기 전 환생 담당관을 쳐다봤다.

그 빌어먹을 작자는 여전히 그 비릿한 미소를 지은 채 날 쳐다보고 있었다. 그런데 마치 '네까짓 게 아무리 까불어봐야 내 손바닥 안이지' 하는 거만한 모습이었다.

그 모습을 보다 보니 성질도 났지만 무엇보다 이번 환생에 환생 담당관의 농간이 섞여 있을 거라는 생각이 들었다.

그것이 맞는지 틀리는지 알 도리는 없었지만 일단은 내 판단을 믿기로 했다.

슬쩍 주위를 둘러보니 귀졸은 따분하다는 표정을 짓고 있었고, 환생 담당관은 내 모습만 지켜보고 있었다.

낭떠러지 아래에 어떤 비밀이 있는지는 모르지만 환생 담당관이 지정한 장소만 아니면 된다는 생각이 번득 들었다.

표주박을 받아 들고 망각수를 마시는 척하던 나는 환생 담당관이 잠시 시선을 돌린 사이에 그의 얼굴에 망각수를 뿌렸다.

"헉!"

환생 담당관이 깜짝 놀란 사이 난 환생 담당관과 귀졸 사이를 뚫고 달리기 시작했다.

"건방진 놈! 승(繩)! 획(獲)!"

환생 담당관의 외침을 듣자마자 방향을 틀었지만 환생 담당관의 능력은 그리 호락호락하지 않았다.

쿵!

뭔가가 다리를 휘감은 탓에 나는 속수무책으로 쓰러질 수밖에 없었다. 다리를 버둥거리며 속박에서 벗어나려고 했지만 어림도 없는 일이었다.

고개를 숙여 상태를 확인하고 보니 기다란 포승줄 하나가 내 몸을 사정없이 휘감고 있는 것이 보였다.

힘을 주고 이리저리 몸을 비틀던 내 눈에 환생 담당관과 귀졸이 달려오는 모습이 보였다.

시간이 없었다. 오른쪽보다는 보다 가까운 왼쪽 낭떠러지를 향해 굼벵이처럼 힘껏 몸을 굴렸다.

다다다다~

급박한 발자국 소리에 금방이라도 잡힐 것 같은 생각이 들어 이를 악물고 몸을 굴렸다.

마침내 환생 담당관과의 거리가 2미터쯤 남겨두었을 때 난 낭떠러지에서 떨어지는 데 성공했다.

내가 막 황금빛 구름을 통과하며 떨어지고 있을 때 절벽 위에서 환생 담당관이 미친놈처럼 날뛰다가 근처에 있던 귀졸의 뒷덜미를 잡아 내 쪽으로 집어 던지는 모습이 보였다. 하지만 난 신경도 쓰지 않았다.

어떻게 되었든 난 9,575번째 환생을 하게 된 것이다.
부디 인간으로 태어나기만을 간절히 원하며 눈을 감았다.
근데 불길한 예감이 드는 것은 어째서일까?

Chapter 1
앗싸! 환생이다! 그런데 이게 뭐냐?

The Duel of Master
마스터 대전

1

"왜 아직도 안 태어나는 겁니까?"

"이 사람아, 초산은 원래 시간이 오래 걸린다고 내가 그랬잖아. 좀 진득하니 기다려 보라니까."

사람들의 말소리가 들렸다.

"머리가 보이기 시작했다. 헬렌아, 어서 힘을 주거라."

"아악!"

처절한 신음 소리가 들린 후에 한줄기 바람이 얼굴을 스치고 지나가는 것이 느껴졌다.

"한번만 더 힘을 주거라!"

늙은 여자의 음성이 들린 후 난 따뜻하지만 좁고 답답한 곳에서 쑥 빠져나왔다. 하지만 서늘한 바깥 공기 때문에 온몸이 떨려왔다.

날 받아 든 노파는 얼른 따뜻한 물에 씻기고는 부드럽고 두 터운 천으로 날 감쌌다. 아마 강보인 모양이었다.

눈을 뜨기 위해 안간힘을 써봤지만 그저 손발만 버둥거릴 뿐 눈은 조금도 떨어지지 않았다.

"로즈 할머니, 그런데 왜 애가 울지 않는 거죠? 설마 뭐가 잘못되기라도 한 것은 아니죠? 그렇죠?"

"쓸데없는 소리. 손발을 이렇게 힘차게 젓고 있잖니?"

젊은 여자의 다급한 음성에 곧 그녀를 나무라는 늙은 여자의 음성이 들렸다.

갑작스러운 온도 변화 때문에 잠시 당황하던 나는 두 여자의 말에 순간적으로 '아차' 하는 생각이 들었다. 해서 그때부터 울기 시작했다.

처음엔 의도적으로 울기 시작했지만, 나중엔 왠지 모를 기쁨과 이렇게까지 하면서 환생을 해야 하는 것인가 하는 서러움 때문에 정말 엉엉 울었다.

"봐라, 애가 울지 않느냐? 어서 젖을 물리거라."

로즈 할머니의 말에 엄마는 내게 젖을 물리셨다. 그러면서 내 몸을 쓰다듬으셨는데, 갑자기 손이 멈췄다.

"로즈 할머니, 그런데 왜 아기의 몸에 밧줄 모양의 흔적이 있는 거죠? 설마 뭐가 잘못된 것은 아니겠죠?"

"그건 소아반(小兒斑)이라는 거다. 이 녀석 몸에 있는 소아반이 조금 특이한 모양이긴 하지만 세 살이 되기 전에 싹 없어질 테니 걱정할 것 없다."

엄마의 음성에 불안감이 실렸지만 로즈 할머니의 한마디에 곧 안심을 하셨다.

밧줄 모양?

설마 환생하기 직전 환생 담당관인가 뭔가 하는 녀석이 던진 그 밧줄 때문에 이런 반점이 생긴 것은 아니겠지?

그런 생각을 하며 나도 모르게 입을 오물거렸는데 젖이 쭉 빨렸다. 조금 비릿한 맛이 나긴 했지만 지금 먹을 수 있는 유일한 음식이니 나로서는 선택의 여지가 없었다.

엄마 젖을 빨고서야 겨우 진정할 수 있었고, 그러면서 내가 다시 태어났음을 진심으로 기뻐했다. 동시에 의식적으로 눈을 뜨려고 노력했고, 잠시의 시간이 지난 다음에야 겨우 눈을 뜰 수 있었다.

그런 내 눈에 가장 먼저 보인 것은 낡고 허름하기 이를 데 없는 천장이었다.

엥? 이게 뭐야?

난 분명히 부자인 부모에게서 태어나고 싶다고 염라대왕께 소원을 빌었고, 염라대왕은 분명히 들어주겠다고 했다. 하지만 지금 내 눈에 보이는 이 집은 솔직히 가난해도 너무 가난해 보였다.

혹시 내가 환생해야 할 곳이 아닌 곳에서 뛰어내려 뭔가가 어긋났기 때문에 이 집에 태어난 것은 아닐까 하는 생각이 들었다. 그래도 뭐, 부모님이 두 분 다 살아 계시는 것만 해도 어던가.

편모편부 슬하에서 자란 적이 셀 수도 없을 정도로 많았다. 아, 물론 전생에 말이다.

슬쩍 고개를 들어 엄마를 보니 비록 땀에 젖고 피곤함이 가득하기는 했지만 굉장히 선해 보이는 얼굴의 소유자셨다. 솔직히 아름답다고 하기엔 조금 무리가 있었지만 부드러운 미소가 매력적인 얼굴이었다.

그런 반면 아버지는 건장한 체격에 덥수룩한 수염을 가진 분으로, 굉장히 선한 용모였다.

아직은 두 분에 대해 아무것도 아는 것이 없었지만 그저 얼굴만 봐도 두 분이 지금까지 얼마나 선하고 착하게 살아오셨는지 충분히 짐작이 갔다.

그렇게 엄마의 젖을 얼마나 빨았을까. 그만 난 나도 모르는 사이에 잠이 들어버렸다.

②

참, 이건 나도 나중에 알게 된 일인데, 내가 태어나고 한 시간도 안 되어 아버지가 주인으로 모시는 발레리우스 가문에도 아기가 태어났다. 계집아이란 이야기만 들었을 뿐 그녀를 직접 만난 것은 그녀가 태어나고 8년이라는 시간이 지난 다음이었다.

발레리우스 가문은 비록 귀족가는 아니었지만 귀족가에 버금가는 힘을 가진 가문이었다. 그 힘은 바로 황금이었다.

발레리우스 가문은 내가 태어난 런블럼 영지에서 그리핀이라는 상단을 운영하고 있었는데, 각 지방의 특산물을 유통시켜 상당한 이익을 취함과 동시에 지방의 귀족들과도 밀접한 관계를 유지하고 있었다.

전생의 기억을 고스란히 가지고 태어난 나지만 지금은 필요한 것을 그저 앵앵거리는 울음으로 모두 해결하는 신세다. 그러다 보니 시간은 엄청나게 남아돌았지만 할 수 있는 일이 아무것도 없었다.

유일한 소일거리라고는 내가 알고 있던 사실, 즉 전생의 기억을 떠올리는 것밖에 없었다.

참고적으로 설명하면, 환생이란 것은 시공간을 초월하는 것이기에 반드시 시간의 흐름을 따르는 것은 아니라는 것이다. 쉽게 말해 1950년에 죽었다고 다음 환생이 반드시 1950년 이후가 되는 것은 아니라는 사실이다. 삼국시대가 될 수도 있고, 당(唐)나라나 명(明)나라가 될 수도 있을 뿐만 아니라 또다시 1950년대가 될 수도 있다는 것이다.

그렇게 전생의 기억을 떠올리다 대한민국에서 태어나기 전 명나라 초기에 살았을 때가 문득 기억났다.

당시 난 살수(殺手) 가문의 차남으로 태어났는데, 폐혈증(肺血症)이란 불치의 병으로 무공을 익히기는커녕 정상적인 생활조차 불가능했었다. 조금만 몸이 피로해도 피를 토하는 상황이니 집 밖은 꿈도 못 꾸고 안에서만 생활할 수밖에 없었다.

그런 날 치료해 보겠다고 아버지와 여덟 살 위의 형은 천하가 좁다고 돌아다니며 몸에 좋다는 약을 구해왔지만 내 병세에는 전혀 차도가 없었다. 그러자 이번에는 체질을 개선시킬 수 있다는 무공 비급들을 구하기 시작했다. 하지만 그렇게 놀라운 비급들이 그냥 세상에 돌아다닐 리 만무하지 않은가?

해서 아버지와 형이 택한 길은 그 비급들을 비밀리에 구하는 것이었다. 물론 암살과 도둑질을 통해서 말이다. 하지만 꼬리가 길면 밟힌다는 말은 아마도 고금의 진리인 모양이다.

아버지와 형의 도둑 행각은 결국 발각이 되었고, 구파일방(九派一幇)이 생명처럼 여기는 장경각까지 건드린 바람에 구파일방의 추격을 받게 되었다. 결국 두 사람은 물론 가문의 모든 사람이 그들에게 목숨을 잃었다.

나? 난 살았다.

그렇다고 추적대를 구성했던 사람들의 자비심이 넘쳐서가 아니라 아버지와 형이 도둑질을 한 것이 나 때문이라는 것을 알고는 조롱하기 위해서 살려둔 것일 뿐이다.

그렇지만 그들도 미처 예상하지 못한 것이 있는데, 그것은 그동안 아버지와 형이 구해준 비급의 대부분을 내가 기억하고 있다는 사실이었다.

그 가운데에는 선천진기를 이용할 수 있는 방법이 적힌 비급도 있었다. 그리고 그 선천진기를 이용해 무공을 펼칠 수 있는 방법도 있었다. 내 경우에는 그 선천진기의 양이 너무 적어

단 한 번밖에 안 되었지만 말이다.

복수의 기회를 노리던 난 우리 가문을 몰살시킬 때 주도적인 활약을 했던 종남파 장문인 종남일검 문일학을 결국 암살하는 데 성공했지만 결국 그 제자들에게 죽임을 당했다.

아마 내가 살았던 전생 가운데 유일하게 후회가 남지 않는 삶으로 기억한다.

내가 이렇게 과거 이야기를 장황하게 늘어놓는 이유는 전생의 기억을 되찾음으로 잊고 있었던 무공을 다시 기억해 낼 수 있었고, 그것을 익히기로 마음먹었기 때문이다.

왜 무공을 익힐 생각을 했느냐고 묻는다면 당연히 오래 살고 싶기 때문이라고 대답하겠다. 물론 내 몸을 건강하게 만들려는 목적도 있었지만 그보다는 오래 사는 것이 무엇보다 우선이었다. 게다가 따분함을 참기 힘든 것도 사실이었다.

원래대로라면 기본 체력을 만든 7, 8세 이후부터 시작하는 것이 좋고, 또 원칙이지만 지금부터 무공을 익히기 시작하는 것도 나름대로 장점이 있다.

그것은 현재 내 상태가 갓 태어났기 때문에 혈도에 불순물이 전혀 없어 내공을 쌓기에는 더할 나위 없이 좋은 신체를 가지고 있다는 점이다.

기억하고 있는 몇 가지의 무공 가운데 무엇을 익힐까 고심하다 결국 선택한 것은 무당파에서 훔친 태극기공(太極奇功)이라는 무공 비급이었다.

태극기공을 택한 이유는 비록 연성 기간이 오래 걸리긴 하지만 무공을 연성하는 동안 환골탈태가 자연적으로 이뤄진다는 점 때문이었다.

환골탈태를 경험한 사람은 수명이 보통 두 배 이상 늘어난다고 알고 있지만 문제는 내가 환골탈태를 경험해 본 적도, 또 오래 살아본 적도 없어서 과연 얼마나 오래 살 수 있을지는 알 수 없다는 점이 조금 걱정되었다.

오래 사는 것이 목적이었기에 무공이 강한 것이나 익히기 쉬운 것은 생각하지도 않았다. 일단은 환골탈태가 우선이었다.

나중 일은 나중에 걱정하면 되니까.

③

내가 세 살 때 남동생이 태어났다. 그리고 다시 2년 후엔 여동생도 태어났다.

남동생의 이름은 하인즈였고, 여동생은 아이리스라고 불렀다. 둘 다 너무나 사랑스러운 녀석들이었다. 하인즈도 그렇고 아이리스도 그렇고 날 너무 좋아했다. 부모님보다 더 말이다. 특히 하인즈 녀석은 내 뒤만 졸졸 쫓아다녀 귀찮을 정도였다.

참, 내 이름은 알렉시스다.

과거 오래전에 위대한 제국을 세웠던 황제의 이름이라는데 훌륭한 사람이 되라는 부모님의 염원이 담긴 이름이었다. 어감도 좋고 뭔가 있어 보여서 꽤나 마음에 들었다.

꾸준히 태극기공을 익힌 탓에 지금까지 잔병치레 한 번 하지 않았고, 꾸준한 운동으로 기초 체력 역시 이미 만들었다.

아마도 부모님들은 체력 훈련을 하는 날 보시고 꽤나 정신없이 까부는 녀석이라고 생각하셨을 게 분명했다. 그럴 만도 한 것이, 시간이 날 때마다 천지가 좁다고 뛰어다녔기 때문이다.

참, 부모님 이야기가 나왔으니 하는 말인데, 부모님은 발레리우스 가문에 소속된 농노였다. 말이 농노였지 노예보다 생활이 낫다고 볼 수 없는 신세라는 것이 더 정확한 말일 것이다. 그러니까 조부모님들 때부터 발레리우스 가문에 소속된 노예였기 때문에 자연스럽게 부모님들도 발레리우스 가문의 노예가 될 수밖에 없었다.

어린 시절에 부모를 잃은 아버지는 어린 나이에 농사를 짓겠다고 주인님께 간청하여 농사를 지을 수 있었다. 그렇다고 해도 수확물의 팔 할을 바쳐야 했기에 풍족한 생활은 기대할 수 없었다. 하지만 생활의 자유를 얻을 수 있기에 농노가 되기를 원하는 노예들도 적지 않았다.

그렇게 어린 시절을 보내다 일생일대의 사건을 만나게 된 것은 내 나이 여덟 살 때의 일이었다.

Chapter 2
로안나란 계집애 때문에 생긴 일

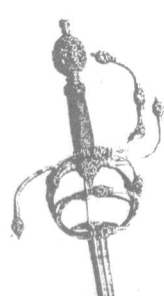

The Duel of Master
마스터 대전

그날 난 동네 뒷산에 있는 큰 나무에 기대어 따스한 햇살을 만끽하고 있었다.

이미 한바탕 산속을 달린 후였기에 잠시 나무에 기대어 쉬고 있는 중이었다. 그런 내게 익숙하지 않은 광경이 보였다.

곱슬곱슬한 빨간 머리를 찰랑거리며 걸음을 옮기고 있는 사람은 분명히 처음 보는 계집아이였다.

사방을 두리번거리며 걷는 모습을 보면 마치 길을 잃은 것 같았다. 걷는 데 전혀 도움이 안 될 것 같은 치렁치렁한 드레스를 살짝 들고 걸음을 옮기던 계집아이는 나와 눈이 마주치자 서둘러 달려왔다.

눈이 마주치는 순간 왠지 모를 찜찜함이 느껴졌다.

비싸 보이는 드레스, 햇빛을 한 번도 보지 않은 듯 뽀얀 살결을 보면 누가 봐도 부잣집 딸내미였다.

이 부근에서 저렇게 비싼 옷을 입고 돌아다닐 수 있는 사람이라면 나와 같은 해에 태어났다는 발레리우스 가문의 딸이거나 발레리우스 가문과 관련이 있는 가문의 딸내미임이 분명했다. 어느 쪽이 되었든 나에게는 골치 아픈 상대, 그 이상도 이하도 아니었다.

"애, 너, 이 마을에 살아?"

"그렇습니다만……."

제기랄, 나도 모르게 존댓말이 나왔다.

"그럼 케시마론 꽃이 어디 있는지 알아?"

"케시마론 꽃 말입니까?"

"그래."

초롱초롱 눈빛을 반짝이며 날 쳐다보는 계집애의 모습은 굉장히 귀여웠다.

"핀 것을 본 적은 있지만……."

"정말이야? 어딘데? 어디서 봤는데? 응?"

"산속에서 본 적이 있습니다."

"그래? 그럼 가자."

"예?"

"빨리 가자니까. 꼭 그 꽃이 있어야만 한단 말이야."

내 손을 잡고 막무가내로 끌어당기는 계집애의 행동에 난 어이가 없기도 했지만 함부로 뿌리칠 수도 없어 난감하기 이를 데 없었다.

"그곳은 멀기도 하지만 너무 위험합니다. 산이 험준해 맹수가 나타날 수도 있고 몬스터를 만날 수도 있습니다."

몬스터가 나타난다는 말에 계집애의 눈에 잠시 두려운 기색이 어렸지만 곧 고개를 똑바로 들고는 입을 앙다물었다.

"그래도 갈 거야. 케시마론 꽃이 꼭 있어야만 한단 말이야."

왜 이렇게 케시마론 꽃에 목을 매는 것인지는 알 수 없지만 왠지 계집애가 간절히 원하는 그 꽃을 구해주고 싶었다.

"알겠습니다. 그럼 제가 구해올 테니까 여기서 기다리세요."

"싫어. 나도 갈 거야."

계집애, 생긴 것은 귀엽게 생긴 게 고집은 아주 황소고집이었다. 몇 번 더 설득해 보았지만 씨알도 안 먹혔다.

결국 집에 들러 계집애한테 거추장스러운 드레스를 벗고 내 옷으로 갈아입게 하고, 난 케시마론을 채취할 장비를 챙겼다.

케시마론은 주로 깊은 산속에서 서식하는 야생화의 일종인데, 어른 주먹만 한 크기의 엷은 보라색 꽃을 피우는 다년생 꽃이었다.

한 가지 특이한 것은 꽃잎에 황금색 줄무늬를 가졌는데 그 기하학적인 무늬가 보는 사람의 눈길을 뗄 수 없게 만들어 많은 사람들이 케시마론을 찾지만 인공 재배가 불가능하기 때문에 꽤나 고가로 취급되는 꽃이었다.

그뿐만이 아니었다.

꽃잎과 뿌리를 응달에서 말려 가루를 만들어 다른 약재와 섞으면 꽤 효과가 좋은 상처 치료약을 만들 수 있어 신관들이나 마법사들이 선호하는 꽃이기도 했다.

난 케시마론을 캐서 담을 바구니와 작은 삽을 챙겼다.

이유는 케시마론은 꽃만 딸 경우 하루를 넘기지 못하고 시들어 버리기 때문이었다. 흙과 함께 뿌리째 캐서 보관해야만 시들지 않고 오래 꽃을 볼 수 있는, 관리가 상당히 힘든 꽃이었다.

천천히 산으로 향하면서 솔직히 조금 걱정이 되었다.

지금껏 살아오면서 몬스터를 만난 적이 없어 몬스터는 걱정이 되지 않았지만 맹수는 솔직히 걱정이 되었다. 가끔 산 아래까지 내려와 집에서 키우던 닭들을 물어 간 적도 있기 때문이었다.

어찌 되었든 간에 기억을 더듬어 산을 헤맸다.

거의 한 시간쯤 지났을 때 비탈에 집단적으로 피어 있는 케시마론 군락지를 만날 수 있었다. 나무 사이를 뚫고 비치는 희미한 햇빛을 받으며 영롱하게 피어 있는 케시마론 군락의 모습은 그야말로 환상, 그 자체였다.

서둘러 채취할 준비를 한 나는 조심스럽게 뿌리가 다치지 않도록 케시마론을 채취해 바구니에 담으면서도 주위를 경계하는 것을 잊지 않았다. 내가 케시마론을 채취하는 동안 계집애는 꽃잎을 만지작거리고 있었다.

"우리 엄마는… 날 낳은 후부터 계속 침대에만 누워 계셔.

그런 엄마가 가장 좋아하시는 꽃이 바로 케시마론 꽃이야."

"그래서 케시마론 꽃을 캐러 오신 겁니까?"

"내일이 엄마 생신이거든. 그래서 엄마가 가장 좋아하시는 꽃을 선물로 꼭 드리고 싶었어."

"로안나 아가씨는 정말 마음이 따뜻한 분이시군요. 틀림없이 록산느님께서 기뻐하실 겁니다."

"어? 날 알아? 그리고 엄마 이름은 어떻게 알고 있어?"

"물론 처음엔 잘 몰랐습니다만 어머니께서 편찮으시다는 말을 듣고 알게 되었습니다. 부자에, 이렇게 예쁜 딸에, 계속 편찮으셨던 여성 분은 이 지방에 발레리우스 가문의 안주인이신 록산느님밖에 안 계시지 않습니까?"

내 말에 로안나는 사람이 무안해질 정도로 빤히 내 얼굴을 쳐다보았다.

"그러고 보니 너 말투가 이상해. 그것도 굉장히 많이."

"뭐가 그렇게 이상합니까?"

"왜 어른 말투를 흉내 내는 거야?"

"예?"

"그랬습니다, 아닙니다. 다 어른 말투잖아. 너, 몇 살이야?"

"로안나 아가씨와 마찬가지로 여덟 살입니다. 하지만 제가 로안나 아가씨보다 한 시간 빨리 태어났을 겁니다."

"그게 정말이야? 난 왜 몰랐지? 진작 알았으면 같이 놀았을 텐데 말이야."

철딱서니없는 소리 하고 있네.

설마 네가 그런 생각을 하고 있다고 해도 어른들이 허락할 리가 없잖아. 그만한 생각도 못하냐?

쯧쯧쯧, 대체 여덟 살짜리한테 내가 뭘 바라는 거야?

"로안나 아가씨, 케시마론은 충분히 캔 것 같습니다. 이만 내려가시지요."

"조금만 더 있으면 안 돼? 너무 예쁘잖아."

"하지만 이곳은 언제 맹수들이 나타날지 모르는 곳입니다."

"알았어, 하지만 조금만 더 보고 가자. 이제 가면 언제 다시 올지도 모르잖아."

"알겠습니다. 그럼 조금만 더 있다가 내려갈 겁니다. 산에서는 해가 일찍 지니까 빨리 내려가야 합니다."

"알았어."

케시마론 군락 사이에 서 있는 로안나의 모습은 정말 한 폭의 그림처럼 너무나 아름다웠다.

정신없이 그녀를 바라보던 내 귀에 뭔가가 수풀을 스치는 소리가 들렸다. 게다가 하나둘이 아니었다.

더욱 귀에 신경을 기울여 들어보니 먼 곳에서부터 넓게 퍼져 포위망을 구축한 채 뭔가가 나와 로안나가 있는 곳으로 다가오는 것을 분명히 느낄 수 있었다.

직감적으로 위험하다는 것을 깨달은 난 재빨리 주위를 둘러봤다. 그리고 조금 떨어진 곳에 제법 큰 나무 한 그루가 있는 것을 발견하고는 서둘러 나무 위로 그녀를 대피시켰다.

그러는 사이 접근하던 것들이 드디어 모습을 드러냈다.

생각지도 못한 늑대가, 그것도 떼를 지어 나타난 것이다. 언 뜻 봐도 50여 마리는 충분히 되어 보였다. 하지만 내가 가지고 있는 것은 작은 삽 한 자루가 전부였다.

②

서 있는 키만 해도 나만 한 키의 늑대가 한 마리도 아니고 자그마치 50여 마리가 둘러싸고 있는 상황은 어른이라 하더라 도 오금이 저릴 만한 광경이었다. 더군다나 지금까지 난 단순 히 내공만 연마했지, 외공이나 초식은 전혀 익히질 못했다는 것이 문제였다.

물론 단순한 권각술(拳脚術)은 할 줄 알지만 지금과 같은 상 황에서 그것이 얼마나 도움이 될지는 자신할 수 없었다.

나무 위로 피한 로안나는 갑작스럽게 몰려든 늑대들 때문에 공포에 질려 거의 정신을 못 차리고 있었다.

이 글을 읽는 독자들은 나는 왜 나무 위로 피하지 않았느냐 고 묻고 싶을 것이다. 하지만 그럴 수 없는 것이, 로안나가 피 한 곳이 지상으로부터 겨우 2미터밖에 안 되기 때문이다.

만약 늑대들이 단 한 번만 도약을 해도 고스란히 공격을 받 을 수 있었기 때문에 아래에서 지키지 않으면 소용이 없다.

죽어도 오래 살겠다고 다짐했었는데, 그래서 태어나자마자 무공을 익힌 것인데 이런 상황을 맞은 것은 모두 내 방심 때문 이니 누구를 원망할 수도 없었다.

만약 이 상황을 벗어나기만 하면 그때는, 그때는 정말 남는 시간은 모두 무공을 연성하는 데 쏟아 부을 거다.

그런 생각을 하는 사이 내 눈치를 보던 늑대 한 마리가 날 향해 몸을 날렸다. 엉겁결에 삽에 진기를 주입하며 나에게 달려들던 늑대 녀석을 후려치려고 했다.

퍽!

진기를 삽자루에 주입하자마자 삽자루가 그대로 터져 나갔다. 갑자기 삽자루가 터져 나가자 늑대는 깜짝 놀라며 황급히 뒤로 물러섰다.

제기랄, 유일한 무기가 제대로 써보지도 못하고 망가지고 말았다. 황급히 땅에 떨어진 삽을 집어 들고 보니 마치 날이 넓은 대거 같았다.

주위를 둘러보니 마치 내가 지치기를 기다리는 것처럼 앞줄에 있던 녀석들은 어슬렁거리고 있었고, 뒤에 있던 녀석들은 그대로 땅바닥에 배를 깔고 그 광경을 지켜보고 있었다.

솔직히 처음에는 두려운 마음이 들었던 것도 사실이고, 당황했던 것도 사실이었지만 갑자기 지금 벌어지고 있는 상황에 슬슬 열이 나기 시작했다.

이게 얼마 만에 경험하는 정상적인 삶인데 한낱 이런 개새끼들 때문에 다시 끝내야만 한단 말인가? 그런 일은 절대 있을 수도, 또한 있어서도 안 되는 일이었다.

"덤벼, 이 개새끼들아! 덤비란 말이야, 덤벼!"

내 고함 소리에 배를 깔고 앉아 있던 늑대들이 벌떡 일어났다. 동시에 어슬렁거리던 녀석들 가운데 한 마리가 느닷없이 날 향해 달려들었다.

그 모습을 발견하는 순간 난 비록 익히지는 않았지만 태극 기공의 검결(劍訣)을, 권결(拳訣)을, 또한 보결(步訣)을 떠올리 며 몸을 움직였다. 수천 번도 넘게 머릿속에 떠올려 봤지만 실 제로 몸을 움직여 보기는 처음이기 때문에 피하는 내 동작은 어설프기 짝이 없었다.

슬쩍 몸을 피한 난 달려들던 늑대 녀석의 목을 향해 삽날을 휘둘렀다. 그런 삽날에는 어설프지만 진기가 실려 있었다.

스윽~

미약한 소리와 함께 늑대의 목이 단번에 절반 정도가 잘려 나가며 사방으로 피를 뿌려댔다. 지면에 나뒹군 늑대가 몇 번 세찬 경련을 일으키다가 곧 축 늘어졌다.

하지만 그 모습을 확인할 사이도 없었다.

다시 두 마리의 늑대가 달려들었기 때문이다.

한 마리는 목을 노렸고, 또 한 마리는 종아리를 노리고 달려 들었다. 마치 그렇게 공격하도록 오랫동안 집중적인 훈련을 받은 것처럼 말이다. 당황하는 사이 순식간에 종아리를 물렸 지만 난 목을 향해 달려들던 녀석의 심장 어림을 삽날로 힘껏 찔렀다.

푹!

힘껏 찔러 넣었던 삽날을 뽑아 이번엔 종아리를 물고 있던 녀석의 머리통을 향해 힘껏 내리찍었다.

퍽!

삽날이 늑대의 두개골을 부수고 파고드는 것을 분명히 느낄 수 있었다. 서둘러 늑대를 차내고 보니 종아리에 가볍지 않은 상처가 생겼고, 피가 흘러내리고 있었다.

내 몸에서 피가 흐르는 것을 본 늑대들의 움직임이 갑자기 부산스러워졌다. 그런 늑대들과는 달리 오히려 난 냉정을 찾을 수 있었다.

비록 상처를 입긴 했지만 늑대들의 움직임을 똑똑히 보고 전체를 확인하려고 노력했다.

무질서하게 움직이는 늑대들 가운데 유일하게 선 자리에서 꼼짝도 하지 않는 건방진 자식이 한 마리 있었다. 다른 늑대들보다 조금 더 큰 덩치에 이마 한가운데 흰 점이 있었는데, 하는 짓거리를 보니 아마도 이 무리의 우두머리인 것 같았다.

책에서 맹수들은 우두머리만 없애면 도망친다고 하던데 과연 그렇게 될지 의문이었다. 또한 무리의 가장 뒤쪽에 있는 우두머리를 없애는 것도 결코 간단한 일이 아니었다.

그러는 사이 다시 늑대들의 공격이 시작되었다.

삽날로 공격할 수 있는 늑대도 한계가 있었지만 그렇다고 등 뒤의 로안나 때문에 이 자리를 떠날 수도 없었다. 하지만 꼭 나한테 불리한 것만은 아니었다.

일단 뒤에 나무가 있어 등 뒤에서의 공격은 걱정하지 않아도 되었고, 삽날 공격이 늑대에게 통하니 최대한 부상만 조심한다면 시간이 걸려서 그렇지 결국은 막아낼 수 있을 거란 판단이 들었다.

날 향해 달려들던 늑대의 앞발을 삽날로 잘라내자 녀석은 땅바닥을 나뒹굴며 무척이나 고통스러워했다. 슬쩍 피하면서 녀석의 턱주가리를 향해 힘껏 발길질을 했다.

퍽!

녀석의 아래턱이 박살나는 것을 촉감으로 충분히 알 수 있었다. 하지만 확인할 사이도 없이 달려드는 다른 녀석의 뱃가죽을 삽날로 찢어버렸다.

정신없이 몸을 움직이다가 문득 생각난 것이, 내가 아무리 체력이 좋아도 이렇게 정신없이 움직이다간 내가 먼저 지쳐버릴 거란 것이다.

그런 생각을 하는 동안 공격과 방어가 점점 간결하게 변했다. 게다가 진기의 사용도 최대한 자제한 채 마지막 공격을 할 때만 진기를 사용하게 되었다.

그러는 동안 왼팔과 오른쪽 종아리에 새로운 상처를 입게 되었다. 늑대들에게 물린 상처가 깊지는 않았지만 움직임에 약간의 제약이 있기는 했다.

그사이 약 20마리의 늑대를 해치울 수 있었지만 상처도 늘었고, 무엇보다 진기를 3분의 2나 사용해 버려서 은근히 걱정이 되었다. 하지만 이 모든 것이 내 방심 때문에 발생한 일이니 누굴 원망하겠는가?

자신들의 절반에도 못 미치는 내가 동료들을 절반이나 해치우자 늑대들도 겁을 집어먹었는지, 아니면 조심하는 것인지 쉽사리 덤벼들지 못하고 있었다.

그때까지 뒤에서 상황만 지켜보던 우두머리 녀석이 드디어 앞으로 걸어나왔다.

③

꿀꺽.

나도 모르게 긴장했는지 마른침을 삼켰다.

물 한 모금만 마시면 기운을 낼 수 있을 것 같은데, 물통을 가지고 오지 않은 것이 너무나 아쉬웠다.

애써 정신을 차리고 삽날을 잡은 손에 힘을 주었다.

이 건방진 대장 늑대 새끼는 왠지 다른 늑대들과는 분위기부터가 달랐다.

덩치는 다른 늑대들보다 훨씬 컸지만 자세도 낮았고 언제든 공격할 수 있도록 뒷다리에 힘을 잔뜩 준 채로 어슬렁거리며 걸음을 옮기고 있었다. 그러면서도 시퍼런 불이 뚝뚝 떨어지는 눈으로 날 노려보고 있었다.

내가 자신들 대장하고 대결을 한다고 다른 늑대들은 뒤로 물러난 채 대결할 장소를 만들고는 쳐다보고만 있었다. 조폭도 아니고 대체 이런 건 어디서 보고 배운 것인지……

날이 어두워지면서 대장 늑대의 눈에서 맹수 특유의 살기가 어리는 것이 똑똑히 보였다.

내가 깊게 숨을 들이키는 순간 녀석의 몸이 허공을 갈랐다.

재빨리 허리를 숙이는 순간 녀석은 나무의 밑동을 박차고는 재차 공격을 해왔다.

깜짝 놀라 지면을 박차며 뒤로 몸을 날렸지만 그때는 이미 녀석의 공격에 상처를 입은 후였다. 괘씸하게도 녀석은 이빨이 아닌 발톱으로 공격을 했기에 미처 피할 수 없었다.

옆구리의 상처가 제법 깊었다.

치미는 분노를 억누르며 다시 녀석을 노려보았다.

내 피가 묻은 발톱을 가볍게 핥아대던 대장 늑대 녀석의 꼴이 얼마나 얄밉던지 피똥을 쌀 때까지 패주고 싶었다.

흥분하지 말자. 흥분하지 말자. 흥분하지…….

으윽~ 도저히 열받아 참을 수가 없었다.

상처 부위를 억누르며 고통스러운 척했더니 그 모습을 보며 녀석이 긴 혀로 입 주위를 핥았는데, 그 모습이 꼭 나를 비웃는 것처럼 느껴져 또 한 번 내 꼭지를 돌게 만들었다.

피곤한 척 뒤로 물러서 나무에 기댔더니 대장 늑대 녀석은 기회라도 잡은 양 금세 공격할 자세를 잡았다.

거기에 삽날까지 늘어뜨리고 지친 척했더니 드디어 녀석이 천천히 접근하기 시작했다. 하지만 섣불리 공격을 시작하지는 않았다. 너무나도 냉정하고 침착한 그런 모습을 보면 본능밖에 없는 짐승이라는 생각은 도저히 들지 않았다. 오히려 인간보다 더 이성적이었다.

곁눈질을 해 녀석과의 거리를 따져 봤지만 이 괘씸한 자식은 절대 내 공격 사정거리 내로는 들어오지 않았다. 그렇지 않아도 어린아이의 몸에 삽날로만 공격을 해야만 하기 때문에 공격 범위가 짧은 나로서는 다가오지 않는 녀석이 너무나 얄미웠지만 다른 방법이 없었다.

순간적으로 힘이 빠져 무릎이 살짝 굽혀지는 순간 녀석의 공격이 시작되었다.

빠르게 몸을 날리는 녀석을 보고 뒤로 물러서려던 나는 아뿔싸! 나무에 그만 몸을 부딪치고 말았다.

내 머리쯤은 단번에 박살 낼 것 같은 아가리가 순식간에 다가오는 모습에 황급히 왼팔에 진기를 주입하고는 녀석의 아가리를 막았다. 동시에 오른손에 들고 있던 삽날을 움켜잡고는 녀석의 심장 어림을 향해 힘껏 찔러 넣었다.

내 팔을 물고 흔들어대던 녀석은 내 공격을 어떻게 알았는지 가벼운 상처만 입고 뒤로 물러섰다. 빗나간 공격을 아쉬워할 사이도 없이 재차 달려드는 녀석을 향해 다시 한 번 왼쪽 팔뚝을 내밀어야만 했다.

팔을 문 채 사정없이 머리를 흔드는 바람에 상처가 찢어져 피가 났지만 진기로 팔뼈와 혈도는 보호할 수 있었다.

녀석이 팔을 물어뜯는 사이 난 삽날을 움켜잡은 채 주먹으로 대장 늑대의 귀빵맹이를 사정없이 때렸다.

지금까지 박살이 났던 다른 녀석들과는 달리 이 자식은 눈에 시퍼런 불을 켠 채 내 팔만 물고 늘어졌다. 물린 팔에서 전해지는 고통을 참지 못하고 마구 주먹질을 해대던 난 멍청하게 내가 삽날을 들고 있다는 사실조차 깨닫지 못했다.

우연히 주먹에 눈을 맞은 대장 늑대가 깨갱거리며 뒤로 물러섰고, 그제야 난 겨우 팔에 상처를 확인할 수 있었다.

녀석의 송곳니 때문에 네 개의 구멍과 자잘한 구멍 몇 개가 더 생겼다.

재빨리 지혈을 한 덕분에 피는 많이 흘리지 않았지만 근육을 다쳤는지 팔을 제대로 움직이기 힘들었다. 하지만 녀석도 한동안은 한쪽 눈을 뜨기 힘들 테니 꼭 손해만은 아니었다.

앞발로 얼굴을 마구 쓰다듬던 대장 늑대 녀석은 곧 살기를 뿌리면서 다시 달려들었다. 하지만 나도 이미 냉정을 찾은 다음이라 맥없이 당하지만은 않았다.

물론 수순은 조금 전과 똑같았다.

녀석이 달려들면 왼팔로 녀석의 공격을 막으면서 오른손의 삽날로 공격했다. 다만 조금 다른 것은 절대 물러서지 않은 채 상대의 목숨을 노렸다는 점이다.

녀석은 금방이라도 내 몸에서 팔뚝을 물어뜯어 낼 듯이 집요하게 팔만 공격했고, 난 녀석의 몸통에 삽날을 꽂아 넣을 기회만 노리고 있었다.

물고 물리는 싸움이 한동안 계속되었고, 드디어 기회가 왔다. 하지만 그 기회는 나 때문에 생겼다.

대장 늑대를 견제하면서 물러서다가 그만 돌부리에 걸려 넘어진 것이다. 순간 대장 늑대가 몸을 날려 날 덮쳤고, 난 그런 대장 늑대의 심장을 향해 힘껏 삽날을 찔러 넣었다. 내가 집어넣을 수 있는 최대한의 진기를 집어넣은 채 말이다.

푹!

팍!

"큭!"

내 손이 대장 늑대의 가슴속으로 사라지는 순간 뭔가가 내 오른쪽 눈을 강타하는 것을 느끼며 나도 모르게 신음을 토해냈다. 눈 부위가 화끈거림과 동시에 온통 빨갛게 변해 버려 순간적으로 아무것도 보이지 않았다.

순간 실명했다는 생각에 녀석의 가슴에 박아 넣은 손을 마구 휘저었다.

얼마나 시간이 지났는지 모른다.

마구 손을 움직이다 문득 녀석의 몸이 움직이지 않는다는 것을 깨달은 난 녀석의 축 늘어진 몸뚱이를 밀치고 자리에서 일어섰다. 그리고는 녀석의 내장을 뽑아 정신없이 이빨로 물어뜯었다.

광기에 휩싸인 난 내가 무슨 짓을 하고 있는 줄도 몰랐다. 한참의 시간이 지난 후 겨우 정신을 차린 난 그 자리에 주저앉아 가쁜 숨을 몰아쉬었는데, 다른 늑대들은 모두 도망을 갔는지 한 마리도 보이지 않았다.

나무 위를 보니 로안나는 좀 전에 기절해서 여전히 깨어나지 못하고 있었다. 설사 기절하지 않았다고 하더라도 지금의 날 봤다면 기절할 것이 분명했을 정도로 내 몸에선 지금도 피가 뚝뚝 떨어지고 있었다.

운공을 해보니 내상의 흔적은 없었다. 다리의 상처는 그런

대로 나았지만 팔의 상처는 제법 심해서 나으려면 한동안 고생해야 할 것 같았다.

아까 캐놓은 케시마론은 이미 엉망이 되어버렸기 때문에 케시마론을 다시 채집해야만 했다.

대장 늑대의 뱃속에서 삽날을 꺼내는 내 눈에 희미한 달빛 아래에 고고한 자태를 자랑하는 케시마론의 아름다움이 들어와 난 한동안 멍하니 그 모습을 바라볼 수밖에 없었다.

물론 낮에 케시마론 군락 사이에 있던 로안나의 모습도 아름다웠지만 지금은 그냥 순수한 자연의 아름다움에 내 모든 정신을 빼앗긴 것이다.

얼마나 시간이 지났는지 알 수 없지만 정신을 차리고 보니 하늘 한쪽이 붉게 물든 것이 아마도 날이 밝아오는 것 같았다. 서둘러 케시마론을 캐 바구니에 담은 난 조심스럽게 로안나를 흔들어 깨웠다.

"아가씨, 로안나 아가씨!"

"으응?"

조금 큰 소리로 깨우자 로안나는 비로소 일어났다.

"꺄악!"

주위에 흩어진 늑대들의 사체보다 피를 덮어쓴 나 때문에 놀란 모양이었다.

내 모습이 보기 안 좋은 것은 이해하지만 그렇다고 언제까지 이곳에 있을 수만은 없기에 나로서도 어쩔 수 없었다.

"로안나 아가씨, 늑대들이 언제 돌아올지 모르니 한시라도 빨리 여기를 벗어나야 합니다."

내 말에도 로안나는 겁에 질렸는지 좀처럼 움직일 생각을 하지 않았다. 다시 그녀를 설득하기 위해서 고개를 들었을 때 뭔가 뜨거운 것이 내 얼굴로 떨어졌다.

"흑흑흑, 미안해. 정말 미안해. 나 때문에… 나 때문에……."

"저는 괜찮으니까 빨리 내려오십시오. 이곳에서 빨리 벗어나야 합니다."

내 도움을 받아 나무에서 내려온 로안나는 바구니를 든 내 뒤를 따라왔는데 여명 무렵이라 그런지 숲 속은 어둡기 그지없었다. 아마 나름대로는 이를 악물고 따라오는 모양이지만 이런 고생을 한 번도 해보지 않은 로안나의 발걸음은 한없이 더디기만 했다.

결국 로안나에게 양해를 구해 그녀를 업었고, 서둘러 마을로 향했다. 거의 한 시간을 헤매다 집에 도착했을 땐 나도 완전히 지치고 말았다. 늑대들과의 싸움이 꽤나 날 지치게 만든 것 같았다.

환하게 밝혀진 집을 발견했을 때 그 반가움이란 이루 말로 다 표현할 수 없을 정도였다. 날 향해 달려오는 아버지와 낯선 사내의 모습을 발견하고 난 그대로 정신을 잃었다.

그날 기절한 이후 난 꼬박 이틀 동안 침대를 벗어나지 못했다. 그도 그럴 만한 것이, 지독한 근육통은 제외하고도 늑대들에게 물렸던 자리가 덧났기 때문이다.

그래도 한 가지 다행인 점은 실명한 줄 알았던 눈이 실은 눈꺼풀에 생긴 상처 때문에 피가 눈에 들어가 내가 오해를 했다는 것이었다. 하지만 왼쪽 눈 위 이마에서부터 시작된 네 줄기 발톱 자국이 오른쪽 턱 끝까지 이어졌다.

아마 대장 늑대 자식의 마지막 공격 때 생긴 상처인 모양이었다. 하지만 나도 그 녀석의 목숨을 빼앗았으니 아쉬울 것은 없었다.

집으로 돌아온 그날 저녁 우리 집에 낯선 사람이 찾아왔는데, 아버지 말로는 여명의 신 페락스를 모시는 신관이라고 하셨다. 신성력을 이용한 치료를 받게 되었는데, 어찌 되었든 간에 그 치료 효과만큼은 탁월했다.

대부분의 상처는 단번에 치료가 되었지만 팔의 상처만은 워낙 심한 탓에 한두 번의 치료를 더 받아야 한다고 했다. 그런데 한 가지 기분 나쁜 것은 신관이라는 중년 사내가 날 대하는 태도였다.

치료를 받는 동안 자신이 왜 이렇게 허름한 곳에 와서 나 같이 미천한 농노 꼬마를 치료해야 하느냐며 끝없이 불만을 늘어놓았다. 불평불만을 끝없이 늘어놓는 중년 신관의 태도는 나를 불쾌하게 만들기 충분했다.

인간성과 실력이 항상 비례하는 것이 아닌 모양이다.

집으로 돌아온 지 나흘이 지난 다음날 아침 발레리우스 가문에서 사람이 찾아왔다. 근엄한 인상을 가진 노년의 사내로, 발레리우스 가문의 집사라고 했다.

발레리우스 가문의 현 가주는 제스로 발레리우스였는데 그가 무슨 일로 날 부른 것인지 잘 이해가 안 되었다. 비록 내가 자신의 딸을 구해주기는 했지만 난 그가 소유한 농노의 자식이지 않는가?

그냥 없던 일로 한다고 해도 누가 뭐랄 사람이 없는데 왜 굳이 부른 것일까?

설마 고맙다고 상이라도 주려고?

아니면 자신의 딸을 위험한 곳으로 데리고 갔다고 날 혼내려고 부른 것일까?

상식적으로 생각하면 당연히 나에게 고맙다고 치사(致辭)한 후 푸짐한 포상금을 줘도 부족하지만 어디 힘을 가진 인간들이 농노를 인간으로 취급이나 했던가?

나쁜 일은 아닐 것이라 자위를 하면서 발레리우스 가문에서 보내온 마차에 올랐다.

제법 빠른 속도로 달린 것 같은데도 꼬박 한 시간을 달리고서야 겨우 발레리우스 가문에 도착할 수 있었다.

도착하기 전 난 어떻게 로안나가 우리 마을까지 걸어왔을까 궁금하기 짝이 없었다. 정말 걸어온 것이 맞을까? 하지만 여덟 살짜리가 걸어오기엔 너무 먼 거리가 아닌가?

그런 생각을 하던 내 눈에 4미터는 됨 직한 철로 만든 높은 담장이 보였다. 정문을 지키던 네 명의 가드에게 인사를 받으며 들어선 마차는 현관을 향해 달려갔는데, 거의 십 분이나 걸렸다.

현관 앞에는 화려하게 꾸며진 10여 개의 분수대에서 물줄기가 치솟고 있었고, 화사한 꽃들이 활짝 핀 화단이 분수대를 감싸고 있었다.

환하게 밝혀진 현관에는 10여 명의 시종과 시녀들이 기다리고 있었는데, 내가 마차에서 내리자마자 덥석 안아 들고는 곧장 건물 안으로 들어갔다. 그리고는 날 그대로 욕탕에 처박았다. 하지만 그걸로 끝이 아니었다.

두 시녀가 날 홀딱 벗겨놓고는 때를 밀기 시작했다.

한데 내가 잘못 알고 있는 것이 있었다.

이 세계 사람들은 절대 때를 밀지 않는다고 알고 있었다. 하지만 그런 내 상식을 비웃기라도 하듯 두 여인은 억센 헝겊을 물에 묻혀 전신을 사정없이 벅벅 문질러 대는 것이다.

으갸갸갸~ 살가죽이 홀라당 벗겨지는 줄 알았다.

그런데 이 여자들은 옷을 줄 생각은 하지 않고 느닷없이 향긋한 냄새가 나는 기름을 내 전신에 사정없이 바르기 시작했다. 더구나 남자만의 은밀한 부분까지 사정없이 말이다.

그런 연후에야 깨끗한 옷이 주어졌다.

옷을 입고 나자 기다렸다는 듯이 집사가 나타나더니 날 제스로에게 데리고 갔다.

"절대 주인님께 말대꾸를 해서는 안 된다. 주인님께서 묻는 말에만 간단명료하게 대답하도록 하거라. 무례를 범했다가는 나한테 혼이 날 줄 알거라. 알겠느냐?"

"알겠습니다, 벨몬트 집사님."

"응? 날 아느냐?"

"그냥 이름만 알고 있는 정돕니다."

내 대답이 의외였는지 벨몬트는 내 얼굴을 빤히 쳐다보다가 고개를 돌렸다.

"주인님, 아가씨와 함께 있었던 꼬마를 데리고 왔습니다."

"들여보내게."

제스로의 말에 소리도 없이 방문이 열렸고, 누군가 벽난로 앞에 앉아 있는 것이 보였다.

바닥에는 푹신한 양탄자가 깔려 있었고, 벽에는 두 점의 초상화와 화려한 태피스트리, 그리고 두 자루의 화려한 검이 교차된 채 벽면을 장식하고 있었다. 또 책들로 장식된 벽 앞에는 커다란 책상도 있었다.

"이리 오너라."

제스로의 말에 나는 벽난로 앞으로 다가갔다.

"앉거라."

아무 말 없이 놓여 있는 의자에 앉았다.

"네 이름이 뭐냐?"

"알렉시스라고 합니다."

"알렉시스? 건국왕(建國王)이신 알렉시스 루드비히 라파엘 폰 칼린 황제 폐하의 이름에서 따온 이름인가?"

제스로가 나직하게 중얼거렸지만 알아듣지 못할 정도는 아니었다.

알렉시스 루드비히 라파엘 폰 칼린?

건국왕이라고? 누군지 나중에 꼭 알아봐야지.

"예전 황제의 이름에서 따왔다고는 들었지만 그 황제가 누구인지는 모르고 있었습니다."

"상관없는 일이지. 그보다 며칠 전에 내 딸의 목숨을 구해주었다고 들었다. 사실이냐?"

"로안나 아가씨를 구했다기보다는 제 목숨을 노린 늑대들과 싸웠을 뿐입니다."

내 말에 비로소 제스로는 고개를 들고 날 쳐다봤다.

40대 초반으로 보이는 얼굴이었는데, 습관적으로 짓는 미소 때문인지 전반적으로 부드러워 보이는 얼굴이었다. 조금 퉁퉁하게 느껴지는 체격을 가지고 있었는데, 그렇다고 미련해 보일 정도는 아니었다.

"그런데 이해가 가지 않는 것이 있더구나."

"말씀하십시오."

"로안나에게 들으니 네가 로안나와 같은 날 태어났다고 하던데… 내 말이 맞느냐?"

"맞습니다."

"그럼 이제 겨우 여덟 살밖에 안 되었다는 말인데… 아무리 생각을 해봐도 로안나가 내게 한 말을 도저히 믿을 수 없구나. 제대로 훈련을 받은 병사가 중무장을 한 채 상대했다고 하더라도 늑대들을 물리치기는 불가능했을 게다. 그런데 겨우 여덟 살짜리가 작은 삽 한 자루로 늑대를 20여 마리나 해치우고 로안나를 구했다는 말은 아마 세상 누구도 믿지 못할 것 같은데… 네 생각은 어떠냐?"

"하지만 제가 삽만으로 늑대들을 물리친 것은 사실입니다."

그것이 사실이기에 난 담담하게 대답할 수 있었다. 하지만 제스로는 여전히 믿지 못하겠다는 표정이 역력했다.

잠시 내 얼굴을 빤히 쳐다보던 제스로가 말을 이었다.

"내가 너를 왜 불렀을 거라고 생각하느냐?"

"상을 주기 위해서가 아니면 벌을 주기 위해서라고 생각했습니다."

"벌? 내가 왜 내 딸의 목숨을 구해준 사람에게 벌을 줄 거라고 생각했지?"

"로안나 아가씨를 위험한 곳으로 안내했다는 사실만으로도 전 혼이 날 자격이 있다고 생각했습니다."

"혼날 자격이라……. 재밌는 말을 하는 녀석이구나. 다시 부를 때까지 일단 잠깐 쉬고 있거라. 잠시 후에 다시 부르겠다."

"알겠습니다."

"벨몬트."

"부르셨습니까, 주인님?"

나직한 제스로의 부름을 어떻게 알아듣고 나타난 것인지 귀신처럼 벨몬트가 모습을 드러냈다.

"이 아이에게 쉴 곳을 마련해 주고 자넨 다시 오게."

"알겠습니다, 주인님."

벨몬트의 대답을 들으면서 난 그와 함께 방을 빠져나왔다.

"참, 로안나 아가씨는 어떠신가요?"

"조금 놀라기는 하셨지만 지금은 많이 나아지셨다."

"나아지셨다니 다행이군요."

작은 손님용 방에 든 나는 그대로 침대에 뛰어들었다.

역시 집에서 내가 사용하던 침대와는 비교도 할 수 없을 정도로 부드럽고 푹신푹신했다.

침대에 드러누운 지 얼마 지나지 않아 깜빡 잠이 들었다.

물론 금방 일어났다.

이게 다 며칠 전 있었던 늑대와의 싸움 때문이다.

단 한 번의 실전이 내게 알려준 것은 정말 대단히 많았다.

지독한 근육통과 전신이 팽팽해지는 긴장감, 실전에서만 느낄 수 있는 극도의 흥분, 몇 가지 작은 깨달음 등등 불과 몇 시간 동안의 경험에 불과했지만 당시의 상황만은 며칠 동안 계속 생각을 해도 끝이 없었다.

자리에서 벌떡 일어난 난 얼굴을 비비며 정신을 차렸다. 그러다 한쪽 벽면에 상반신을 비춰볼 수 있는 거울이 있는 것을 발견했다.

천천히 다가간 난 거울에 비친 얼굴을 발견하고는 솔직히 충격을 받았다.

꺄악~ 이건 너무 귀엽게 생긴 꼬마잖아.

얼굴에 난 짐승의 발톱 자국이 안타깝기도 했지만 그래도 이만큼 완벽하게 귀엽게 생긴 얼굴이라면 이 정도 상처쯤은 있어도 괜찮을 것 같았다. 집 안에 거울이라도 있었으면 진작 내 얼굴이 어떻게 생겼는지 알았을 텐데…… 농노의 집에 거울 같은 고가의 물건이 있을 리 만무하지 않은가?

왜, 내가 과대망상증 환자 같은가?

얼굴에 상처는 이미 생긴 것이고, 어쩌면 평생 동안 함께해야 할지도 모르는데 이제 와서 실망한다고 뭐가 달라지겠는가? 적어도 난 인간의 가치를 얼굴의 미추에 두는 사람이 아니란 말은 분명히 해두고 싶다.

물론 멋있게 생겼다면 더 좋긴 하겠지만 설사 잘생기지 못한 상대라 할지라도 그것이 인간을 판단하는 데 별반 도움이 되지 않는다는 말이다. 인간의 미추는 인간관계의 충분조건이지 필요조건이 아니기 때문이다.

상처가 묘하게 근질거리는 것 같아 나도 모르게 상처를 긁었다. 그때 갑자기 방문이 열렸다.

"어때? 몸은 괜찮은 거야? 신관님은 자신이 치료했으니까 전혀 이상 없을 거라고……."

방 안으로 뛰어든 로안나는 내가 뭐라고 할 사이도 없이 마구 떠들어대다가 내 얼굴을 발견하고는 갑자기 입을 다물었다. 그리고는 느닷없이 울음을 터뜨렸다.

하여간 사람 정신없게 만드는 데는 천부적인 자질을 타고난 계집애였다. 하지만 그래도 어떻게 하겠는가? 상대적으로 약자인 내가 참아야지.

"아가씨, 울지 마십시오."

"어, 얼굴에 그 상처… 나 때문에 생긴 거잖아. 아, 아프지 않아?"

설사 아프다고 하더라도 눈물을 줄줄 흘리고 있는 그녀의 모습을 보고 어떻게 아프다고 하겠는가? 그리고 진짜 아프지 않은 것도 사실이었다.

"아프지 않습니다. 모두 나았습니다, 아가씨."

"하지만 이렇게 상처가 깊은데……."

내 뺨을 쓰다듬는 보드라운 손질이 느껴졌다.

그때, 그러니까 늑대와 싸울 때 왼팔이나 옆구리, 종아리 등에 물린 상처도 적지 않았지만 할퀸 상처 역시 몸 곳곳에 남아 있었다. 특히 손등과 팔처럼 드러난 곳에 상처가 많이 남았다.

"미안해. 모두 나 때문이야."

"아닙니다. 이젠 정말 괜찮으니까 아가씨께서는 신경 쓰지 않으셔도 됩니다."

"정말 안 아파? 이렇게 깊게 상처가 남았는데?"

더 이상 대꾸하지 않는 것이 좋을 것 같아 아예 입을 다물었다. 눈물이 그렁그렁한 눈으로 내게 몇 마디 말을 더 늘어놓던 로안나는 갑자기 내 손을 끌고 밖으로 나가려고 했다.

"빨리 따라와."

"어디를 가시려고……."

"엄마가 알렉시스를 보고 싶어해. 그러니까 빨리 따라와."

"하지만 전……."

"엄마는 몸이 약해서 오전에만 잠을 안 잔단 말이야."

하여간 로안나에게 끌려서 정신없이 따라가다 보니 어느새 이층 계단 앞에 있는 방문 앞에 서 있었다. 방문 앞에 서 있던 젊은 시녀는 로안나가 내 손을 잡아끄는 것을 발견하고는 꽤나 놀란 표정을 지었다.

"엄마 깨어 계시지?"

"예, 아가씨. 마님께서는 조금 전에 깨셨습니다. 그런데 이 분은……?"

"며칠 전에 날 구하려고 늑대하고 싸운 알렉시스야."

"어머? 그러면 이 소년이……."

덜컥!

"엄마, 나 왔어. 그런데 말이야……."

벌컥 문을 열고 들어선 로안나는 마치 먹이를 조르는 새끼 새처럼 재잘거리며 정면에 보이는 침대로 달려갔다.

우리 집보다 더 큰 방에는 커다란 침대가 가장 먼저 보였고, 요란하지 않게 치장이 된 벽면이 보였다. 또한 커다란 유리 창문이 보였고, 아기자기한 꽃들이 담긴 화분들이 창가에 쭉 놓여져 있었다.

침대에는 파리한 안색의 여인이 누운 채 로안나를 맞이했는데, 두 사람의 얼굴이 닮은 것을 금세 깨달을 수 있었다.

로안나의 손짓에 다가가 보니 병색이 완연한 여인이 내게 손을 내밀고 있었다. 가녀린 팔이 부들부들 떨리는 것을 본 나는 서둘러 여인, 록산느의 손을 잡아주었다.

"고맙구나. 내 딸의 목숨을 구해줘서……."

"아닙니다, 마님. 당연히 제가 해야 할 일이었습니다."

비록 뼈가 앙상한 손이긴 했지만 온기를 충분히 느낄 수 있는 따스한 손이었다. 조심스럽게 손을 놓자 록산느는 로안나의 머리를 쓰다듬어 주었다. 그러면서도 내게서 눈을 떼지 않았다.

"알렉시스라고 했느냐?"

"그렇습니다, 마님."

"앞으로도 로안나 곁에서 로안나를 지켜주겠느냐?"

"물론입니다, 마님."

록산느의 말에 무조건 대답을 하긴 했지만 가만 생각해 보니 뭔가 좀 이상했다. 이제 겨우 여덟 살밖에 안 된 내게 딸의 안전을 부탁한다니……. 혹시 오랜 투병 생활 때문에 말실수를 한 것은 아닌지 하는 생각마저 들었다.

"널 믿으마."

록산느와 대화를 나누면서 난 조금은 이상함을 느꼈다.

조금 전 록산느의 손을 잡으면서 그녀의 맥문(脈門)을 잡아 보았을 때 그녀의 상태는 보통 사람과도, 또 여느 병자와도 전혀 달랐다.

굳이 표현하자면 먼 거리를 전력으로 질주한 후의 몸 상태처럼 모든 근육이 지쳐 있었고, 내장의 장기 역시 활력을 완전히 잃은 상태였다. 그럼에도 불구하고 록산느의 장기 어디에도 특별한 이상은 느낄 수 없었다.

몸의 거죽은 30대였지만 근육이나 신체 장기는 60대 노인과 같은 상태로 조로화(早老化) 증세를 보이고 있었던 것이다.

상황이 이러니 신관들이 아무리 신성력을 퍼부어 치료하려고 해도 효과를 보지 못한 것이 당연했다. 밑 빠진 독에 물 붓기라고나 할까? 근육과 장기가 조로화 증세를 보이긴 했어도 특별한 이상을 보이는 곳은 없었다.

"…알렉시스!"

"예?"

"네 소원이 뭐냐고 물었단다."

"제 소원 말씀입니까?"

"그래, 원하는 것이 없느냐?"

"그보다 마님, 여쭤보고 싶은 것이 있습니다."

"무엇이냐? 말해보거라."

"혹시 전신이 나른하면서 팔과 다리에 힘이 전혀 들어가지 않는 증상이 있지 않으십니까? 또 소화도 잘 안 되고 숨 쉬기가 어려울 때는 없으십니까?"

내 말에 귀를 기울이던 록산느의 눈이 점점 커졌다.

"맞다. 그런데 네가 어떻게 내 몸의 증세를 알고 있는 것이냐?"

"조금 전 록산느 마님의 손을 잡았을 때 알게 되었습니다."

"그저 손만 잡는 것으로 상대의 병을 알 수 있단 말이냐?"

"그렇습니다. 제 말을 믿을지 안 믿을지는 마님께서 직접 판단하도록 하십시오. 지금부터 제가 드리는 말씀에는 한 점의 거짓도 없습니다."

내 말에 록산느는 내 얼굴을 뚫어져라 쳐다보고 있었는데, 대체 그 눈빛에 담긴 감정을 뭐라고 느껴야 할지 모르겠다. 불신, 부정, 의심, 희망, 의문 등등 온갖 감정의 편린들이 소용돌이치고 있었다.

"말을 해보거라."

"마님께서 현재 앓고 계신 병의 원인은 죄송하지만 저도 알지 못하기에 반드시 마님의 병을 낫게 해드리기는 힘듭니다. 하지만 제가 지금부터 말씀드린 대로만 따라 하신다면 지금보다는 훨씬 호전되실 수 있다고 장담할 수 있습니다."

"그러니까 지금 네 말은 신전의 신관들도 치료를 포기한 내 병을 낫게 할 수는 없지만 호전시킬 수 있는 확실한 방법이 네게 있단 말이냐?"

"그렇습니다, 마님."

"그 방법이라는 것이 무엇이냐?"

질문을 하는 그녀의 음성이 심하게 떨리는 것을 분명히 느낄 수 있었다.

로안나는 갑작스러운 내 말에 눈을 동그랗게 뜬 채 아무 소리도 하지 않고 록산느와 내 얼굴만 번갈아 쳐다보고 있었다. 어린 그녀도 지금 그녀의 엄마와 내가 나누는 대화가 얼마나 중요한지 직감하고 있는 것 같았다.

"먼저 고통스러우시더라도 무조건 하루 세 끼의 식사를 하셔야 합니다. 가벼운 수프를 드시더라도 정해진 시간에 식사

하시는 것이 우선입니다. 둘째, 정해진 시간에 하녀 몇 사람에게 마사지를 받으시는 겁니다. 뜨거운 물수건으로 전신마사지를 받으시면서 가볍게 팔다리 근육을 자극해야 합니다. 셋째, 힘드시더라도 하루에 한 시간 이상은 반드시 산책을 해야 합니다. 특히 햇볕을 하루에 30분 이상은 반드시 쬐야 합니다. 그리고 마지막은 시간이 날 때마다 반드시 정해진 방법대로 호흡을 하시는 겁니다. 믿을 수 없으시겠지만 이 호흡이 가장 중요합니다. 지금 말씀드리는 대로만 하시면 틀림없이 상태가 지금보다 호전되실 것을 제가 보장합니다."

"그러니까 단순히 정해진 시간에 식사를 하고, 안마를 받고, 햇볕을 쬐고, 숨 쉬기만 하면 신관들께서도 포기한 내 병이 호전될 것이라는 말이냐?"

반문을 하는 록산느의 얼굴에는 불신의 기색이 역력했다.

"마님께서 믿지 못하시는 것도 당연하지만 제가 드린 말씀엔 한 치의 거짓도 없습니다."

"조금 전 난 네 소원이 뭐냐고 물었는데 생뚱맞게 내 치료 방법을 말한 이유가 무엇 때문이냐?"

생각지도 못했던 록산느의 질문에 솔직히 난 당황스러웠다.

오랜 시간 동안 자리에서 일어나지 못한 그녀가 불쌍했고, 또 파리한 안색을 한 그녀가 안쓰러웠다. 그 모든 것은 전생에서의 내 신세와 같아 동병상련에서 기인한 것이지만 그 이야기를 그녀에게 할 필요는 없는 것 아닌가?

문득 생각난 것이 있어 서둘러서 둘러댔다.

"로안나 아가씨와 케시마론을 캐러 갔을 때 케시마론 군락 사이에 서 있는 로안나 아가씨를 본 적이 있습니다. 그때 로안나 아가씨는 정말 아름다웠지만 어머님을 생각하는 그 마음은 훨씬 더 아름다웠습니다. 그렇게 착한 마음씨를 가진 로안나 아가씨가 슬퍼하는 모습은 보고 싶지 않기 때문에 록산느 마님께 말씀드린 겁니다."

"넌 정말 신비한 아이구나."

"엄마, 알렉시스 말대로 한번 해봐요. 효과가 있으면 좋잖아요. 그래서 엄마 몸이 나으면 내가 화단에 심어놓은 케시마론을 보여줄게요."

로안나의 말에 그녀의 머리를 쓰다듬어 주던 록산느는 부드러운 미소를 지으며 대답했다.

"그래, 그러자꾸나. 만약 딸에 이어 나까지 네 도움을 받게 된다면 네가 원하는 것은 그것이 무엇이든 들어주마."

"아닙니다, 마님. 그렇게 하지 않으셔도……."

말을 하면서도 속으로는 아차 했다.

나라고 왜 원하는 것이 없겠는가?

무엇보다 먼저 우리 가족이 면천(免賤)을 해야 되었고, 그다음에는 가족들이 평생 동안 힘든 일 안 하고 먹고살 만하게 만들어주고 싶었다. 그런데 괜히 폼 잡느라고 입에 발린 소리만 주절거렸으니…….

이렇게 멍청한 짓거리를 다른 사람도 아닌 내가 하다니 정말 어이가 없는 일이 아닐 수 없었다.

"안나야, 알렉시스에게 점심을 대접해야지?"

"응, 엄마. 점심 먹고 올게."

말 끝나기가 무섭게 내 손을 움켜잡은 로안나는 날 끌고 갔고, 서둘러 록산느에게 목례를 보낸 나는 식당으로 향해야만 했다. 식사를 한 다음 록산느에게 호흡법을 가르쳐 주기 위해 다시 그녀를 찾아야 했다.

결국 내가 로안나를 구한 일로 직접 상을 받은 것은 없었다. 다만 우리 집에게 부과된 7할의 세금을 5년 동안 감면받은 것이 전부였다.

그런 제스로의 결정에 사람 농노들은 그를 노랑이라고 쑤군덕거렸지만 우리 가족은 전혀 개의치 않았다. 충분히 만족할 수 있었기 때문이다.

남들과 비교해 적지 않은 농사를 짓던 우리에게 비록 한시적이지만 앞으로 세금을 5년 동안 내지 않아도 되니 지금까지 꼬박꼬박 바쳤던 그 7할의 세금이 고스란히 우리의 재산이 되는 것이기 때문이다.

어찌 되었든 이런 결과를 예상하고 내가 늑대들과 싸우길 부모님께서 원하셨을 리 만무했지만 가족들에게 도움이 된 것 같아 난 흡족했다.

Chapter 3
휴~ 고생길이 분명한데…….

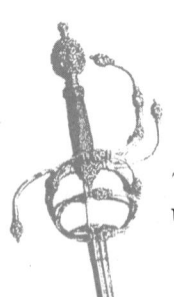

The Duel of Master
마스터 대전

①

2년 전 죽을 고비를 넘기고 난 다음 난 정말 열심히 내외공을 연마했다.

이미 늑대 떼와 싸웠던 경력이 있기 때문인지 사람들은 내가 무공을 연마할 때도 그저 신기하게 바라보기만 할 뿐 누구하나 간섭하는 이가 없었다.

내공만 익혔던 태극기공에는 여러 가지 무공이 있었는데, 핵심을 이루는 무공은 네 가지였다.

제일 먼저 익혀야 할 것은 태극심단공(太極心丹功)이라 불리는 심공이었는데, 이 심공은 태극기공의 근간을 이루는 것이기에 반드시 익혀야만 하는 것이다. 5단공까지는 반드시 가부좌를 트는 좌공(坐功)으로 익혀야 하지만 5단공이 넘어가면 와공(臥功), 동공(動功), 행공(行功)도 가능하다고 한다.

다음은 태극참마도법(太極斬魔刀法)을 익히는 것이었다. 하지만 그러기 위해서는 태극혈라도법(太極血羅刀法)과 태극마라봉법(太極魔羅棒法)을 반드시 익혀야만 했다. 물론 태극혈라도법이나 태극마라봉법만으로도 능히 신공(神功)이라고 부를 수 있을 정도로 뛰어난 절기들이다. 하지만 태극참마도법과는 도저히 비교가 안 될 정도로 차이가 났다.

태극참마도법이 무기술이라면 태극기공을 두 개의 기운으로 나눠 사용할 수 있는 분뢰권(焚雷拳)과 극빙장(極氷掌)이라는 권각술 또한 있었다. 그리고 마지막은 홀뢰보(忽雷步)라는 보법과 섬뢰비영(閃雷飛影)이라는 신법으로 태극기공은 끝이 난다. 하지만 태극기공은 묘한 구조를 가지고 있었는데, 한계까지 익히게 되면 태극기공은 태극혼원공(太極混元功)의 단계로 변한단다.

각 무공의 마지막 초식들은 태극혼원공 단계에 들어서야만 쓸 수 있다고 하는데, 정확히 태극혼원공이 어떤 경지인지 전혀 짐작이 되지 않았다.

하긴 그전에 우선적으로 익혀야 할 것이 한두 가지가 아닌데, 거기까지 신경을 쓸 여유가 어디 있겠는가?

2년 동안 바짝 신경 써서 무공을 익혔지만 초식을 익히는 것도 그리 쉬운 일이 아니었다.

몸에 맞는 무기를 구할 수가 없어 초식을 익히는 것이 쉽진 않았지만 나 나름대로는 정말 열심히 익혔다.

그중에서도 권법과 장법, 그리고 보법과 신법만은 하루도 빠지지 않고 익혀 제법 일정한 수준에 도달해 있었다. 특히 신법은 성취가 높아져 과거 로안나와 갔던 케시마론 군락지까지 불과 10분 만에 다녀올 수 있을 정도가 되었다.

내 이야기는 앞으로 또 할 기회가 있으니 지금부터는 집안 이야기를 하겠다.

불과 2년밖에 되지 않았지만 우리 집은 누구든 인정할 정도로 부유해졌다. 그럼에도 불구하고 부모님은 이전보다 훨씬 더 열심히 일을 하셨다.

그래서 처음 난 부모님께서 우리에게 베풀어진 혜택을 모르시는 것은 아닌가 하는 생각도 했었다. 하지만 부모님은 내 예상과는 전혀 다르게 생활하고 계셨다.

부모님은 생활에 필요한 어느 정도의 곡물을 제외하고는 근처에 사는 빈한한 가정들을 찾아 곡물을 나눠 주고 계셨다.

실망하지는 않았지만 내가 고생한 것이 우리 가정이 부족한 것 없이 살기를 원한 것이지 누군지도 모를 사람에게 무조건 퍼주기를 원한 것은 아니었기에 조금 섭섭하기는 했다.

사실 그래도 될 정도로 우리 집이 부유하게 살게 된 것은 아니었기 때문이다. 두 분이 워낙 퍼주신 탓에 근처에서 우리 집의 도움을 받지 않은 집은 찾아보기 힘들 정도였다.

참, 부모님과 하인즈, 아이리스에게도 무공이라기보다는 몸의 밸런스를 유지해 주는 건강도인술(健康導引術)에 가까운 삼원일체공(三元一體功)을 가르쳐 주었다. 비록 삼원일체공이 건

강도인술에 가깝긴 해도 꾸준히만 익히면 무공을 익힌 것과 비슷한 효과를 기대할 수도 있는 무공이었다.

그날도 난 태극마라봉법을 익히고 있었다.

태극마라봉법은 장봉을 사용하는 장봉타법(長棒打法)과 짧은 두 개의 단봉을 사용하는 쌍봉타법(雙棒打法)의 사용법으로 나눠진다. 그러기 위해서는 빠른 시간 안에 장봉을 두 개의 단봉으로 분리했다가 다시 결합할 수 있을 정도로 평소에 훈련이 되어 있어야만 한다.

결국 태극참마도법을 익히기 위해서는 구환언월도(九環偃月刀)를 얼마나 능숙하게 구환도와 장봉, 혹은 쌍단봉으로 분리, 결합할 수 있느냐에 달렸다고 해도 과언이 아니었다. 그럼으로써 도와 장봉, 단봉의 차이를 자연스럽게 깨달을 수 있도록 만들어졌다.

쌍단봉은 끊임없이 공격과 수비를 연결하는 것이 중요했지만, 장봉은 크고 작은 회전을 통해 봉의 수발(受發)이 무엇보다 중요했다. 그리고 도는 검과는 다른 무기라 사용법도 다를 수밖에 없었다.

요즘 세 가지 무기의 차이를 조금씩 깨달으며 수련에 더욱 매진해 어리지만 제법 근육질의 몸매를 가지게 되었다. 하지만 그보다는 이전과 비교해 눈에 띄게 자란 키가 더 마음에 들었다.

부우웅~

허공에 크고 작은 원형의 궤적을 그리며 2미터 정도 되는 장봉이 내 등 뒤를 휘감고 돌아가서는 정면을 힘차게 갈랐다.

쾅!

지면과 부딪친 반발력을 이용해 장봉을 거두어들인 난 장봉의 중앙을 잡고 다시 회전을 시켰다. 그러다 이번에는 장봉의 끝을 잡고 장봉의 탄력을 이용해 전면을 빠르게 공격했다.

낭창낭창 흔들리며 전면을 사정없이 난타하던 장봉은 손목의 움직임만으로 다시 회전을 일으키며 회수되었다.

쿵!

장봉으로 지면을 내려침으로써 초식의 끝을 알렸다.

"휴우~"

그제야 긴 호흡을 토해내며 긴장했던 마음을 조금은 놓을 수 있었다.

"알렉스! 어디 있냐? 알렉스!"

아버지의 음성이 들렸다.

어? 이 시간이면 밭에서 한창 일하실 분이 웬일로 집에 오신 거지?

서둘러 달려가 보니 2년 전에 한번 보았던 발레리우스 가문의 집사인 벨몬트와 아버지가 서 계셨다.

"주인님께서 널 찾으신다. 어서 출발할 준비를 하거라."

벨몬트의 말에 난 이유도 모른 채 물수건으로 대충 몸을 닦은 다음 서둘러 옷을 갈아입었다.

"가자."

휴~ 고생길이 분명한데…… 97

마차에 오르고 나서야 아버지도 새 옷으로 갈아입고 계신 것을 알 수 있었다. 하지만 무슨 일이기에 아버지와 날 함께 부른 것인지 영문을 알 수 없었다.

발레리우스 가(家)에 도착하자마자 아버지와 난 제스로의 집무실로 안내되었다.

제스로 맞은편 소파에 아버지와 내가 앉자 책상에서 서류를 정리하던 제스로는 그제야 자리에서 일어섰다.

"내가 이렇게 두 사람을 부른 것은 지시할 것이 있어서다."

"말씀하십시오, 주인님."

"올 4월에 로안나는 수도 스톤힐에 있는 왕립 아카데미에 입학할 예정이다."

뜬금없는 제스로의 말에 아버지와 나는 어리둥절함을 감출 수 없었다. 제 딸이 아카데미에 입학하는 것을 왜 우리 부자에게 말한단 말인가?

"로안나가 아카데미에 입학하면 최소 3년 이상 그곳에서 생활해야 하는데, 그 아이의 시중과 경호를 해줄 사람이 필요하다. 난 그 일을 저 아이가 맡아줬으면 해서 너희 부자를 부른 것이다."

"그러니까 제 아들에게 로안나 아가씨의 시중을 맡기겠다는 말씀이십니까?"

"그렇다."

"주인님의 말씀은 잘 알겠습니다만 아는 것이 없는 아들 녀석이 큰 실수나 하지 않을까 걱정이 됩니다. 수도로 가면 지체

높으신 분들도 많을 텐데…… 실수라도 한다면 주인님이나 아가씨께 폐를 끼치게 되지 않겠습니까? 소인은 그것이 걱정이 됩니다."

아버지의 말에도 제스로의 표정은 변화가 없었다.

"나는 저 아이가 충분히 잘 적응할 것이라고 생각하는데…… 넌 네 아들을 믿지 못하는 모양이지?"

"주인님, 그건 아닙니다. 소인은 이 아이를 믿습니다. 하지만 수도나 아카데미란 곳에는 지체가 높은 분들이 많으니 무슨 일이 생길지 모르지 않습니까? 게다가 이 아이는 예절에 관한 것을 배운 적이 없으니 그것이 걱정되어서 드린 말씀일 뿐입니다."

"알렉시스라고 했느냐?"

"그렇습니다."

"너는 어떻게 생각하느냐?"

시종일관 담담한 제스로의 표정을 보면 이미 결정을 내리고 내게 묻는 것 같았다.

"제가 로안나 아가씨를 잘 모실 수 있다고 생각하십니까?"

"능력은 충분하다고 난 생각하고 있다. 그리고 록산느에게 들으니 네가 로안나를 지켜주겠다고 약속을 했다는데, 그렇지 않느냐?"

"그런 말씀을 드린 적은 있습니다. 하지만 저보다는 더 뛰어난 실력을 가진 사람들이 많을 텐데… 왜 저같이 보잘것없는 놈에게 아가씨를 지키는 막중한 일을 맡기시는 것인지 솔직히 잘 이해가 가지 않습니다."

"이유가 궁금하다는 말이냐?"

"그렇습니다."

"네 능력을 보고 싶기 때문이다."

"예?"

생각지도 못했던 제스로의 말에 난 잠깐이지만 찔끔하지 않을 수 없었다.

"무슨 말씀이신지 이해가 잘……?"

"후후후, 네가 더 잘 알고 있을 텐데……."

뜻 모를 웃음을 짓는 제스로의 태도에 왠지 모를 찜찜함이 느껴졌지만 현재로써는 어쩔 수 없었다.

"만약 이 일을 맡겠다고 하면 네가 생각지도 못한 선물을 주겠다. 어떻게 하겠느냐?"

나를 꼬이는 듯한 제스로의 말에 슬쩍 아버지를 쳐다봤다. 잔뜩 긴장했으리라 생각했던 내 예상과는 달리 아버지는 평상시의 모습과 전혀 다르지 않았다.

"으음~ 해보겠습니다."

"잘 생각했다."

내 대답이 끝나기가 무섭게 책상에서 서류 한 장을 가지고 온 제스로는 느닷없이 그 서류를 아버지에게 내밀었다.

"이게 뭡니까, 주인님."

"너와 네 아내, 그리고 네 자식들이 내 소유라는 것을 증명하는 노예 문서다."

"그런데 이것을 왜 저에게……?"

아버지에게서 다시 노예 문서를 받아 든 제스로는 느닷없이 노예 문서를 촛불로 가져갔다.

화르르~

노예 문서는 순식간에 재가 되었다.

멍청하게 그 광경을 지켜보던 난 갑자기 가슴 저 밑바닥에서 뜨거운 것이 확 치밀어 오르는 것을 느꼈다.

"지금 이 시간부터 너와 네 가족은 내 노예가 아니다. 그리고 지금까지 경작하고 있던 농토는 모두 네 소유로 이전시켜 놓았다. 원한다면 농토를 팔고 다른 곳으로 이사를 가도 좋다. 참, 영주에게는 말을 해놓았으니 수확한 곡식 가운데 3할만 세금으로 내면 될 것이다."

"주, 주인님!"

"이건 네 아들이 로안나를 지켜주겠다고 했기 때문에 주는 정당한 거래에 대한 대가이니 고마워할 필요 없다. 넌 내 노예가 아니니 더 이상 날 주인님이라 부르지 않아도 된다."

감격해하는 아버지와 마찬가지로 나 역시 감격스러움을 금할 수 없었다.

그토록 원했던 면천(免賤)이 이렇게 쉽게, 또 느닷없이 이루어지다니……. 이 갑작스러운 상황을 어떻게 대해야 할지 몰라 조금은 당황스러웠다. 게다가 개인 재산이라니…….

생각지도 못했던 제스로의 선물도 고마웠지만 무엇보다 그가 나이도 어린 날 거래의 대상자로 인정해 줬다는 것 자체가 고마웠다.

"3일 후에 출발할 테니 늦지 않도록 해라."

"알겠습니다, 제스로님."

"후후후, 이제야 내 이름을 부르는구나. 보면 볼수록 재미있는 녀석이야, 넌. 후후후, 떠날 준비를 하려면 시간이 필요할 테니 돌아가 보도록 해라."

"그럼 저희는 이만 돌아가겠습니다, 제스로님."

아버지의 인사에 나도 서둘러 목례를 하고는 제스로의 집무실을 빠져나왔다.

②

여행 준비라고는 하지만 특별히 준비할 것은 하나도 없었다. 상의 세 벌에 하의 세 벌, 그리고 속옷 몇 개가 전부였다.

비상금으로 엄마가 챙겨준 1골드를 바지 속 비밀 주머니에 꼭꼭 숨겨놓는 것으로 내 여행 준비는 모두 끝났다.

물론 갑자기 내가 여행을 가야 한다는 사실에 어머니나 하인즈, 그리고 아이리스는 잠시, 정말 잠시 동안 슬퍼했지만 농노의 신세에서 벗어났다는 사실을 알고 몇 배는 더 기뻐했다. 하인즈와 아이리스는 어머니가 기뻐하는 걸 보고 영문도 모르고 기뻐했지만 말이다.

출발하기로 한 날 아침 일찍 가족들에게 인사를 한 나는 아버지가 모는 짐마차를 타고 발레리우스 가문으로 향했다.

무슨 말을 할 법도 하건만 아버지는 발레리우스 가에 도착할 때까지 한마디도 하지 않으셨다. 묵묵히 앞만 보고 마차를 몬 지 한 시간 정도가 지났을 때 멀리 발레리우스 가의 건물들이 보였다.

　정문을 통과해 현관을 향해 다가갈 때 아버지께서 갑자기 어깨를 슬쩍 움켜잡으며 한마디를 하셨다.

　"알렉시스, 널 믿겠다."

　달랑 그 말뿐이었지만 아버지의 마음을 짐작할 수 있을 것 같았다. 그래서 나도 한마디 했다.

　"기다려 주세요. 무사히 돌아올게요."

　우리 부자 간의 대화는 그게 끝이었지만 사내들 사이에 무슨 긴말이 필요하겠는가? 그것만으로 충분했다.

　현관에 도착하고 보니 튼튼하게 생긴 이두마차 한 대가 서 있었고, 40대 후반으로 보이는 마부가 말들의 상태를 점검하고 있었다.

　화사한 여행복을 입은 로안나의 모습도 보였고, 체격 좋은 제스로의 모습도 보였다. 그리고 2년 전보다 훨씬 건강해진 록산느와 그녀의 손을 꼭 잡고 있는 로안나보다 어려 보이는 꼬마 계집애의 모습도 보였다.

　서둘러 그들에게 다가간 아버지와 난 제스로와 록산느에게 인사를 했다. 그런 우리들을 못마땅한 시선으로 쳐다보는 자들이 있었다. 하드 레더 아머를 걸친 두 청년이 아버지와 나를, 좀 더 정확하게 말하자면 날 노려보고 있었다.

무슨 이유로 날 노려보는 것인지는 이유를 알 수 없어 불쾌한 기분이 드는 것을 감출 수 없었다.

"어서 오게."

"기다리셨습니까? 죄송합니다. 빨리 온다고 일찍 집에서 나오긴 했습니다만 늦었습니다."

"아니네, 그렇게 늦진 않았네."

아버지와 제스로가 대화를 나누는 동안 난 록산느의 안색을 살폈다. 이전과 비교하면 완전히 다른 사람이라고 할 정도로 록산느의 상태는 달라져 있었다.

물론 정상인과 비교하면 약간 모자랐지만 예전과 비교하면 완치되었다고 해도 과언이 아닐 정도로 안색이 밝아졌다. 게다가 침대에서만 생활하던 과거와는 달리 지금은 누구의 도움도 없이 설 수도, 걸을 수도 있었다.

그런 그녀의 모습을 확인한 후에야 왜 우리 가족이 갑자기 면천을 하게 되었는지 이해가 되었다.

내가 로안나를 구해준 것이 언젠데 이제 와서 보답으로 면천을 시켜준다는 것도 웃긴 일 아닌가? 그리고 몇 년이 될지는 모르지만 단순히 로안나를 보호하겠다고 약속하는 것만으로 우리 가족을 면천시켜 준다는 것도 너무 과한 대가라 하지 않을 수 없었다.

그럼에도 불구하고 왜 우리 가족을 면천시켰을까 하는 생각이 한동안 날 궁금하게 만들었는데 드디어 오늘에서야 그 이유를 알게 된 것이다.

드디어 왕립 아카데미를 향해 출발했다.

마부는 빌리라는 아저씨가 맡았고 우리 일행의 경호는 발레리우스 가문에 소속된 상단 호송 가드(경호 전문 용병들) 가운데 실력을 인정받은 두 청년이 맡았다. 그리고 로안나와 그녀의 시중을 맡은 메리라는 시녀, 이 파티에서 제일 어중간한 위치를 차지한 내가 일행의 전부였다.

로안나와 메리, 내가 마차에 오르고 두 청년이 말에 올라 마차 양편에 서자 빌리 아저씨가 천천히 말을 출발시켰다.

창문 밖으로 아버지가 짐마차에 오르는 모습이 보였다.

정확히 언제 돌아올지는 알 수 없지만 다시 돌아오는 날까지 가족 모두가 부디 건강하길 진심으로 기원했다.

우울해지려는 마음을 애써 떨치고 로안나를 봤다.

한창 자랄 때라서 그런지 2년이라는 시간 동안 로안나는 몰라보게 달라져 있었다.

이전의 느낌이 귀엽고 사랑스럽다는 감정이었다면 지금은 예뻐졌다는 느낌이 들었다. 방금 가족과 헤어진 탓인지 눈물을 글썽거리는 로안나의 모습은 안아서 달래주고 싶을 정도로 연약해 보였고, 또 신경이 쓰였다.

아마 이건 나만 그런 것이 아니라 지금의 그녀를 보는 사람은 누구든 나와 같은 감정을 느낄 것이다. 불과 열 살밖에 안 된 녀석이 벌써 이 정도라면 몇 년 후엔 얼마나 아름다워지게 될까 호기심이 다 생길 정도였다.

여하튼 시간이 지나자 로안나는 겨우 진정을 했는지 창밖으로 시선을 돌렸다. 그리곤 그때부터 메리란 시녀의 수다가 시작되었다. 잠깐 동안이었지만 정말 귀가 따가워 돌아버릴 정도로 시끄러웠다.

결국 로안나의 주의를 받고서야 그녀는 입을 다물었다.

그렇게 가족들과의 헤어짐과 새로운 여행에 대한 설렘으로 혼란스러웠던 하루가 저물어갔다.

내가 살던 런블럼 영지를 출발한 지도 벌써 10일이 지났다.

그동안은 마차를 제법 빠르게 몰기만 하면 거의 대부분 다음 영지에서 숙박할 수 있었다. 하지만 이번만큼은 다음 영지까지의 거리가 너무 멀어 어쩔 수 없이 야영을 해야만 했다.

물론 야영할 준비는 출발하기 전 완벽하게 갖췄다.

별문제없을 거라는 내 생각과는 달리 야영 첫날부터 문제가 생겼다.

여자들의 잠자리는 빌리 아저씨가 마차의 내부를 침대로 개조하는 것으로 해결되었고, 남자들이 잘 곳은 두 청년, 오티즈와 루한이 간단한 막사를 세웠다. 그리고 그 막사 바닥에 나뭇잎을 깔고 다시 그 위에 담요를 까는 것으로 간단히 잠자리 준비는 끝이 났다.

나는 뭘 했냐고?

낙엽을 주워왔다. 잠자리에 깔 것뿐만이 아니라 저녁 요리를 만들 때 필요한 땔감용 낙엽과 나뭇가지들까지 수북하게 주워왔다.

나도 그 정도 눈치쯤은 있는 사람이다.

잠자리 준비가 끝나고 저녁 식사 준비를 했다.

우리가 잠자리를 마련한 곳은 평소에도 사람들이 많이 이용하는 곳인 듯, 곳곳에 음식을 할 수 있게 만든 흙과 돌로 만든 화덕이 있었다.

땔감도 있고, 음식을 조리할 도구도 있었으며, 음식 재료도 다양하게 준비되어 있었다. 그런데 문제는 모두들 그것들을 뻔히 쳐다보기만 할 뿐 누구 하나 나서서 음식을 조리하는 인간이 없다는 점이었다.

로안나 나는 나이가 어린 관계로 열외였지만, 메리나 오티즈, 루한은 요리를 한 번도 해보지 않았다는 이유로 물러서서 구경만 하고 있었고, 빌리 아저씨는 만들 수 있는 음식이 너무 형편없어 나서지 못하고 있었다.

서로의 눈치만 살핀 것이 30분이나 지났다. 하지만 여전히 나선 사람은 없었다.

슬쩍 음식 재료를 보니 육류가 대부분이었다.

소금과 후추만 뿌려 대충 굽기만 해도 식사는 만들 수 있을 거라는 생각이 들었다. 누가 수프만 끓인다면 한 끼 식사는 만들 수 있을 것 같았다.

결국 수프는 빌리 아저씨가, 스테이크는 내가, 그리고 점심 때 식당에서 구입한 빵으로 겨우 저녁을 해결할 수 있었다.

스테이크를 조리할 수 있었던 것도 전생에 대한민국에서 태어나 방송의 요리 프로그램에서 보았던 스테이크를 조리하던 모습이 생각났기에 다행이지 그게 아니었으면 꼬박 저녁을 굶을 뻔했다.

으이그~ 한심한 인간들.

로안나야 나이가 어리고 또 요리를 해야 되는 신분도 아니었기에 열외지만 나머지 인간들은 참으로 한심하기 이를 데 없었다. 그 나이 먹도록 대체 뭘 배운 거야?

메리란 계집애는 무늬만 여자였고, 허우대만 멀쩡한 오티즈와 루한은 식사를 하면서도 계속 날 노려보고 있었고, 빌리 아저씨는 연신 맛있다고 찬사를 늘어놓으셨다. 그래도 다행인 것은 허접한 음식임에도 불구하고 로안나가 꽤나 맛있게 먹었다는 사실이다.

식사 후 남은 식기는 마차 뒤에 매달려 있던 식수통의 물로 메리가 설거지하는 것으로 마쳤다.

로안나와 메리는 잠자기 위해 마차 안으로 들어갔고, 나머지 사내들은 마차와 천막 사이에 모닥불을 피워놓고 막사의 잠자리로 파고들었다.

금세 빌리 아저씨의 약하게 코 고는 소리가 들렸고, 오티즈와 루한의 규칙적인 숨소리도 들렸다. 나도 잠을 청하려고 노력해 봤지만 야영이 처음이라 그런지 좀처럼 잠을 이룰 수가 없었다.

자리에서 일어난 나는 막사를 빠져나와 모닥불 가로 향했다. 그리고는 여분의 땔감을 더 주워왔다.

은근히 타오르는 모닥불을 조금은 멍한 시선으로 바라보다 갑자기 들린 소리에 정신을 차리고 보니 마차 문을 열고 로안 나가 마차에서 내리는 모습이 보였다.

담요로 몸을 감싼 로안나는 날 발견하고는 반가운 표정을 지으며 서둘러 다가왔다.

"왜 안 잤어?"

"웬일인지 잠이 안 와서요. 그러는 아가씨께서는 왜 안 자고 나오셨습니까?"

"밖에서 자는 것이 처음이기 때문에 그런지 잠이 안 와. 그런데 알렉시스는 왜……."

"알렉스라고 불러주십시오. 부모님은 절 알렉스라고 부르시거든요."

내 대답에 로안나는 왠지 환한 미소를 지었다.

물론 나로서는 보고 싶었던 미소이자 웃음이었다.

"아아~ 알렉스라고 부르는 모양이구나. 그럼 나도 안나라고 불러. 엄마는 언제나 그렇게 부르시거든. 나도 그게 마음에 들어."

"안나님, 그대로 누워보세요."

"응?"

"이곳에 누워보세요. 제가 예쁜 것을 보여 드릴게요."

잠시 주위를 둘러보던 로안나는 담요를 움켜잡은 손을 놓지 않은 채 조심스럽게 드러누웠다.

이건 순전히 내 생각이긴 하지만 아마도 깜짝 놀랐을 것이다. 그도 그럴 만한 것이, 그녀가 언제 야외에서 밤하늘을 본 적이 있겠는가?

밤하늘이 얼마나 아름다운지 잘 알고 있는 내가 봐도 새삼스럽게 감동을 받을 정도인데 로안나처럼 집에서만 살아온 녀석이 감동을 느끼지 않을 리 만무했다.

그건 로안나를 무시해서라기보다는 그녀에게 세상은 보기보다 넓은 곳이라는 것을 느끼게 해주고 싶어서였다.

밤하늘을 가득 메운 별들이 뿌린 빛은 설사 달이 없다고 하더라도 충분히 길을 밝힐 수 있을 정도로—솔직히 말하면 거짓말이다—밝았다.

한동안 아무 말도 없이 멍하니 밤하늘만 쳐다보던 내 귀에 멀리서 규칙적인 인간의 발걸음 소리가 들렸다. 게다가 들려오는 소리는 하나가 아니었다.

서둘러 자리에서 일어난 나는 모닥불에서 불붙은 나뭇가지 중에 손으로 잡기 알맞은 것을 움켜잡았다. 동시에 로안나의 상태를 살폈지만 그녀는 이미 깊은 잠에 빠져 있었다.

난 조금씩 물러나며 로안나 곁에서 자세를 고정한 채 다가오는 자들에 대한 대비를 했다. 서로 간의 거리가 10미터에서 3미터로 좁혀졌을 때 비로소 난 접근하는 자들의 모습을 확인할 수 있었다.

건장한 체격을 가진 20대 중반의 청년과 후반으로 보이는 청년이 다가왔는데, 둘 다 무장을 한 상태였다.

"뭐야? 꼬마들이잖아."

잔뜩 경계하고 있는 날 발견하고 입을 연 사람은 20대 후반의 청년이었다.

"꼬마야, 불빛이 보이기에 온 건데… 우리가 널 놀라게 했다면 미안하구나."

"우리는 나쁜 사람이 아니란다. 그러니까 그렇게 경계할 필요는 없단다."

이 자식들이 날 어리버리한 꼬맹이로 생각했는지 슬슬 어르려고 했다.

과거와는 달리 태극기공 중 분뢰권과 극빙장을 어느 정도 익힌 상태였기 때문에 이 자식들의 실력은 알 수 없지만 설사 기습을 한다고 해도 충분히 막아낼 자신이 있었다.

청년들의 말 때문에 깬 것인지 로안나가 일어나다가 청년들을 발견하고는 깜짝 놀라며 내 등 뒤로 숨었다.

"아가씨, 위험할 수도 있으니까 메리 누나한테 가는 것이 좋겠습니다."

"아, 알았어."

로안나가 마차로 가는 동안 난 청년들에게서 눈을 떼지 않았다. 그런 내 행동이 기가 막혔던지 두 청년은 서로의 얼굴을 쳐다보고는 피식 웃음을 터뜨렸다.

"쩝, 내 얼굴이 그렇게 흉악하게 생겼나? 난 한 번도 그렇게 생각해 본 적이 없는데 말이야."

"그럼 저 꼬마가 나처럼 이렇게 잘생긴 미남을 보고 놀랐단 말이야? 트렉슨, 넌 거울도 안 보고 사냐?"

나이가 좀 더 들어 보이는 청년, 트렉슨의 말에 어려 보이는 청년이 반문하면서 털썩 그 자리에 주저앉았다.

트렉슨은 체격도 우람했고 음성도 묵직한 것이 꽤나 무게를 잡는 성격인 듯싶었다. 그런 반면 어려 보이는 청년은 활짝 웃고 있는 모습이 장난스러운 성격을 가진 듯 보였다.

"꼬마야, 그런데 혹시 먹다 남은 음식은 좀 없냐?"

"없습니다."

"그래?"

내 대답에 트렉슨이란 청년은 잔뜩 실망한 표정을 지었다.

"아까 마을을 출발하기 전에 먹었잖아."

"제우비스, 넌 그걸로 충분할지 몰라도 솔직히 난 간에 기별도 안 간다. 그나마도 벌써 소화된 지 오래란 말이야."

두 인간이 노는 꼴을 보니 정말 배가 고픈 것 같았다.

"요리된 음식은 없지만 조금만 기다린다면 허기는 면하게 해드릴 수 있습니다만… 기다리시겠습니까?"

"그래? 허기만 면하게 해준다면 얼마든지 기다려 주마."

트렉슨의 말에 난 마차에 마련되어 있는 식량고에서 아침에 쓰려고 미리 양념을 해둔 스테이크 두 장을 꼬챙이에 꿰어 가지고 왔다. 그리고 그걸 모닥불 가에 꽂아 빙글빙글 돌리며 익히기 시작했다.

그러면서 가만히 생각해 보니 정체불명의 사람들이 접근했음에도 명색이 가드란 자식들이 세상모르고 계속 퍼질러 자고 있지 않은가? 기본 개념이 안 된 자식들이었다.

잠시 후 고기가 어느 정도 익은 것을 확인하고는 두 사람에게 꼬챙이를 내밀었다.

허겁지겁 고기를 뜯어 먹기 시작한 트렉슨과는 달리 제우비
스는 심드렁한 표정으로 고기를 먹었다. 그러다 곧 표정이 변
하더니 허겁지겁 뜯어 먹기 시작했다.

"이야~ 정말 맛있는데, 기름도 적당히 빠졌고, 익히는 것도
알맞게 익혀서 정말 맛있어. 꼬마야, 너 혹시 요리사냐?"

"제우비스, 말이 되는 소리를 해라. 저렇게 어린 꼬마가 무
슨 요리사냐?"

"트렉슨, 솔직히 말해봐라. 넌 이게 맛없냐? 하긴 너한테 맛
없는 음식이 있겠느냐만……."

"휴우~ 제우비스야, 뭘 먹을 땐 제발 말시키지 말라고 내가
몇 번이나 주의를 줬냐?"

"자식이 먹을 때만 열심이지……."

제법 큰 고깃덩이였지만 한창 먹을 나이였기 때문인지 순식
간에 먹어치웠다. 아쉬운 표정을 짓는 그들에게 반으로 쪼갠
사과를 내밀었다.

"디저트예요. 그리고 고기가 모자라도 참아요. 내일 아침에
는 충분히 먹을 수 있을 테니까. 만약 두 사람이 아침까지 떠
나지 않는다면 말이에요."

"좋았어. 그럼 아침도 얻어먹을 수 있단 말이지?"

"그럼 내일 아침도 부탁해 볼까?"

사과까지 다 먹은 두 사람은 우리와는 조금 떨어진 곳에 잠
자리를 폈다. 그리고는 잠을 자기 시작했는데 정말로 자는지

신경이 쓰여 난 잠을 청할 수 없었다.

결국 태극심단공을 운기하면서 앉은 자세 그대로 시간을 보낼 수밖에 없었다. 들리는 소리라고는 장작이 타면서 내는 소리뿐이었다. 그리고 아침이 밝았다.

가장 먼저 일어난 사람은 역시 빌리 아저씨였다.

눈을 비비면서 막사에서 나오던 빌리 아저씨는 조금 떨어진 곳에서 자고 있는 트렉슨과 제우비스를 발견하고는 깜짝 놀라며 주위를 두리번거리다 나와 눈이 마주쳤다.

"저들은 누구냐?"

"새벽에 온 사람들입니다. 여행자 같진 않고 아마 용병들 같습니다."

"용병이라고?"

반문을 하는 빌리 아저씨의 얼굴에는 당장 희미한 두려움이 어렸다.

괜히 일행으로 받아들인 자들이 느닷없이 강도로 돌변하는 경우가 허다하기 때문이란다. 금품을 탈취당하는 것은 물론 생명까지도 빼앗기는 경우가 많기 때문에 불청객들을 일행으로 받아들이는 경우가 거의 없단다.

그럼에도 불구하고 내가 그들에게 음식을 제공했을 뿐 아니라, 근처에서 잘 수 있도록 그냥 놔두었으니 빌리 아저씨가 놀라며 두려워하는 것도 지나친 것이 아니었다.

그러는 사이 잠에서 깬 가드들도 밖으로 나왔다가 불청객들을 발견하고는 흠칫 놀랐다.

"누구냐?"

"용병들이라고 하더군."

"누가 저들이 여기에 있게 한 겁니까?"

"알렉시스가 새벽에 저들을 발견하고 어쩔 수 없이 받아들인 모양이야."

"멍청한 자식. 뜨내기 용병들이 얼마나 위험한 놈들인데 그놈들을 함부로 받아들인 거냐? 만약 저놈들이 밤새 우리를 습격이라도 했다면 어떻게 하려고……."

"거, 듣다 보니까 신경질이 나서 더는 못 들어주겠네."

오티즈의 말에 잠자던 자리에서 벌떡 일어선 트렉슨이 잔뜩 인상을 썼다. 두 사람이 서로 대치 상태에 들어가자 루한이 오티즈 뒤로, 제우비스가 트렉슨 뒤에 서면서 금방이라도 피를 부를 것 같은 대치 상태가 이어졌다.

이것들이 아침 댓바람부터 싸울 생각이나 하고…….

그냥 두자니 속이 썩는 것 같고, 박살을 내버리자니 내 실력을 보여야 하는데 그건 내키지가 않고…….

어떻게 해야 할지 잠시 고민하고 있을 때 로안나가 마차에서 내리며 눈살을 찌푸렸다.

헤헤헤, 인상을 쓰는 모습도 저렇게 예쁘니 앞으로는 또 얼마나 아름다워질까?

"아침부터 웬 소란이죠?"

"아가씨, 알렉시스 녀석이 정체도 모르는 사람들을 밤새 받아들인 모양입니다. 그런데 저들이 시비를 걸어서……."

"야, 인마. 말은 똑바로 해야지. 시비를 걸긴 누가 시비를 걸었다는 거야? 강도니 뭐니 지껄인 것은 너잖아?"

"누가 강도라고 했다는 거야?"

"우리가 잠든 사람을 기습하느니 뭐니 지껄였잖아. 어딜 봐서 그런 강도 같은 도둑놈들과 우리가 같다는 거야?"

얼굴이 벌겋게 된 것을 보면 트렉슨은 정말로 열을 받은 모양이었다. 그런 반면, 냉정을 유지하고 있는 제우비스는 상황을 파악하려는지 주위에 있는 사람들을 살피고 있었다.

"조용히 하세요. 저분들은 어제저녁에 저도 봤어요."

평소 조용하게 지내던 모습과는 달리 오늘 아침 로안나의 모습은 꽤나 강단이 있어 보였다.

"저분들이 여기에 있는 것이 문제가 아니에요. 알렉시스나 나도 알고 있는 사실을 왜 여러분은 아침에서야 알게 된 거죠? 오히려 여러분이 우리보다 먼저 알고 있어야 하는 것 아닌가요? 과연 이렇게 된 것이 누구의 잘못인가요?"

로안나의 말에 오티즈와 루한의 얼굴이 찌푸려지며 상당히 억울하다는 표정을 지었다. 아마 녀석들은 외인인 트렉슨이나 제우비스에게 잘못이 있다고 해주기를 바랐던 모양이다. 하지만 내가 생각하기에도 이번 일은 전적으로 가드 녀석들의 잘못이었다.

이렇게 한심한 경호가 어디 있는가?

처먹을 것 다 처먹고 자빠져 잘 것 다 자면서 무슨 경호를 한단 말인가? 난 그런 점을 예리하게 짚어낸 로안나의 총명함을 칭찬하고 싶었다.

"레이디, 아침부터 소란스럽게 만들어 괜히 미안하군요. 신경 쓰인다면 저희는 이만 떠나겠습니다."

"그럴 필요는 없어요."

제우비스의 정중한 말에 로안나는 고개를 저었다.

"어렸을 때 아버지께 먼저 상대에게 베풀라는 말씀을 많이 들었어요. 우연히 함께하게 되었지만 그쪽 분들이 저희에게 피해를 입힌 것이 아직 없으니 떠날 필요까지는 없어요."

"어떤 가문의 레이디이신지는 모르지만 호의를 베풀어주시니 정말 감사드립니다."

정중히 허리까지 숙이는 제우비스의 태도에 로안나는 여성용 여행복 치마를 양손으로 잡고는 가볍게 무릎과 고개를 숙여 답례를 했다.

으이그, 귀여운 것.

왜 이렇게 로안나의 행동 하나하나가 귀엽고 사랑스러워 보이는 거지?

혹시 내가?

에이, 말도 안 되는 소리.

어찌 되었든 아침의 소란은 로안나의 개입으로 무마되었다. 그리고 난 다시 식사 준비를 해야 했다.

로안나는 트렉슨 등을 식사에 초대했고, 덕분에 난 더 많은 식사를 준비해야 했다.

아침 식사를 마치고 트렉슨 등과 헤어진 우리 일행은 다시 수도로 출발을 했다.

③

　다음 영지까지의 거리가 제법 남았지만 그렇게 빠르게 말을 몰지는 않았다. 어차피 오늘 하루 종일 달린다고 하더라도 다음 영지에 도착하기는 힘들기 때문에 아예 내일 오후에 도착할 생각으로 빌리 아저씨가 조금 천천히 마차를 몬 것이다.

　하여간 수도에 도착할 때까지의 이동 속도는 빌리 아저씨에게 일임하기로 했다. 그건 빌리 아저씨가 상단에 소속된 마부 가운데 마차를 모는 솜씨도 최고였지만 무엇보다 수도에 가본 경험이 가장 많았기 때문에 아저씨가 마부로 선택된 것이다.

　그렇게 이틀을 꼬박 이동해 우리는 레이젤이란 영지에 도착했다. 저녁 늦게 도착했기 때문에 간단히 요기만 하고 모두 흩어져 잠을 잤다.

　난 빌리 아저씨와 한방을 썼는데, 웬일인지 좀처럼 잠을 이룰 수 없었다. 어두운 방에서 우두커니 앉아 있던 내 귀에 이상한 소리가 들렸다.

　신경을 써서 귀를 기울여 보니 뭔가가 벽에서 움직이는 듯한 소리가 들렸다. 서둘러 창가로 가서 조용히 창문을 열고 사방을 둘러보니 내 왼쪽에 있는 방, 그러니까 로안나와 메리가 투숙한 방 밖 건물 벽에 웬 놈이 매달려 있는 것이 보였다.

　밧줄이 건물 옥상에서 밑으로 드리워져 있는 것을 보면 아마도 옥상에서 내려온 모양이었다. 하지만 이런 생각을 하고 있을 시간이 없었다.

녀석이 창문을 통해 방 안으로 들어가려고 했기 때문이다.

내가 막 방을 빠져나가려고 할 때였다.

"저거 뭐야? 도둑놈 아냐?"

"제길."

웬 사내의 커다란 음성이 들려온 후 누군가가 서둘러 벽을 타고 오르는 소리가 들렸다.

재빨리 방을 빠져나온 난 곧바로 옥상으로 향했다.

쾅!

옥상 문을 박차고 밖으로 나가고 보니 얼굴을 복면으로 가린 세 녀석이 서둘러 밧줄을 거두어들이고 있었다. 그리고 녀석들 가운데 한 녀석과 눈이 마주쳤다.

아마도 녀석도 놀랐기 때문에 그랬겠지만 나와 눈이 마주치자마자 녀석은 재빨리 대거를 뽑아 들었다.

"뭐야? 꼬맹이잖아?"

"그래도 목격자를 살려둘 수는 없잖아. 없애 버려."

"꼬맹아, 섣부른 호기심은 목숨을 위험하게 만들 수도 있다는 것을 알아야지. 다음번에 태어나서는 절대 남의 일에 관심 두지 말거라."

이런 닭대가리 같은 자식이 감히 누구를 죽이니 마니 떠드는 거야?

치미는 분노를 참지 못한 난 홀뢰보로 순식간에 방향을 바꾸며 다가가서는 힘껏 주먹을 휘둘렀다.

퍽!

"으악!"

아뿔싸!

내 키가 납치범들의 절반밖에 안 된다는 사실을 너무 뒤늦게 깨달았다. 내 앙증맞은 주먹이 앞에 선 납치범 녀석의 급소, 그러니까 남자들만의 소중한 곳을 너무나 사정없이, 그리고 잔인하게 파고들었기 때문이다.

게거품을 물고 녀석이 쓰러지자 뒤에 있던 녀석의 동료들 눈에 연민과 공포가 어렸다. 녀석들이 멍해 있는 사이 내 주먹은 재차 녀석들의 급소로 날아갔다.

이건 절대 내가 가학성 변태거나 비겁하고 잔인한 성격이기 때문이 아니라 순전히 내 키가 작기 때문에 생긴 어쩔 수 없는—정말 어쩔 수 없었을까?—사고였다. 물론 녀석들에게는 단순한 사고가 아닌 재앙, 그 자체였겠지만 말이다.

게거품을 문 채 사타구니를 움켜잡고 쓰러진 녀석들을 난 사정없이 밟았다. 밟고, 밟고, 또 밟았다.

코뼈가 부러지고, 입술이 터지고, 갈비뼈가 부러진 녀석들은 반시체가 되어서 옥상에 널브러졌다.

생각 같아서는 그냥 죽여 버리고 싶었지만 일단은 참기로 했다. 그나마 내게 직접적인 피해를 입힌 것도 아니고, 또 납치도 미수에 그쳤기 때문에 봐준 것이다.

막 손을 털고 내려가려 했다.

쾅!

"멈춰라!"

옥상이 부서질 듯 열리며 검은 그림자 둘이 나타났다.

벌써 납치범 녀석들의 동료들이 온 것이 아닌가 하는 생각이 들어 우선은 녀석들의 상태부터 살폈다.

체격이 조금 차이가 나긴 했지만 둘 다 건장한 청년이었다.

둘 다 롱 소드를 들고 있었는데, 자세를 보니 제법 실력이 있어 보였다.

"드워프 따위가 인간을 납치하려고 하다니……."

"무슨 소리야?"

"저렇게 쪼그만 놈이 드워프 말고 또 있냐?"

"일전에 드워프를 본 적이 있지만 저렇게 생기지는 않은 것 같은데……."

음성을 들어보니 들어본 적이 있는 음성이었다.

"혹시 트렉슨님 아닙니까?"

"어라? 납치범 따위가 내 이름을 어떻게 아는 거지?"

"제가 제대로 본 모양이군요. 그렇다면 옆에 계신 분은 제우비스님이신가 보군요."

"아~ 이틀 전에 우리한테 스테이크를 구워줬던 그 꼬마?"

"알렉시스입니다."

"맞아, 알렉시스라고 했지. 그런데 네가 여긴 웬일이냐?"

"그건 제가 묻고 싶은 겁니다. 여기 있는 이자들은 로안나 아가씨를 납치하려고 했던 자들입니다. 조금 전 누가 소리를 치지 않았다면 틀림없이 아가씨가 해를 당하셨을 겁니다."

"어? 그건 내가 소리쳤는데?"

"역시 그러셨군요. 감사드리겠습니다. 덕분에 아가씨가 무사할 수 있었습니다."

내 인사에 트렉슨은 쑥스러운 표정을 지으며 롱 소드를 회수했다. 그런 반면 제우비스는 쓰러져 있는 녀석들의 상태를 살피고 있었다.

"이 녀석들을 이렇게 만든 사람이 너냐?"

"저를 죽이려 하기에… 어쩔 수 없었습니다."

"햐~ 이게 사람이냐, 걸레지? 참 알뜰하게도 밟아놨다."

트렉슨의 말에 잠깐 울컥 화가 치밀었지만 자식들을 떡을 만들어놓은 사람이 나이기에 참을 수밖에 없었다.

"너, 이 여관에 묵고 있냐?"

"그렇습니다만……."

"그럼 잠깐만 기다릴래? 아무래도 이 자식들을 경비대에 넘기고 와야 할 것 같다."

"그럼 식당에서 기다리겠습니다."

트렉슨이 한 녀석을 어깨에 걸치고 다른 녀석은 뒷덜미를 움켜잡은 채 끌고 갔고, 제우비스는 다른 녀석을 둘러멘 채 뒤따라갔다.

어쩔 수 없이 식당으로 간 난 기름 램프를 켠 채 그들을 기다렸다. 하지만 웬일인지 두 사람은 좀처럼 돌아오지 않았다.

거의 한 시간 이상이 지나서야 돌아온 두 사람이 날 쳐다보는 표정이 좀 이상했다.

"늦으셨습니다."

"그, 그게 말이다……."

머뭇거리는 트렉슨의 태도를 보고 불안한 생각이 들었다.

"무슨 일이 있었습니까?"

"단도직입적으로 내가 묻겠다."

내 얼굴을 똑바로 쳐다보는 제우비스를 보고 찔끔하지 않을 수 없었다. 하지만 일단 겉으로는 태연한 표정을 유지했다.

"말씀하십시오."

"아까 내가 물었을 때 네가 그 녀석들을 짓밟아놓았다고 했는데… 사실이야?"

"그랬습니다만……."

"그러니까 이제 겨우 열 살이 되었을까 말까 한 꼬마가……."

"꼬마가 아니라 알렉시스입니다. 그리고 열 살이 맞습니다."

"겨우 열 살짜리가 건장한 사내 녀석 셋을 걸레로 만들었다는 것을 지금 나보고 믿으란 말이냐? 게다가 하나같이 생식기가 박살이 나 치료도 불가능하게 만들었다는 걸 말이다."

남자로서의 생명이 끝났다는 말에 조금 안됐다는 생각이 들기도 했지만 녀석들은 범죄를 저질렀고, 그것을 제지하는 과정에서 발생한 불행한 사건일 뿐이었기 때문에 미안한 마음은 전혀 들지 않았다.

"이해하지 못하셔도 할 수 없습니다. 그 자식들을 그렇게 만든 건 제가 분명하니까요."

"너 같은 어린애한테 그런 대단한 능력이 있다니 정말 놀랄 일이구나. 참, 이건 그 녀석들을 경비대에 넘길 때 알게 된 건데, 그 녀석들 가운데 한 녀석이 현상금이 걸린 수배범이더구나. 내가 대신 받아왔다."

쩔그렁.

제우비스가 테이블에 작은 가죽 주머니를 내려놓았다.

금속음이 제법 묵직하게 들리는 것으로 보아 현상금이 제법 걸린 놈이었던 모양이다. 하지만 지금 중요한 것은 현상금이 아니었다.

"그런데 저희와 헤어진 다음 계속 걸어오신 겁니까?"

"당연하지."

"그런데 뒷골목에는 왜 계셨던 겁니까?"

"뒷골목? 네가 그걸 어떻게 알았냐?"

"아까 옥상에서 트렉슨님이 도둑놈을 발견하고 소리를 쳤다고 하지 않습니까?"

이 자식들 혹시 돌대가리, 혹은 닭대가리 아니야?

"내가 그랬나?"

"분명히 트.렉.슨.님이 그렇게 말씀하셨습니다."

내가 한 자씩 끊어서 말을 하자 트렉슨이 흠칫 놀란 것에 반해 제우비스는 계속 내 얼굴만 뚫어져라 쳐다보고 있었다.

녀석이 뭘 생각하고 있는지는 얼굴만 봐도 알 만했다.

"제게 하고 싶은 말이 있으십니까?"

"그래."

"그럼 하십시오."

"네 정체가 뭐냐? 아무리 날 때부터 훈련을 해왔다고 해도 겨우 열 살짜리 꼬맹이가 뒷골목 출신 건달 셋을 박살 낼 수 있다고 생각하냐?"

"제우비스님이 보시는 것처럼 전 꼬맹이에 불과합니다. 하지만 싸움은 꽤 잘하는 편이지요. 단지 그것뿐입니다."

"과연 그것뿐일까? 내가 보기엔 넌 꽤나 많은 걸 감추고 있는 것 같은데?"

"설사 제가 뭔가를 감추고 있다고 하더라도 그걸 제우비스님께 밝힐 이유는 없는 것 같은데…… 그렇게 생각하지는 않습니까?"

"지금 뭣들 하고 있는 거야? 그리고 꼬맹이가 싸움을 잘해봐야 얼마나 잘한다고 그래? 그냥 재수가 좋아서 건달 놈들을 때려눕힌 걸 가지고."

"멍청한 놈. 이 꼬마가 보통 꼬마가 아니라는 걸 보면서도 모르겠냐?"

"꼬맹이나 꼬마가 아니라고 제가 분명히 말씀드렸습니다만……. 계속 그렇게 부른다면 제가 화를 낼지도 모릅니다."

"뭐? 허허허!"

내 말에 트렉슨은 기가 막힌다는 듯 헛웃음을 터뜨렸는데, 왜 그 모습이 일방적인 호기심을 드러내는 제우비스에게보다

화가 나는지 모르겠다.

단지 육체적인 나이나 힘이 우위에 있다고 우쭐한 녀석 따위에게 비웃음을 사야 할 이유가 내겐 전혀 없었다. 따라서 화를 참지 않기로 했다.

일행이 모두 자고 있다는 점 때문에 그런 결정을 내린 것이지만 어차피 이 닭대가리들과는 더 이상 만날 일이 없다고 생각했기 때문이다.

"제가 우스운 겁니까, 아니면 제가 화를 낸다는 것이 우스운 겁니까?"

"아니, 그런 것이 아니라⋯⋯."

"네까짓 게 화가 나면 어쩔 거냐고 지금 생각하고 계십니까? 그렇다면 잘못 생각한 겁니다. 두 분 정도로는 감히 제 상대가 될 수 없습니다. 싸움을 시작하자마자 땅바닥을 뒹굴게 될 겁니다. 그리고 어쩌면 영원히 일어날 수 없을지도 모릅니다. 왜, 제 말이 믿어지지 않습니까? 믿으십시오. 모든 상황은 제 말대로 이루어질 겁니다."

"그렇게 자신있다면 어디 증명해 봐라."

자리에서 벌떡 일어선 제우비스의 모습에 트렉슨은 당황한 표정을 지었다.

"제우비스, 꼬맹이 말인데 뭘 그리 정색을 하는 거야?"

"너 바보냐? 내 이름은 꼬맹이가 아니라고 했잖아! 설마 대가리 속에 뼈와 근육만 가득 차 있는 것은 아니겠지?"

"뭐? 이 꼬맹이 자식이 지금 나더러 뭐라고 한 거야? 머릿속에 뼈와 근육만 가득 찼다고? 이 자식이 얼마나 맞으려고 이렇게 까부는 거야?"

"열받아? 그럼 따라 나와."

우선 여관을 빠져나왔다.

여명이 밝아오고 있었지만 다행히도 거리를 오가는 사람은 보이지 않았다.

"준비해."

"햐~ 꼬맹아, 너 정말 계속 까불래?"

"준비가 됐다면 내 공격을 막아봐라."

허공을 가르는 한줄기 번개처럼 빠르게, 그러면서도 불규칙한 움직임을 보이며 접근하는 날 트렉슨 녀석은 그저 눈만 껌뻑일 뿐 공격을 한다거나 피할 생각은 꿈도 꾸지 못했다.

접근하면서 극빙장을 운용한 난 트렉슨 녀석의 복부에 가볍게 일장을 날렸다.

'빙룡출동(氷龍出洞)!'

퍽!

"컥!"

2, 3미터를 날아간 트렉슨 녀석은 나에게 얻어맞은 부분을 움켜잡고 신음을 토할 뿐 일어날 생각을 하지 못했다. 그 모습에 제우비스는 잠시 움찔하기는 했지만 내게서 눈을 떼지는 않았다.

롱 소드를 검집에서 뽑지 않은 채 겨누고 있던 제우비스는 내게서 눈을 떼지 않은 채 입을 열었다.

"트렉슨 녀석은 방심했기 때문에 당했지만 난 결코……."

"다르기는 개뿔……."

재차 홀뢰보로 다가선 난 잔뜩 몸을 웅크렸다가 그대로 지면을 박찼다. 동시에 몸을 비틂과 동시에 분뢰권으로 녀석의 라이트 레더 아머 위의 심장 부분을 가격했다.

퍽!

딱 한 방, 그걸로 끝이었다.

통나무처럼 그대로 앞으로 쓰러진 제우비스 녀석과 여전히 컥컥거리고 있는 트렉슨 녀석의 뒷덜미를 잡고 식당 옆 뒷골목에 갖다 버렸다. 그리고 난 내 방으로 향했다.

나 같은 어린애한테 얻어터졌으니 쪽 팔려서라도 꺼지겠지.

왜 조용히 살려고 하는 놈을 이렇게 자꾸 건드리는 건지.

하여간 어떤 자식이든 날 건드려 봐.

내가 어떤 놈인지 똑똑히 보여줄 테니까.

Chapter 4
술래잡기 놀이?

The Duel of Master
마스터 대전

①

잠간 잤지만 머리가 개운했다.

가볍게 몸을 풀고는 세수를 했다. 그리고 서둘러 아래층으로 내려가 보니 일행이 식사를 하기 위해 앉아 있었다.

로안나는 메리와 함께 작은 테이블에, 나머지 사람들은 바로 옆의 큰 테이블에 앉아 있었는데, 날 쳐다보는 사람들의 시선이 조금 이상하게 느껴졌다.

"알렉스, 늦었네."

"죄송합니다, 아가씨."

"아니야. 우리도 방금 내려왔어. 식사는 같은 것으로 주문했으니까 그렇게 알아."

"아가씨, 감사합니다."

자리에 앉고도 사람들의 시선이 내게서 떨어지지 않은 것을 느꼈다. 괜히 마음이 불편해졌다.

"알렉스, 너 혹시 새벽에 일전에 만났던 용병들을 다시 만났니?"

"그렇습니다만……."

다시는 말할 필요가 없을 거라고 예상했던 존재들을 다시 거론한다는 것 자체가 싫었다. 빌리 아저씨에게 고개를 돌렸더니 조금은 난처한 표정을 짓고 있었다.

"아침에 널 만나고 싶다고 찾아왔더구나. 무슨 일인지 잔뜩 풀이 죽어서는 기다리라고 했더니 밖에서 기다리겠다고 하더구나."

"절 만나고 싶다고 했다고요?"

빌리 아저씨의 말이 처음에는 이해가 되지 않았다. 혹시 녀석들이 어설프게 나한테 복수하겠다고 떠나지 않은 것은 아닌가 하는 생각이 들었다.

결국 나 같은 꼬마한테 당한 것이 창피해서도 도망갔으리라 생각했던 내 예상은 너무나 순진한 것이었다.

열이 치밀었다.

더구나 내 예상과는 달랐기 때문에 더 열이 올랐다.

"아가씨, 잠시 나갔다 오겠습니다."

"까불고 있네."

"예? 뭐라고 하셨습니까?"

"꼬마야, 넌 이 일행에서 가장 쓸모없는 놈이야. 그런 네깟

놈이 나가서 뭘 어떻게 하겠다는 거냐?'

"그러게나 말이야. 저 용병 자식들이 왜 만나겠다고 한 것인지는 모르겠지만 내가 보기에 넌 그저 재수 좋은 꼬마 자식에 불과해. 만약 그걸 모른다면 넌 정말 멍청한 녀석이다."

오티즈와 루한의 말에 한숨부터 나왔다.

"아가씨, 죄송하지만 잠시만 나갔다 돌아오겠습니다."

"알았어, 그렇게 해."

내 나직한 말에 로안나는 잠시 나를 쳐다보더니 곧 고개를 끄덕였다.

고개를 잠깐 숙인 난 오티즈와 루한에게 손짓을 했다.

그런 내 행동에 둘은 발끈하더니 곧 날 따라 나왔다.

밖으로 나가보니 트렉슨과 제우비스는 식당 벽에 기대앉아 있었는데, 창백한 안색이나 축 늘어진 모습이 상태가 썩 좋아 보이지 않았다.

날 발견한 두 녀석은 황급히 일어서더니 우물쭈물하며 어쩔 줄 몰라 했다.

"따라와."

네 녀석이 줄줄이 따라왔다.

누군가 그 모습을 봤다면 틀림없이 이상하게 생각했을 것이다. 건장한 덩치를 가진 자식들이 자신들 반만 한 내 뒤만 졸졸 쫓아오는 모습은 흔히 볼 수 있는 것이 아니었다.

결국 나와 녀석들은 골목을 한참을 헤매다가 조금 넓은 공터를 발견할 수 있었다.

아~ 모냥 빠져.

공터 하나 찾는 게 이렇게 힘들 줄이야.

영화에서 보면 금방 찾던데…….

공터에 도착하자 오티즈 녀석이 화를 냈다.

"그동안 귀엽게 봐줬더니 누구더러 감히 따라오라 마라 건
방을 떠는 거야?"

"그러게나 말이야. 꼬맹아, 함부로 까불지 마라. 까불다 얻
어터지면 너만 손해니까 말이다."

오티즈와 루한의 말에 트렉슨과 제우비스는 황당하다는 표
정을 지었다. 저들이 저런 표정을 짓는 것도 이해가 갔다.

자신들을 딱 한 방에 보낸 내게 자신들의 상대도 되지 않는
녀석들이 까불지 말라느니 건방을 떤다느니 하니 어찌 기가
막히지 않겠는가?

"왜 날 기다린 거지? 새벽의 가르침이 부족했나?"

내 말에 정신을 차린 트렉슨과 제우비스는 황급히 자세를
똑바로 하고는 황급히 대답했다.

"아, 아닙니다. 묻고 싶은 것이 있어서 기다렸습니다."

제우비스가 황급히 대답을 했는데, 뜻밖에도 존댓말이었다.

"뭐냐?"

"새벽에 저희들을 공격했을 때 혹시 아티펙트를 이용한 마
법으로 공격한 것이 아니었는지 묻고 싶었기 때문입니다."

"마법? 설마 날 마법사라고 착각했단 말이냐? 하하하!"

하도 어이가 없어 웃음밖에 나오지 않았다.

그런 내 모습에 두 녀석은 더욱 이해를 하지 못하겠다는 표정을 지었다.

"왜 그렇게 생각했지?"

"공격하셨을 때 저희가 받은 타격도 상상 이상이었지만 무엇보다 트렉슨은 차가운 기운을, 저는 뜨거운 기운을 분명히 느꼈습니다. 아티펙트를 가지고 계신 게 아니라면 그렇게 짧은 시간에 차갑고 뜨거운 공격을 할 수 없을 거라는 것이 저희들의 생각입니다."

"그럼 그 공격 때문에 내가 마법사라고 생각했단 말이냐?"

"내 말이 맞다니까. 저분은 마법사가 아니라 아티펙트를 이용해서 우릴 공격한 게 틀림없어."

의기양양해하는 트렉슨의 말에도 제우비스는 내 얼굴만 쳐다보고 있었다.

"지금 무슨 소리를 하고 있는 거야? 저 꼬마가 뭐 어쨌다고? 아티펙트? 놀고 있네."

"그러게나 말이야. 아티펙트라는 것이 저런 코흘리개 꼬마도 가질 수 있는 그렇게 하찮은 물건인 줄 아는가 보지?"

오티즈와 루한의 빈정거림에 트렉슨의 얼굴이 당장 벌겋게 변했다.

"닥쳐! 실력도 없는 것들이……!"

"뭐? 너 방금 뭐라고 했냐?"

"닥치라고 했다. 실력도 없는 것들은 어른들 말씀이 끝날 때까지 찌그러져 있어라. 괜히 까불며 나섰다가 피 보고 싶지 않으면."

트렉슨의 말에 오티즈가 발끈했다. 하지만 트렉슨은 새끼손가락으로 귓구멍만 쑤실 뿐 신경도 쓰지 않았다.

챙!

분을 참지 못한 오티즈가 롱 소드를 뽑아 들었지만 트렉슨의 태도는 무덤덤하기만 했다. 하지만 경고성을 내뱉는 그의 음성은 음산함을 느낄 수 있을 정도로 굵고 낮았다.

"함부로 검을 뽑지 마라, 죽고 싶지 않으면."

"검을 뽑아라."

자신의 말에도 트렉슨이 꼼짝하지 않자 오티즈는 분노를 참지 못하고 그대로 롱 소드를 휘둘렀다.

트렉슨은 기다렸다는 듯 뒤로 물러섰다 빠르게 접근하며 검집째 내리쳤다. 중심이 흐트러져 몸이 앞으로 쏠린 오티즈로서는 도저히 트렉슨의 공격을 피할 수 없었다.

챙!

만약 근처에 있던 루한이 트렉슨의 검집을 막지 않았다면 오티즈 녀석은 틀림없이 기절했을 것이 분명했다.

오티즈가 황급히 뒤로 물러서자 이번에는 루한이 트렉슨의 공격을 막아내야만 했다. 조금 더 덩치가 큰 트렉슨은 체력의 우위를 앞세워 루한을 몰아쳤다. 당황하던 오티즈가 곧 개입했지만 트렉슨은 여유있게 두 사람을 상대했다.

"트렉슨, 빨리 끝내라. 아직 이야기가 끝나지 않았다."

"알았어. 조금만 더 기다려."

제우비스의 말이 끝나자마자 트렉슨의 공세가 급변했다.

대충대충 공격하던 트렉슨의 자세가 낮아지며 저돌적으로 변했다. 공격할 거리를 확보하지 못한 오티즈와 루한은 쩔쩔 매다 검집에 턱과 머리통을 얻어맞고는 그대로 그 자리에 주저앉았다.

"그 자리에 꼼짝하지 말고 있는 게 신상에 좋을 거다."

생각보다 실전 경험이 풍부한 것 같았다.

적을 자신의 공격이 가능한 범위로 끌어들여 단숨에 끝내려면 평소에도 그 거리를 확실히 숙지하지 않으면 안 된다. 더욱 트렉슨처럼 저돌적인 성격을 가진 녀석은 더욱 확실히 알고 있어야만 했다.

트렉슨이 다가오는 동안 난 근처에 떨어져 있던 나뭇가지 두 개를 집어 들었다.

"죄송하지만 어떤 아티펙트인지 그 아티펙트를 구경할 수 있겠습니까?"

"너희들이 말하는 마법 공격이라는 것이 이거냐?"

한 손에는 극빙수를, 그리고 다른 손에는 분뢰권을 끌어올렸다. 그러자 나뭇가지 하나는 점점 하얗게 성에가 끼기 시작했고, 다른 나뭇가지는 연기를 피워 올리며 점점 바싹 마르기 시작했다.

종래에는 하나는 얼음덩이로, 또 하나는 불이 붙어버렸다.

내가 나뭇가지를 버리고 손을 비벼 털자 녀석들은 서둘러 나뭇가지들을 주워 들고는 이리저리 살폈다.

"어, 어떻게 이런 일이……?"

"너, 너도 분명히 느꼈지?"

"당연하지."

"설마 그럼 손 자체가 아티펙트란 말이야?"

"그렇지 않으면 말이 안 되잖아."

멍청한 자식들이 알아듣지도 못할 소리를 저희들끼리 마구 떠들어대고 있었다.

"지금 무슨 소리를 지껄이고 있는 거냐?"

"어떤 아티펙트를 가지고 계신지는 모르겠지만 정말 대단한 것 같습니다. 불과 물은 정반대 속성인데 그런 속성을 손에 부여할 수 있다니 말입니다."

"멍청한 놈들, 아티펙트는 무슨 아티펙트. 진기에 단순히 속성을 부여한 것뿐이다."

"그러니까 그게 바로 아티펙트……."

"너 지금까지 살아오면서 인간의 손이 아티펙트인 경우를 본 적이 있냐?"

"그런 적은 없지만 그거야 아티펙트가 대마법사나 신의 섭리로 만들어지는 거니까 비록 본 적은 없지만 손이 아티펙트가 될 수도 있다고 생각했습니다."

트렉슨의 대답에 제우비스는 고개를 끄덕였다.

"바보 같은 놈들, 전혀 이해를 못하는군. 검을 뽑아라."

엉거주춤한 자세로 뽑아 든 두 녀석에게서 롱 소드를 받아

든 난 동시에 진기를 주입했다.

"소드 오러?"

"어, 어떻게……?"

놀라는 녀석들에게 한쪽은 극빙장의 공력을, 그리고 다른쪽은 분뢰권의 공력을 주입했다. 당연히 한쪽 롱 소드에서는 열기가, 또 다른 쪽 롱 소드에서는 냉기가 뿜어져 나왔다.

잠시 후에는 극빙장과 분뢰권의 공력을 바꿔 주입했다.

열기와 냉기가 자유자재로 바뀌는 모습을 보고서야 녀석들은 일반적인 아티펙트를 사용했을 때와 내 상태가 다른 것을 깨달은 것 같았다.

자식들, 실력이 없으면 눈치라도 빨라야 될 것 아니야?

그렇게 내가 조금은 폼을 잡고 있을 때 기절했던 오티즈와 루한이 깨어났다. 녀석들은 자신들이 트렉슨 한 명을 당해낼 실력이 안 된다는 것에 나름대로 충격을 받은 모양이었다.

멍한 표정으로 앉아 있는 녀석들을 잠시 보고 있을 때 제우비스가 조심스럽게 말을 꺼냈다.

"솔직히 전 당신이 어떤 존재인지 모르겠습니다. 하지만 저보다 훨씬 강한 존재인 것만은 인정하겠습니다. 제가 검술을 배운 후 지금까지 누구에게도 새벽처럼 일방적으로 패해본 적이 없습니다. 당신은 그런 절 무기도 들지 않은 채 상대하셨고, 단 한주먹에 무릎을 꿇리셨습니다. 설사 제가 전력을 다했다고 하더라도 감히 당신의 상대는 절대 안 될 거라고 생각합니다."

"사설이 길군. 그래서 하고 싶은 말이 뭐냐?"

"지금보다 더 나은 존재가 되고 싶고, 또 더 강해지고 싶습니다. 그런 이유로 당신을 따르고 싶습니다."

"나를 따르고 싶다? 그러니까 나와 함께 지내면서 내게서 뭔가를 배우고 싶다는 말이냐?"

"그렇습니다. 당신께서 절 받아주신다면 말입니다."

대답을 하는 제우비스의 태도는 무척이나 진중했다.

장난을 하고 싶었지만 녀석의 태도가 너무 깍듯해 그럴 수가 없었다. 더구나 멍청해 보이던 트렉슨 녀석마저 제우비스 옆에 서서 내 대답을 기다리고 있었다.

"그러니까 내 제자가 되고 싶다, 그런 말이냐?"

"제자가 되어야 한다면 그렇게 하겠습니다. 마스터로 모시겠습니다."

"신중히 결정해야 할 거다. 한 번 날 마스터로 인정하게 되면 죽을 때까지 절대 그 관계에서 벗어날 수 없다. 내 명령에는 무조건 복종해야 하며, 너희들의 생명을 내게 맡겨야만 한다. 반항은 절대 용납이 안 되며, 이를 어길 시에는 오직 죽음뿐이다. 그래도 날 마스터로 모시겠느냐?"

내 말에 제우비스와 트렉슨의 얼굴이 딱딱하게 굳어졌다.

녀석들의 반응은 당연했다.

누가 자신의 목숨을 남의 손에 맡기라는데 선뜻 그러겠다고 하겠는가?

물론 나도 절반쯤은 진심으로 녀석들을 대했다.

눈에 보이는 내 겉모습에 연연하지 않은 녀석들이 대견했고, 자신보다 강한 상대를 솔직하게 인정하려는 성격도 마음에 들었기 때문이다.

녀석들이 과연 나이도 어린 내 요구 조건을 받아들일지, 아니면 거부를 할지는 모르겠지만 만약 내 요구 조건을 받아들인다면 녀석들을 제자로 받아들일 생각이다. 그리고 내가 알고 있는 것들을, 모두는 아니더라도 녀석들이 필요로 하는 것들을 녀석들에게 가르칠 것이다.

녀석들이 얼마나 받아들일 수 있을지는 미지수지만 말이다.

"신중히 생각해 판단을 내려라. 그리고 날 마스터로 모시기로 결심했다면 내일 아침에 여관으로 찾아와라. 만약 그럴 수 없다면 그대로 떠나라. 그 순간부터 너희를 잊겠다."

그 말을 남기고 여관으로 돌아왔다.

나간 것은 다섯 명이었는데, 돌아온 것은 나 혼자이자 로안나가 고개를 갸웃거렸다.

"왜 혼자만 와?"

"다른 사람은 조금 더 있다 올 겁니다."

"그래, 그럼 알렉스부터 식사를 해."

식긴 했지만 스튜에 찍어먹은 빵 맛은 정말 맛있었다.

그렇게 작은 빵을 두 개쯤 먹었을 때 잔뜩 풀이 죽은 모습으로 오티즈와 루한이 돌아왔다. 그리고 그들 뒤에 굳은 표정의 트렉슨과 제우비스의 모습이 보였다.

식당 안으로 들어온 녀석들은 내 앞에 서더니 곧바로 무릎을 꿇고 고개를 숙였다. 그리고는 제우비스가 묵직한 음성으로 말을 꺼냈다.

"마스터, 저 제우비스를 제자로 받아들여 주십시오."

"마스터, 절 제자로 받아들여 주시길 간청합니다."

제우비스에 이어 트렉슨마저 고개를 숙이자 처음 먹었던 생각과는 조금 달라지지 않을 수 없었다.

"날 마스터로 인정하겠느냐?"

"무조건 받아들이겠습니다."

"인정하겠습니다."

물론 녀석들이 인정하지 못하겠다고 하더라도 상관이 없지만 그래도 녀석들이 인정을 해주니 나도 쉽게 지나가 주는 것이 좋을 것 같았다.

"일어서라."

내 말에 두 녀석, 그러니까 제우비스와 트렉슨이 고개를 숙이는 것은 인정하겠지만 신경도 쓰지 않았던 오티즈나 루한까지 덩달아 제우비스 녀석의 행동을 따라 하는 것을 보면서 일단은 그대로 두었다.

"너희 둘도 날 마스터로 인정하겠다는 거냐?"

"그렇습니다."

"물론입니다."

"부디 섣불리 결정한 것이 아니었기를 바란다. 만약 그렇지 않다면 곧 지옥을 경험하며 후회하게 될 테니까 말이다. 일단 아침 식사부터 해라. 식사가 끝나는 대로 부족한 물품을 보충

한 후 이동한다."

내 말에 네 녀석은 식사를 시작했고, 난 로안나에게 양해를 구했다.

"아가씨, 드릴 말씀이 있습니다."

"뭔데?"

네 녀석이 나에게 무릎을 꿇는 모습을 신기하게 쳐다보던 로안나는 내가 할 말이 있다고 하자 고개를 끄덕였다.

그 모습이 얼마나 귀엽던지…… 으이그~ 귀여운 것.

콱 깨물어줬으면…….

"앞으로 저희 일행에 저 두 사람도 포함시켰으면 합니다."

"저 사람들을? 무슨 이유가 있겠지?"

"물론입니다."

대답을 한 후 그녀에게 어제저녁에 있었던 납치범들에 대한 이야기를 해주었다. 깜짝 놀라는 로안나는 잔뜩 겁을 집어먹은 듯 보였다.

"그, 그래서 저 용병들을 고용하자는 거야?"

"그건 아닙니다. 조금 전에 보셨겠지만 저 녀석들을 용병으로 고용하자는 것이 아니라 제 제자로 일행에 포함시키자는 것뿐입니다."

"정말 저 사람들이 알렉스의 제자야?"

"그렇습니다, 아가씨."

"와~ 엄마 말대로 알렉스는 정말 대단한 사람이구나!"

조금은 과장되게 놀라는 로안나의 모습에 유치하게도 난 흐뭇함을 느끼고 있었다. 이러면 안 된다는 것을 알면서도 로안나의 행동 하나하나에 난 어느새인가 매료돼 버렸다.

"알았어, 알렉스가 원하는 대로 해."

"감사합니다, 아가씨."

그렇게 소란스러운 아침을 마치고 난 빌리 아저씨와 함께 장을 보러 나섰다. 다음 영지까지 거리가 꽤 멀고 산맥을 지나야 했기 때문에 준비할 것이 제법 많았다.

식량은 물론, 트렉슨과 제우비스의 말까지 준비하면서 대장간에서 단봉에 가까운 형태의 메이스 두 자루를 샀다.

그걸로 출발 준비는 끝났고, 우리는 곧바로 출발했다.

②

레이젤 영지를 벗어나니 척박한 황무지가 나타났다.

지평선 아득히 보이는 산들을 향해 빠르게 이동했지만 산과의 거리는 좀처럼 가까워지지 않았다.

결국 들판에서 밤을 맞아야만 했다.

조금 빨리 저녁 식사를 마치고 난 네 녀석의 실력을 테스트했다. 역시 예상대로 제우비스가 가장 실력이 나왔고, 트렉슨, 오티즈, 루한 순이었다.

서열로 따지면 그런 순서였지만 제우비스와 트렉슨, 그리고 오티즈와 루한의 실력가 워낙 컸기 때문에 상대적인 비교는 별 의미가 없었다.

오티즈와 루한도 상단 호송 가드들 중에서는 나름대로 실력을 인정받은 녀석들이었지만 제우비스나 트렉슨과는 비교가 되지 않았다. 하긴 대자연의 기를 느끼지도 못하는 녀석들을 능숙하지는 않지만 진기를 사용할 줄 아는 녀석들과 비교하는 것 자체가 무리 아닌가?

결국 둘씩 따로 가르치기로 결정했다.

오티즈와 루한에게는 우선 마나를 느낄 수 있도록 단전호흡부터 가르쳤다. 그리고 제우비스나 트렉슨은 녀석들이 가진 장점을 살릴 수 있도록 직접 대련을 통해 가르치려고 했다.

첫날부터 제우비스와 트렉슨은 나한테 무척이나 심하게 얻어터져야 했다.

힘을 앞세운 트렉슨과 스피드를 앞세운 제우비스.

녀석들이 제일 시급하게 고쳐야 할 점은 방어였다. 공격력은 쓸 만했지만 처음부터 잘못 배웠는지 방어에 관한 것은 아예 개념이 없었다.

내가 빈틈을 노려 공격할 때마다 움찔하며 뒤로 물러서는 것이 고작이었다. 보법을 가르치려고 해도 검을 휘두르는 동작과 맞지 않아 몸의 중심이 흐트러지기 일쑤였다.

남은 방법은 녀석들에게 검법을 가르치는 수밖에 없었다.

그렇다고 문제가 없는 것도 아니었다.

초식에 대한 개념이 없기 때문에 처음부터 동작 하나하나를 모조리 가르쳐야 했다. 게다가 혈도라는 개념도 없었기 때문에 그 또한 처음부터 가르쳐야 했다.

하여간 첫날은 그렇게 보냈다.

다음날도 제법 빠르게 마차를 몰았지만 산에는 도착하지 못했다.

이날은 네 녀석 모두 일정한 거리를 직접 뛰도록 지시했다. 강한 하체의 중요성을 잘 알고 있는 녀석들도 있었지만 왜 뛰어야만 하는지 영문도 모른 채 뛴 녀석들도 있었다.

누가 알고 누가 몰랐다는 걸 굳이 이야기하지는 않겠다. 다만 고작 2킬로미터밖에 달리지 않았음에도 녀석들은 거의 삶아놓은 야채 꼴을 하고 있었다.

점심을 먹으면서 지쳐 늘어진 녀석들에게 호흡의 중요성과 무공의 기본에 대해 일장 연설을 했다.

이해를 하든 말든 상관하지 않았다.

지겨울 정도로 반복해서 듣다 보면 머릿속에 아예 각인이 되어버릴 것이기 때문에 신경을 쓰지 않았다.

내가 녀석들을 가르칠 때마다 로안나는 두 손으로 턱을 받치고 고개를 옆으로 살짝 갸우뚱한 채 날 보곤 했는데, 그 모습이 얼마나 귀엽고 사랑스러운지……

콱 깨물어주고 싶다는 생각이 한두 번 든 것이 아니었다.

다음날 산기슭에 도착했을 땐 이미 깊은 밤이었다.

서둘러 야영 준비와 저녁 식사를 마치고 네 녀석에게 단전 호흡을 지시했다. 녀석들이 제대로 호흡을 하는지 점검을 해주자 로안나가 자신도 그 호흡법을 가르쳐 달라고 졸라댔다.

처음 아무거나 가르쳐 줄까 하고 생각하다가 곧 생각을 바꿨다. 호흡을 하는 자세, 순서, 시간까지 상세하게 설명해 주고 직접 진기도인(眞氣導引)까지 해주었다.

가르치는 내 방법이 탁월했기 때문인지, 아니면 로안나가 타고난 재능이 있었기 때문인지 예상보다 빨리 호흡법을 익혔다. 할 일이 없는 빌리 아저씨와 메리는 일찍 잠들었고, 나도 근처에 앉아 태극심단공을 연마하기 시작했다.

일주천(一周天)을 막 마쳤을 때다.

예민해진 내 감각에 누군가가 우리를 감시하는 듯한 느낌이 들었다.

서둘러 운공을 마치고 주위를 살폈지만 제법 실력이 있는 녀석이었는지 좀처럼 위치를 확인할 수 없었다. 아니, 사람인지 몬스터인지 맹수인지 그것조차 확인할 수 없었다.

내가 주위를 살피는 것을 눈치 챘는지 더 이상 날 자극하는 느낌은 느껴지지 않았다.

제자 애(?)들이 운공에서 깰 때까지 기다린 다음 재웠다. 운공에서 깨어난 로안나는 무슨 이유 때문인지 날 쳐다보며 환한 미소를 지었다.

"알렉스."

"말씀하십시오, 아가씨."

"알렉스가 가르쳐 준 이 호흡법, 정말 대단한 것 같아."

"뭘 느끼셨습니까?"

"응, 따스한 기운이 아랫배에서 느껴지던데…… 기분이 정말 좋았어. 머리도 맑아진 것 같고 말이야."

"그러셨습니까? 제가 보기에 아가씨는 기에 아주 민감하신 것 같습니다."

"기? 기가 뭐야?"

"기라는 것은 이 세상을 구성하는 가장 근본이 되는 힘과 에너지를 가리키는 말입니다. 기는 세상에 골고루 퍼져 있는데 이 기를 호흡을 통해서 체내에 받아들이기 위한 것이 바로 제가 알려드린 호흡법입니다."

"아~ 기가 뭔가 했더니 바로 마나를 가리키는 말이구나."

"예? 마나라고요?"

"그래, 마법사는 대자연의 마나를 배열해 마법을 발현한다고 들었거든. 모든 생명체의 근본을 이루는 게 바로 마나야. 참, 기사들도 마나를 사용하는 법을 안다고 하던데… 어떻게 해서 마나를 이용할 수 있는 건지는 비밀이래."

"그랬군요. 그럼 기사들은 모두 마나를 이용할 줄 아는 겁니까?"

"글쎄? 난 그저 뛰어난 기사들은 마나라는 힘을 사용할 줄 아는 사람이라는 것밖에 몰라. 아빠가 그랬거든."

"그랬군요."

"단순하게 숨만 쉬었을 뿐인데 이렇게 상쾌한 기분을 느낄 줄은 몰랐어. 그러고 보니 엄마 말이 맞았네."

"록산느님이 뭐라고 하셨습니까?"

"알렉스가 옛날에 엄마한테 숨 쉬는 법을 가르쳐 줬잖아. 엄마가 그 방법대로 숨을 쉬고 나면 몸도 따뜻해지는 것 같고 힘도 나면서 머리가 개운해진다고 하셨거든. 그래서 엄마 병도 나았다고 하셨어."

"그랬군요. 아가씨도 제가 좀 전에 가르쳐 드린 대로 꾸준히 운공하신다면 몸도 튼튼해질 겁니다. 그리고 지금보다 더욱 아름다워지실 겁니다."

"정말 이렇게 숨만 쉬어도 예뻐질 수 있어?"

"그렇습니다."

"와아~ 신난다!"

내 말에 로안나는 제자리에서 팔짝팔짝 뛰며 좋아했다.

으이그~ 여자들이란……

"내일은 산길을 가야 하기 때문에 일찍 쉬는 게 좋을 것 같습니다."

"알았어. 그럼 알렉스, 잘 자."

"아가씨도 편히 주무십시오."

로안나가 마차 안으로 들어가는 모습을 보고서도 난 잠을 잘 수 없었다.

불청객의 존재를 몰랐다면 모르겠지만 누군가가 날 감시하고 있다는 걸 알면서도 편히 잠을 이룰 수 있을 만큼 느긋한 성격이 아니었다.

모닥불 앞에 앉아 불청객이 다시 나타나기만을 기다렸다. 하지만 그런 내 의도를 눈치 챘는지 불청객은 모습을 드러내지 않았다.

여명이 밝아왔지만 결국 불청객은 나타나지 않았다.

은근히 신경 쓰이게 만드는 놈이었다.

으~ 새벽부터 짜증나.

③

제우비스들을 깨워 구보를 시킨 다음 식사를 하고 로안나가 깰 때까지 아침 훈련을 했다.

운공을 한 후에 훈련을 했는데, 훈련이라고 해봐야 녀석들이 알아야 할 기본적인 초식들을 내가 시범을 보이고 녀석들이 따라 하는 것이 전부였다.

한바탕 땀을 흘리고 나서야 로안나가 일어났고, 일행이 식사를 마치고 난 후 우리는 곧바로 출발했다.

녀석들은 말을 압수해 마차 뒤를 무조건 따라 뛰게 만들었다. 산길이 험하기도 했지만 가파르기 때문에 걷는 것만 해도 쉽지 않은 일이었다. 그런데 그런 길을 달려서 올라가려니 죽고 싶을 만큼 고통스럽고 괴로울 것이다.

특히 단련이 되지 않은 녀석들에게는 차라리 죽는 것을 택할 정도로 힘든 일이다.

뛰면서도 녀석들은 아마 불만에 가득 차 있을 게 분명했다.

자신은 마차 안에서 내리지도 않으면서 말로만 떠든다고 생각할 수도 있는 일이었다.

건방진 녀석들의 불만을 종식시키기 위해서도 내가 시범을 보여야 할 때다. 게다가 내 신경을 자극했던 불청객의 존재도 신경 쓰였다.

"아가씨, 잠시만 나갔다 오겠습니다."

"응? 어딜 가려고?"

"저 녀석들에게 달리는 방법을 가르쳐 주고 와야 할 것 같습니다."

"그래? 그렇게 해. 알렉스도 참 힘들겠구나."

로안나의 말을 들으며 마차에서 뛰어내린 난 녀석들 앞으로 달려나갔다.

"오티즈, 루한. 자세를 낮춰!"

내 말에 녀석들은 움찔하고는 곧 자세를 낮췄다.

"보폭을 작게 하고 중심을 약간 앞으로 해라. 호흡은 오른쪽 발에 맞춰 최대한 깊게 들이마시고 내뿜어라."

"훅! 훅! 훅!"

난잡했던 녀석들의 발자국 소리가 호흡이 일치하면서 서서히 하나로 들리기 시작했다.

숲 사이로 난 길은 런블럼 영지의 산에 비해 그리 가파르지도, 험하지도 않았다.

내게는 달리기 코스로 딱 좋을 정도였지만 평소 이런 곳을 달려보지 못한 녀석들에게는 아마 죽는 게 더 편할 정도로 힘든 상황일 것이다.

마차는 얕은 구릉 정상에서 멈췄고, 마차 뒤를 뒤따르던 우리도 덩달아 멈춰 섰다.

"멈추지 말고 제자리에서 가볍게 계속 뛰어."

내 말에 가쁜 숨을 몰아쉬던 녀석들은 찔끔하며 제자리에서 뛰었다.

"보폭은 일정하게, 숨은 최대한 깊게. 이것이 달리기 요령이다. 내가 이 말을 하는 이유는 간단하다. 앞으로 너희들은 훈련을 시작하기 전 반드시 구보를 해야 하는데, 구보를 하는 이유는 우선적으로 너희들의 몸을 만들기 위해서다."

녀석들의 거칠었던 호흡이 안정된 것을 확인하고서야 뛰는 것을 멈추게 했다. 그리고 제우비스와 트렉슨의 단전 주위의 혈도를 제압했다.

"혈도를 제압했으니 해혈을 할 때까지는 마나를 사용할 수 없으니까 그렇게 알아라."

"예?"

내 말에 둘은 깜짝 놀라는 표정을 지었다.

그런 둘의 태도에 기분이 상했다.

"왜, 마나를 사용하지 못하게 했다고 기분 나빠서 지금 그런 표정을 짓는 거냐?"

"아닙니다, 마스터."

"아니긴 뭐가 아니야? 지금 너희들 표정이 어떤 줄 알아?"

"놀라서 그랬습니다."

"놀라긴 뭘 놀라?"

"마스터께서는 마나를 제어할 수 있으십니까?"

"마나를 제어하다니, 무슨 소리야?"

"마법사를 제외하면 마나를 제어할 수 있는 사람은 아무도 없습니다. 신관 중의 신관이라 불리는 고위 신관이라 할지라도 상대가 가진 마나를 제어할 수는 없습니다. 그리고 마법사라고 할지라도 일정한 지역의 마나를 통제할 수 있을 뿐이지, 사람이 가진 마나를 못 쓰게 만드는 것 같은 직접적인 제어는 불가능하다고 알고 있습니다."

혈도와 마나에 대해 어느 정도의 이해만 있다면 누구나 할 수 있는 일을 녀석은 무척이나 특별한 일인 듯 말해 나를 조금 당황하게 만들었다.

"제우비스, 네 몸에 붙어 있는 그 팔을 마음대로 움직일 수 있느냐?"

"하하하, 제우비스. 마스터께서는 네가 팔 하나도 제대로 움직이지 못하는 바보인 줄 아시나 보다."

"트렉슨, 닥쳐라!"

내 말에 트렉슨은 찔끔했고, 그걸 보고 웃은 오티즈와 루한한테 트렉슨이 두 눈을 부라리는 동안 제우비스가 자신의 손을 쳐다보는 모습을 보고는 한숨부터 나왔다.

난 단순히 질문을 한 것뿐인데 그 말에 무슨 숨은 뜻이 있는 것은 아닌가 고심하는 것 자체가 오버였다.

너무 단순한 놈도 문제지만 너무 심각한 놈 역시 문제였다.

"제우비스, 대답해라."

"움직일 수 있습니다, 마스터."

"그렇다면 네 몸속의 마나를 네 마음대로 움직이는 것은 가능하냐?"

"그건……."

"팔을 가능한데 마나는 불가능하다, 그런 말이냐?"

"……."

"마나 역시 네 팔처럼 마음대로 움직일 수 있다. 하지만 그렇지 못한 것은 네가 마나에 대한 훈련을 평소에 하지 않았기 때문이다. 내가 너희에게 가르쳐 준 호흡법대로 훈련을 계속한다면 어느 순간부터 너희는 몸속의 마나를 마치 팔과 다리처럼 마음먹은 대로 통제할 수 있게 될 것이다. 하지만 그전에 보다 많은 마나를 담을 수 있도록 건강한 몸을 만들어야 한다. 지금 너희가 하고 있는 이 달리기가 바로 그런 몸을 만들기 위한 훈련이다. 알겠나?"

"알겠습니다, 마스터."

그때였다.

누군가 우리 일행을 지켜보고 있는 듯한 눈길이 느껴졌다.

"차앗! 섬뢰비영!"

지면을 박차고 몸을 날린 난 나무 사이로 사라지려는 어떤 그림자를 봤다. 황급히 허공에서 몸을 뒤틀어 방향을 꺾은 난 빠르게 그림자를 향했다. 하지만 추적은 쉽지 않았다.

그림자가 달아난 방향으로 쫓아갔는데 앞쪽의 나뭇가지들이 이상하게도 계속 나와 부딪혔기 때문이다. 그러다 유난히도 굵은 나뭇가지를 피하기 위해 잠깐 고개를 돌리는 순간 그림자는 감쪽같이 사라져 버렸다.

그야말로 눈 깜빡할 사이였다.

물론 수색을 하면 찾을 수 있을지도 모르지만 일행의 안전이 걱정돼서 추적을 계속할 수 없었다.

결국 추적을 포기하고 일행에게 되돌아갔다.

되돌아와 보니 녀석들이 초조한 표정으로 날 기다리고 있었다.

쯧쯧쯧, 꼭 어미 새를 기다리는 새끼 새들 같군.

그래도 제우비스나 트렉슨은 뭔가를 눈치 챈 것 같은데 오티즈와 루한 녀석은 아무것도 모르고 있었다.

"마스터, 조금 전에 어떻게 하늘을 날아가신 겁니까?"

"그러게 말입니다. 더구나 허공에서 이렇게 휙 꺾여서 날아가는 모습은 그야말로 환상이었습니다, 마스터."

손짓까지 섞어가며 말하는 루한 녀석을 보니 더 이상 말을 하고 싶지 않았다. 내 표정이 이상한 것을 눈치 챈 오티즈 녀석이 황급히 제지하자 루한 녀석이 입을 다물었다.

"마스터, 누가 있었습니까?"

"상대를 확인하지 못했다."

"예? 상대가 마법사였습니까?"

"글쎄, 갑자기 사라지진 않았지만 엄청난 속도로 나무들을 피해 숲 속으로 사라져 버렸다. 너무 빨라서 사람인지 동물인지 구별하기도 힘들 정도였다."

"숲에서 그렇게 빨리 움직일 수 있는 건 엘프뿐인데……."

"엘프?"

"트렉슨 말이 맞을 것 같습니다. 마스터께서 감지하신 것이 설사 맹수나 몬스터라고 할지라도 조금 전 마스터의 동작이나 이목이었다면 그렇게 빨리 마스터의 시야에서 사라질 수는 없을 겁니다. 참, 혹시 상대를 쫓을 때 이상한 점은 없었습니까?"

"이상한 점? 그러고 보니 유난히 나뭇가지와 많이 부딪친 것 같군. 확실히 이상한 일이야. 평소 같았으면 충분히 피할 수 있었을 텐데 말이야."

"그런 일이 있었다면 마스터께서 뒤쫓던 자는 엘프가 맞습니다."

"엘프가 맞다고? 엘프가 뭐지? 몬스터인가?"

"몬스터라기보다는 이종족(異種族)이라고 보는 것이 맞습니다. 몬스터는 본능대로 행동하는 맹수에 가까운 생명체를 가리키는 말이지만 이종족은 나름대로 무리 생활을 하면서 이성을 가지고 있는 생명체를 가리키는 말입니다."

제우비스가 차분하게, 그리고 조리있게 설명을 해주었다.

"방금 설명 드린 엘프라는 종족은 흔히 숲의 자식이라고 불리는데, 선천적으로 식물을 움직이거나 혹은 자라게 하거나 동물들과 대화를 나눌 수 있다고 알려져 있습니다. 또 태어날 때부터 마나에 민감해 마법이나 정령술을 쉽게 익힐 수 있다고도 알려져 있습니다."

"숲의 자식이라……. 그래서 그렇게 빨랐던 것인가?"

"또 다른 특징은 엘프들은 태어날 때부터 무척이나 아름다운 용모를 타고나기 때문에 엘프 사냥꾼들의 집중적인 표적이 되곤 합니다."

"엘프 사냥꾼? 뭐 때문에 엘프들을 사냥한다는 거지? 인간들을 적대시하는 종족인가?"

내 반문에 제우비스와 세 녀석의 얼굴에 수치스러워하는 기색이 역력했다. 녀석들의 반응을 난 이해할 수 없었다.

"제우비스, 대답해라."

"엘프 사냥꾼들이 엘프들을 사냥하는 이유는 그들을… 노예로 팔기 위해섭니다."

"노예?"

"그냥 노예도 아닌 성 노리개로 만들기 위해서 엘프들을 사냥하는 겁니다. 그 개자식들은 인간의 수치고, 하나같이 인간 쓰레기들입니다!"

내 반문에 트렉슨은 침을 튀며 열을 올렸다.

"그러니까 엘프 사냥꾼들이라는 것은 한마디로 엘프들만을 전문으로 인신매매하는 자들이란 말이냐?"

"그렇습니다, 마스터."

"그러니까 정리를 해보자. 우리를 감시하던 자가 엘프라고 치자. 그럼 엘프가 우리를 엘프 사냥꾼으로 오해를 했을 수도 있다는 이야기냐?"

"그럴 가능성도 있습니다, 마스터."

"쓰레기 같은 녀석들 때문에 이상한 꼬리가 따라붙었군."

"마스터, 그래도 저희가 먼저 적의를 보이지 않으면 저희를 먼저 공격하지는 않을 겁니다."

제우비스의 말에 기분이 확 상했다.

"그러니까 네 말은 엘프들이 공격하지 않은 것을 다행으로 생각하고 그냥 지나가자, 그런 말이냐?"

"그런 말이 아니라……."

"닥쳐. 이유를 불문하고 난 나에게 적의를 보인 놈들은 지금껏 그냥 둔 적이 없어. 다른 모든 인간들에게 적의를 보이더라도 나에게만은 절대 적의를 보여서는 안 돼. 왜냐고? 내가 반드시 보복을 할 테니까. 말도 안 되는 억지라고 생각하느냐? 두고 보면 알게 될 거다. 내가 그런 놈들을 어떻게 대하는지."

억지에 가까운 내 말에 네 녀석은 황당하다는 표정을 지었다. 녀석들이 무슨 생각을 하는지 충분히 짐작이 갔다.

"빌리 아저씨, 출발하세요."

내 말에 빌리 아저씨가 다시 마차를 몰았고, 내가 다시 달리기 시작하자 네 녀석은 울며 겨자 먹는 심정으로 내 뒤를 따라 달려야 했다.

산비탈을 달려 올라가는 것도 힘들지만 내려가는 것도 그리 쉬운 일은 아니었다. 몸의 중심을 잡으면서 속도를 유지해야 하기 때문인데 미끄러운 지면 때문에 결코 쉬운 일이 아니었다.

당연히 녀석들은 몇 번이나 뒹굴고서야 겨우 산 아래에 도착할 수 있었다.

그날 저녁 녀석들은 녹초가 되어서 제대로 식사도 못하고 그대로 꼬꾸라져 잠들어 버렸다.

결국 내가 밤새 불침번을 서야 했다.

부족한 잠은 운공으로 대신했다.

④

"기상!"

어쭈? 건방지게 아무도 안 일어나?

"기상~!"

음성에 살짝 진기를 실어 전음을 네 녀석에게 날리자 녀석들은 소스라치게 놀라 막사에서 뛰어나왔다. 그런 녀석들의 얼굴은 이미 허옇게 변해 있었다.

"뭐, 뭐야?"

"웬 무슨 천둥소리가 이렇게 커?"

"무슨 소리야?"

"조용."

그제야 녀석들은 날 발견하고는 차렷 자세를 취했다.

"이것들이 기합이 빠져서… 건방지게 늦잠을 자?"

"죄송합니다, 마스터."

어느 순간부터인지 녀석들 가운데 제우비스 녀석이 리더 역할을 하고 있었다. 제우비스의 대답에 다른 녀석들도 바싹 긴장한 모습을 한 채 곁눈질로 내 눈치를 살피고 있었다.

"복장 갖추고 나와라."

말이 끝나자마자 녀석들은 옷을 제대로 입고 나왔고, 내 지시에 따라 어제 지나온 산 정상을 향해 달려갔다. 그사이 나는 근처에서 장봉으로 쓸 만한 나무를 찾았다.

찾긴 찾았는데 휘어짐이 너무 없어 딱딱한 것이 흠이었지만 일단은 이것으로 만족하는 수밖에 없었다. 대충 다듬은 다음 간만에 태극마라봉법으로 장봉을 휘두르기 시작했다.

부웅~ 휙!

크고 작은 궤적을 그리며 장봉이 내 손과 내 몸을 휘감고 회전을 했다. 장봉이 허공을 가를 때마다 들리는 소리가 너무나 반갑고 감미로웠다.

뭐라고 해야 하나?

피를 끓게 만든다고나 할까?

지금까지 이보다 더 듣기 좋은 소리는 찾지 못했다.

아직은 키가 작아 완벽하게 초식을 펼칠 수는 없었지만 그건 세월이 해결해 줄 일이라 일단은 생각하지 않기로 했다. 어려서 좋은 것도 있지만 불편한 것도 적지 않았다.

가장 불편한 것을 꼽으라면 역시 신체적인 것이었다.

아직은 더 자라야 하기 때문에 무리하게 근력 운동을 할 수 없다는 점이었다. 마나를 사용하지 않으면 무거운 물건은 들지도 못하니 현재로써는 빨리 자라고 싶은 마음뿐이었다.

마나를 사용하지 않은 탓인지 숨이 조금 가빠졌다.

장봉을 거두어들일 때쯤 녀석들이 돌아왔다. 땀을 뻘뻘 흘리면서 말이다. 천천히 숨을 고르는 동안 로안나를 비롯한 나머지 사람들이 잠에서 깼다.

대충 아침 식사를 한 다음 또다시 출발했다.

출발하고 얼마 되지 않았을 때 또 누군가의 시선이 느껴졌다. 제우비스가 말한 엘프란 녀석이 틀림없었다.

은근히 신경을 건드리는 녀석이었다.

하여간 내가 준비 단계가 끝났다고 인정할 때까지 나와 제자 녀석들의 달리기는 한동안 계속될 것이다.

산을 통과하는 데 꼬박 4일이 걸렸다.

누가 길을 만들었는지는 모르지만 안전에 중점을 두고 만든 것 같았다. 상당한 거리를 돌아가더라도 최대한 완만하고 안전하게 만들었다. 덕분에 산에서 보내는 시간이 오래 걸릴 수밖에 없었다.

물론 4일 동안 제우비스와 나머지 녀석들은 지겨울 정도로 산길을 뛰고 또 뛰어야만 했다. 그사이 유일한 변화라고는 로안나의 재능을 다시 한 번 확인했다는 것뿐이다.

처음 그녀에게 가르쳐 준 심법은 선녀낙화검공(仙女落花劍功)의 선녀심법(仙女心法)이었다.

난해할 수도 있는 내용을 그녀는 단번에 기억한 것은 물론 상당 부분을 이해한 것이다.

미용에 좋다는 말도 안 되는 이유를 들어 그녀에게 검술과 보법을 가르쳤는데, 단 한 차례 내 시범을 보고 그녀는 거의 80% 정도를 기억하고 정확하게 따라 한 것이다.

정말 놀랄 만한 재능이 아닐 수 없었다.

기억력과 이해력이 이 정도라면 거의 천재라 불러도 과언이 아닐 정도의 인재인 것이다. 물론 내가 가르치기는 했지만 정말 탐이 나는 재능이 아닐 수 없었다.

재능보다 중요한 것이 부단한 노력이라는 것을 과연 그녀가 알지는 모르겠지만 부디 그녀가 끝까지 검공을 익혔으면 좋겠다는 생각이 들었다. 그렇지만 그녀에게 말하지는 않았다.

집이 가난한 것도 아니고 복수를 해야 할 원수가 있는 것도 아니니 그녀가 굳이 검공을 익혀야 할 이유는 없다. 그렇지만 그래도 그녀가 끝까지, 하지만 그게 힘들다면 검강(劍罡)을 자유자재로 사용할 수 있을 때까지만이라도 익혔으면 하는 바람이 있었지만, 일단 모든 건 그녀에게 맡기기로 했다.

오티즈와 루한은 지금까지 몰랐던 것을 새롭게 배우는 것이 즐거웠는지 힘들어했던 며칠 전과는 달리 지금은 꽤나 적극적으로 모든 걸 받아들이고 있었다.

비록 급격하게 실력이 향상된 것은 아니지만 자신에게 필요한 것이 무엇인지 서서히 중심을 잡아가고 있었다. 자신의 장점이 무엇인지도 몰랐던 녀석들인지라 그걸 스스로 깨닫게 하는 것이 무엇보다 중요했다.

그런 반면 제우비스나 트렉슨은 하루하루를 체력 단련으로 보냈다. 둘 다 자신의 장점과 단점이 무엇인지 잘 알고 있었기 때문에 굳이 내가 별도의 지시를 하지 않아도 알아서 단점을 보완하고 있었다.

일단은 두고 보기로 했다.

Chapter 5
로안나를 보호하라!

The Duel of Master
마스터 대전

$$\boxed{1}$$

산을 오르기 전 며칠 동안 보았던 황무지와는 전혀 달리 처음 만나는 웨이든 영지는 푸른 곡식이 끝없이 펼쳐진 기름 진 옥토를 가진 곳이었다.

그런 탓일까?

왠지 마음까지 푸근해지는 것을 느낄 수 있었다.

그렇게 풍성한 들녘을 가로질러 네 시간쯤 이동했을 때 우 리는 웨이든 영지의 성벽을 마주할 수 있었다.

네 명의 병사가 성문을 지키고 있었는데, 내가 잘못 봤는지 왠지 병사들의 얼굴이 딱딱하게 굳어 있는 것이 긴장한 표정 이 역력해 보였다.

별다른 제지 없이 통과한 우리는 영주의 성이 있는 중앙로 근처에 있는 '복숭아 농장'이라는 식당 겸 여관에 투숙했다.

5층 규모의 여관은 깨끗하기도 했지만 돈 많은 사람들을 대상으로 지은 건물인지 실내는 모두 넓고 깨끗했다.

"어서 오십쇼. 저희 여관을 찾아주셔서 감사합니다."

어떻게 알았는지 가게 앞으로 뛰어나온 주인이 마차를 향해 꾸벅 허리를 숙였다. 말과 마차를 하인들에게 마구간으로 데리고 가라고 지시한 주인은 우리를 실내로 안내했다.

"이쪽에 앉으십시오."

친절하기는 했지만 왠지 주인의 과장된 행동 때문인지 그리 편하지만은 않았다. 그리고 그 이유는 나중에 알게 되었다.

"일단은 식사부터 하고 나중에 방으로 안내해 주세요."

"알겠습니다, 아가씨. 그럼 식사는 무엇으로……."

"비싸도 상관없으니까 자신있는 것으로 갖다 주세요."

"자, 잠시만 기다려 주십시오."

로안나의 말에 주인은 활짝 웃으며 주방으로 뛰어들어 갔다. 로안나와 나, 메리 누나와 빌리 아저씨, 그리고 네 녀석이 각각 한 테이블씩 차지했다. 식당 안에 손님은 우리뿐이었다.

처음엔 이 식당이 비싸기 때문에 이용하는 사람이 없을 거라 생각했었다. 하지만 그렇다고 해도 뭔가 이상했다.

가만히 생각해 보니 성문을 통과해 이 여관까지 올 때까지 길을 오가는 사람이 거의 보이지 않았다. 보이는 사람들도 뭐가 그리 바쁜지 종종걸음으로 길을 가는 모습을 본 것이 이제야 기억났다.

처음 그런 모습을 봤을 땐 그저 바쁜 일들이 있나 보다 생각했었는데, 가만히 생각해 보니 주위를 두리번거리던 모습이나 잔뜩 웅크린 모습이 뭔가를 잔뜩 두려워하는 것 같았다.

이 정도 크기의 영지라면 병사는 물론 사병의 수도 제법 있을 것 같은데 대체 사람들이 무엇을 저렇게 두려워하는 것인지 이해가 안 되었다.

저녁 식사를 마치고 일행은 쉬러 방으로 갔지만 난 대장간을 찾았다. 이상한 예감이 들었기 때문에 무장을 갖춰야겠다는 판단이 들었기 때문이다.

여관 주인에게 대장간의 위치를 들었기 때문에 대장간을 찾아가는 것은 그리 어렵지 않았다. 하지만 내가 찾았을 때는 벌써 문을 닫으려고 하고 있었다.

"잠깐만요."

내 말에 가장 바깥쪽에 서 있던 나이 든 사내가 갑자기 굳은 표정을 지었다. 그리고는 갑자기 서둘러 대장간 문을 닫으려고 했다.

손님이 왔는데 문을 닫으려고 하다니 확실히 이상한 일이었다. 서둘러 달려가니 날 확인하고서야 노인은 안도한 표정을 지었다.

"꼬마야, 무슨 일이냐?"

망할 놈의 영감탱이 같으니…….

나도 손님인데 꼭 꼬마라고 불러야 하나?

"물건 좀 사려고 왔는데요?"

"물건? 무슨 물건?"

"강철로 만든 메이스를 사려고 왔어요."

"강철 메이스?"

"예."

"따라 들어오너라."

노인네, 그러니까 주인을 따라 가게 안으로 들어가니 불안한 얼굴로 주인을 쳐다보는 서너 명의 사내가 있었다.

"아무 일도 아니니 어서들 정리하고 들어가 보게."

주인의 말에 사내들은 그제야 안심하고는 서둘러 흐트러진 물건들을 정리했다. 그리고는 잔뜩 겁먹은 얼굴로 가게를 떠났다.

"강철로 만든 메이스라……. 어디 보자, 이거면 되겠냐?"

말과 함께 나한테 내민 것은 메이스의 머리 부분만 강철로 보강한 메이스였다. 그리고 길이도 너무 길었다.

"길이는 1미터 정도였으면 좋겠고, 재질은 탄력이 있는 강철 종류였으면 좋겠어요. 그리고 두 개의 메이스를 서로 결합할 수 있었으면 좋겠는데… 가능하겠어요?"

"그러니까 강철로 만든 메이스 두 개를 결합할 수 있게 만들어 달란 말이냐?"

"그래요."

"누가 쓸 건데?"

"제가 쓸 거예요."

"너 같은 꼬맹이가 강철로 만든 메이스를 쓸 거라고? 지금

나보고 그 말을 믿으라는 거냐? 속을 텅 비게 만들어도 강철로 만들었기 때문에 얼마나 무거운데. 게다가 하나도 아니고 두 개를 결합하면 얼마나 무거운지나 알고 떠드는 거냐?"

"그건 내가 알아서 할 테니까 그냥 만들 수 있는지 없는지 그거나 말해주세요."

내 말에 영감의 얼굴색이 점점 붉어졌다.

화가 나는 모양이지만 난 신경도 쓰지 않았다.

"모레 점심때 와라."

쾅!

서둘러 날 내쫓은 영감은 신경질적으로 대장간의 문을 닫았다. 정말 짜증나는 영감이었다.

여관으로 돌아오는 길에 순찰 도는 병사들을 만났다.

보통은 한두 명씩 순찰을 도는데 이곳 영지의 병사들은 스무 명씩이나 무리를 지어 야간 순찰을 돌고 있었다.

그것도 잔뜩 긴장한 모습으로 말이다.

대체 이 영지 사람들은 뭘 저렇게 두려워하는 것인지 궁금해서 미칠 지경이었다.

여관으로 돌아가는 길에서 본 마을의 풍경은 마치 유령도시처럼 느껴졌다. 사람들의 말소리는 들리지 않고 들리는 것은 오직 바람 소리뿐이었다.

바람을 가르며 여관으로 향할 때 문득 바람결에서 비릿한 냄새가 느껴졌다. 내 기억이 맞다면 피 냄새가 틀림없었다.

비릿한 냄새 때문에 걸음을 멈춘 순간 내 곁을 스쳐 지나가는 사람이 있었다.

하드 레더 아머를 걸친 사내였는데 특이하게도 사내는 검은색 옷을 걸치고 있었다. 장례식 말고는 평소에 검은색 옷을 입은 사람은 거의 볼 수 없는 것이 현실이다. 비록 얼굴을 확인하지는 못했지만 뭔가 음침하면서도 꽤나 음울한 분위기를 가진 사내였다.

사내와 마주치는 순간 온몸이 짜릿하게 전율이 느껴지는 것이 순간적으로 상당히 위험한 인간이라는 느낌이 들었다.

왜 그런 생각이 들었는지 알 수는 없지만 말이다.

그때부터였다.

불안하고 다급한 생각이 들어 즉시 여관으로 달려갔다. 그것도 최대한 신법을 발휘해서 말이다.

여관으로 들어선 난 우선 일행의 안전부터 살폈다.

다행히도 일행은 일찍 잠자리에 들었는지 모두 가볍게 코를 골며 잠에 빠져들어 있었다. 조용히 내 방에서 장봉을 가지고 나와 여관의 뒷마당으로 갔다.

가볍게 몇 차례 봉을 휘두르며 흥분한 마음을 진정시키려고 했지만 웬일인지 좀처럼 마음을 진정시킬 수가 없었다. 차라리 격렬하게 몸을 움직이는 것이 나을 것 같아 전력으로 장봉을 휘두르기 시작했다.

부웅~ 붕~ 붕~

장봉의 궤적이 허공을 가를 때마다 들리는 장봉의 울음소리에 불안해하던 마음을 겨우 진정시켰다.

그때였다.

"저기다, 저쪽이다!"

다다다다~

누군가의 고함 소리와 함께 수십 명이 달려가는 소리가 어지럽게 들렸다.

즉시 담장 위로 올라간 난 주위를 살폈다. 그런 내 눈에 비친 것은 어딘가로 달려가는 병사 서너 명의 모습이었다.

그들의 뒤를 따라가 보니 누군가를 포위하고 있는 병사들의 뒷모습이 보였다. 장창으로 무장한 병사들이 누군가를 향해 창을 겨누고 있었는데, 과연 그 모습이 누군가를 포위했다고 할 수 있는 것인지 의심이 들 정도였다.

그도 그럴 것이, 롱 소드를 늘어뜨리고 있는 자는 너무나 태연한 데 반해 그자를 포위하고 있는 병사들은 하나같이 두려움에 잔뜩 몸을 웅크리고 있었다.

병사들이 겁먹은 것이 이상해 주위를 확인해 보니, 이미 서너 명의 병사가 전신이 난자된 채 쓰러져 지면을 자신들의 선혈로 흥건히 적시고 있었다.

"흐흐흐, 새로운 먹잇감들인가?"

"앗! 저자는 볼랜드 기사님이잖아?"

"저, 정말 볼랜드 기사님이란 말이야? 아닌 것 같은데?"

"얼굴을 자세히 봐. 볼랜드 기사님이 틀림없잖아."

"그런 것 같기도 한데……. 하지만 눈빛이……."

한 중년 병사의 말에 다른 병사들은 순간적으로 움찔했다.

그의 말에 황급히 롱 소드를 늘어뜨리고 있던 자의 얼굴을 보니 핏빛 광기에 가득 찬 한 쌍의 눈이 가장 먼저 보였다.

저 눈을 뭐라고 불러야 할까?

피에 미친 자의 눈이라고 불러야 하나?

광기에 가득 찬, 결코 정상이라고 부를 수 없는, 아니, 정상에서도 한참을 벗어난 눈빛을 가진 자, 그자는 바로 여관에 도착하기 전 길에서 마주쳤던 그 음침한 분위기의 사내였다.

내가 잠시 그자의 눈빛에 움찔하는 사이 볼랜드라는 놈의 미친 춤사위가 펼쳐졌다.

심마(心魔)였다. 놈은 심마에 빠진 것이 틀림없다.

지금 병사들을 도살하고 있는 저 볼랜드란 놈이 뭐가 잘못되어 심마에 빠지게 된 것인지 알 수는 없지만 현재의 경지를 벗어나기 위해 도전하다 좌절한 것이 틀림없었다.

그의 검이 어지러운 궤적을 허공에 그리자 다시 7, 8명의 병사가 쓰러져 지면을 피로 적셨다.

저벅저벅~

묵직한 발자국 소리가 들렸다.

정신을 차리고 보니 병사들은 모두 목숨을 잃은 채 지면에 널브러져 있었고, 볼랜드가 예의 그 혈광(血光)을 뿌리며 내게 다가오고 있었다.

장봉을 볼랜드를 향해 겨눈 난 흥분된 가슴을 진정시키기 위해서 심호흡을 몇 번이나 해야 했다.

그런 내 모습에 흥미를 느꼈는지 볼랜드는 고개를 갸웃거렸다. 하지만 그것은 쉽게 말해 절대적인 강자인 자신을 보고도 도망을 치지 않는 애송이에 대한 호기심이지 결코 날 자신의 적수나 상대로 생각했기 때문은 아닌 것 같았다.

아~ 열받아~

왜냐고? 그건 저 건방진 자식이 날 보며 싱글싱글 쪼갠다는 것 자체가 날 우습게봤다는 것 아니겠는가. 열이 받기는 했지만 당장은 이 자식을 상대하는 것이 먼저였다.

"장룡강림(長龍降臨)!"

이 초식은 장봉의 회전력보다는 봉의 탄력을 이용한 공격인데, 쉴 새 없이 연속적으로 공격이 이루어지는 것이 이 초식의 특징이었다.

따따따~ 딱~

연속적으로 몇 차례의 공격이 이루어졌다.

가볍게 손목만 움직여 롱 소드로 장봉을 막아내는 모습을 보니 심마에 빠지기 전엔 제법 뛰어난 실력을 가진 녀석이었나 보다. 하지만 내 공격은 아직 끝난 것이 아니었다.

사방에서 쏟아지는 장봉의 공세가 성가셨는지 녀석은 장봉을 자르려고 롱 소드를 휘둘러댔다.

롱 소드를 휘두르는 초식도 없었고 규칙도 없었다. 하지만 태극마라봉법은 미친놈이 마구 휘두르는 검 따위에 잘릴 정도로 그리 단순하지 않았다.

장봉으로 날아오는 롱 소드의 옆면을 쳐서 궤적을 틀어지게 만들어 녀석의 공격을 막아냈다.

자신의 공격이 계속 막히자 녀석은 신경질이 나는지 마구 롱 소드를 휘둘러댔는데 왠지 불길한 느낌이 들어 황급히 뒤로 물러섰다.

슥~

미약한 소리와 함께 장봉의 끝이 단숨에 잘려 나갔다.

소드 오러가 아닌, 분명 오러 블레이드(이건 제우비스가 가르쳐 준 단어였다)였다. 녀석은 오러 블레이드를 사용할 수 있을 정도의 고수였던 것이다.

내 예상이 틀리지 않다면 녀석은 아마 심마에 빠진 후에 오러 블레이드를 쓸 수 있게 된 것이 분명했다. 하지만 생각을 길게 할 여유가 없었다.

휙!

시퍼런 오러 블레이드가 날아들었다.

황급히 철판교의 신법으로 녀석의 공격을 피한 난 홀뢰보로 재빨리 뒤로 물러섰다.

"저쪽이다!"

두두두~

요란한 말발굽 소리가 급격하게 가까워졌다.

접근하는 자가 있는지도 깨닫지 못할 정도로 난 녀석과의 싸움에 집중했던 모양이다.

이유가 어찌 되었든 다른 자들에게 들켜서 좋을 것이 없을 것 같아 서둘러 그 자리를 떠났다.

나를 쫓아오려던 볼랜드 녀석은 말발굽 소리에 고개를 돌리더니 미친놈처럼 웃음을 터뜨리며 그쪽 방향으로 달려갔다. 그 모습에 나타난 자들에게 조금 미안하기는 했지만 지금으로 써는 달리 방법이 없었다.

여관으로 돌아온 난 우선 애들부터 깨웠다.

어리둥절한 표정으로 잠에서 깬 녀석들은 주위를 두리번거 리다 날 발견하고는 화들짝 침대에서 일어났다.

"무슨 일이십니까, 마스터?"

"즉시 무장을 갖춰라. 그리고 오늘 저녁 아가씨의 안전에 너 희들 목숨을 걸어라."

내 말투가 심상치 않음을 느꼈는지 아무 말 없이 녀석들은 로안나의 방문 앞에 도열했다.

그렇게 밤을 꼬박 지새웠다.

다음날 날이 밝자마자 난 로안나를 깨웠다.

그녀 역시 영문을 몰라 했지만 고맙게도 내가 하자는 대로 군소리없이 따라주었다.

주인을 깨워 일단 식사부터 주문했다.

일행이 식사를 하는 동안 주인을 불렀다.

"손님, 무슨 일이십니까?"

"물어보고 싶은 게 있어요."

"뭡니까?"

"혹시 이 영지에 무슨 일이 있습니까?"

그 말이 끝나기가 무섭게 주인은 찔끔하고는 내 눈치를 살폈다.

"무슨 일이 있었던 겁니까? 속일 생각 하지 마시고 사실대로 말씀해 주세요."

"그게 저어……."

주인은 손을 비비며 어쩔 줄 몰라 했다.

"혹시 살인 사건이 있었던 것은 아닙니까?"

"휴우~ 이미 알고 계셨군요."

한숨을 내쉰 주인은 근처의 의자에 털썩 주저앉았다. 그리고는 그 사연을 털어놓았다.

"그러니까 그 일이 벌어진 것도 벌써 석 달째가 되는군요. 달빛도 사라진 그날 밤 강가에서 야채상인 빌의 장녀였던 케이트가 잔인하게 살해당했습니다. 저도 봤는데 얼마나 끔찍하던지……. 강간을 당한 데다 팔다리가 다 잘렸고, 내장까지……. 지금까지 살아오면서 그렇게 끔찍한 광경은 한 번도 본 적이 없습니다."

"범인이 누군지 밝혀졌나요?"

"아닙니다. 보고를 받으신 영주님이 휘하의 기사들을 몽땅 풀어 사건을 조사했지만 범인은 찾아내지 못했습니다. 그러다 다시 살인 사건이 벌어졌답니다. 이번엔 건장한 사내 둘이었는데, 사실 둘 다 평판이 그리 좋지 않은 자들이었습니다. 그들은 대로 한복판에서 죽임을 당했는데, 그들 역시 팔다리가 다

떨어져 나가고 전신이 난자된 채 목숨을 잃었습니다."

"범인을 잡지 못한 채 몇 달이 지났다면 그동안 목숨을 잃은 사람의 수가 적지 않겠군요."

내 말에 주인은 음성을 잔뜩 죽인 채 귓속말을 했다.

"지금까지 거의 70명이 넘게 죽었답니다."

"그런데 아직 범인에 대해서 알려진 것이 아무것도 없는 겁니까?"

"그저 검을 잘 쓰는 자라는 것 말고는 아무것도 알려진 것이 없어 사람들이 더욱 불안해하고 있습니다. 사정이 이러니 누가 밤에 돌아다니려고 하겠습니까? 더구나 알게 모르게 주변 영지로 소문이 퍼져 지금은 이 영지를 찾는 사람이 거의 없는 형편이죠."

"그러니까 이 가게를 찾는 손님이 없어서 우릴 그렇게 반갑게 맞이했던 겁니까?"

"하하하, 그럴 수밖에요. 여러분은 거의 두 달 만에 저희 가게를 찾아주신 손님들이시거든요."

"참, 혹시 볼랜드란 사람의 이름을 들어본 적이 있습니까?"

"볼랜드? 볼랜드…… 아, 볼랜드 웨섬님 말씀이신가요? 그분이라면 6개월 전쯤인가 영주님께서 데리고 있던 기사단에서 쫓겨나신 분인데……. 손님이 그분의 이름은 어떻게 아시는 겁니까? 이 영지 사람들 중에서도 그분이 왜 기사단에서 쫓겨났는지 그 속사정을 아는 사람이 거의 없답니다."

"기사단 소속 기사였던 모양이군요."

"그랬었죠. 검술 실력은 꽤 뛰어났다고 하던데 성격은 아주 문제가 많았던 모양입니다. 아무에게나 시비를 걸고, 술만 마셨다하면 행패를 부리니 누가 좋아했겠습니까? 더구나 아무 가게에서나 먹고 마시고는 마구 외상을 해대서 상인들의 원망도 적지 않았습니다. 몇 해 전인가, 이웃 영지의 기사들과 시비가 붙어 거의 영지전(領地戰)이 벌어지기 일보 직전까지 갔다더군요. 상인과 영지민들의 항의 민원이 계속되니까 영주님께서도 결국 그분의 기사 작위를 박탈하고 기사단에서 쫓아내버리셨죠. 그 후로 그분을 봤다는 말은 들은 적이 없어서 지금은 어디에 있는지 아마 아무도 모를 겁니다."

"살인 사건에 대해서 더 자세하게 알고 싶은데 좀 알아봐 주시겠습니까?"

"예?"

"보시면 알겠지만 전 다른 분들과 함께 아가씨를 보호해야 하는 입장입니다. 아가씨의 안전을 위해서 조심하려면 더 많은 정보를 알아야 하니까 아저씨가 좀 알아봐주세요. 물론 그에 대한 사례는 충분히 하겠습니다."

"알겠습니다. 마침 경비대에 아는 사람이 있으니 알아보는 것은 그리 어렵지 않을 겁니다. 잠시만 기다려 주십시오."

주인이 서둘러 여관은 나간 후 난 일행에게 이 영지에서 일어난 살인 사건에 대해 설명을 해주었다. 그제야 제자 녀석들은 새벽의 내 행동을 이해했고, 로안나도 잠시 불안한 표정을 짓긴 했지만 날 보고는 곧 빙그레 미소를 지었다.

그 모습이 날 기쁘게 했다.

살인 사건이 벌어지는 현장에서도 미소를 지을 수 있는 건 바로 날 믿는다는 것 아니겠는가?

내 도움을 필요로 하는 사람도 날 기쁘게 하지만 날 믿어주는 사람도 날 기쁘게 하기는 마찬가지였다.

뭐라고 할까?

내가 세상에 존재할 가치가 있는 사람이라는 것을 증명해 주는 것 같았기 때문이다.

잠시만 기다리라던 여관 주인은 정오가 지나서야 돌아왔다. 그런데 문제는 그의 안색이 허옇게 질려 있다는 점이었다.

자리에 주저앉은 주인은 근처에 있던 물병에서 물을 따라 몇 잔이나 연거푸 마셔댔다.

여관 주인이 진정하기를 기다린 난 그의 안색이 정상적으로 돌아온 것을 확인하고서야 질문을 시작했다.

"무슨 일이 있었던 모양이군요."

"그, 그게……."

"괜찮으니까 진정하고 이야기를 해보세요."

잠시 내 얼굴을 쳐다본 주인은 그제야 고개를 끄덕였다.

"그러니까 손님이 말씀하신 그 살인 사건에 대해 좀 더 알아보려고 경비대를 찾아갔는데… 경비대원들 분위기가 얼마나 살벌하던지 도저히 말을 붙일 엄두가 나지 않을 정도였습니다. 한참을 기다리다 제가 아는 경비대원을 찾았는데… 그 사람한테서 아주 놀랄 만한 이야기를 들었습니다."

어제저녁 사건을 가리키는 말이란 것을 직감할 수 있었다.

"어제저녁에 그 살인마가 또 나타났었답니다. 순찰을 돌고 있던 경비병들을 살해하다가 다른 경비병들에게 들켜 공격을 받았다는데 그 살인마의 검술 솜씨가 얼마나 뛰어나던지 경비병을 자그마치 스물세 명이나 죽였답니다. 그러다 기사님들이 개입해 싸우다가 곳곳에 상처를 입고 도주했답니다. 물론 기사님들도 싸우다가 몇 분이나 부상을 입었다는데 꽤 중상을 입었다는군요."

말을 마친 주인은 아직도 진정이 되지 않는지 이번에는 주방에서 술을 가져와 마시기 시작했다.

그 모습을 보면서 난 도저히 주인이 한 말을 믿을 수 없었다.

왜냐고?

기껏 남작령에 불과한 웨이든 영지에 있는 기사들의 수준이 얼마나 뛰어난지는 알 수 없지만 오러 블레이드를 사용하는 살인마를 막아낼 수 있는 수준은 절대 아닐 것이라 단언할 수 있었다.

그렇다면 살인마는 왜 더 이상의 살인을 관두고 사라진 것일까? 자신을 막을 수 있는 사람이 없는데 말이다.

미친놈 생각을 어떻게 짐작할 수 있느냐고 묻는다면 할 말은 없지만 왠지 내가 생각하기엔 뭔가 다른 이유가 있을 것만 같았다.

상처를 입었다는 말도 사실이 아니라고 보면 언제 그 미친 놈이 다시 튀어나올지 전혀 짐작이 되지 않았다. 무기도 없는 지금 가장 안전한 방법은 여관을 떠나지 않는 것뿐이다.

"여관을 떠나지 않는 것이 좋을 것 같습니다, 로안나 아가씨."

내 말에 로안나는 티를 내지 않으려고 했지만 살짝 실망한 표정을 지었다. 하기야 그럴 만도 한 것이, 런블럼 영지를 떠난 후 지금껏 한 번도 제대로 쉬어본 적이 없었다.

"아저씨, 이곳에 구경할 만한 곳이 있나요?"

"글쎄요? 어떤 곳을 원하시는지는 알 수 없지만 이곳에는 우리 칼린 왕국에서 가장 오래된 신전이 두 곳이나 있답니다. 두 신전 모두 수백 년 전에 드워프들이 만들었다는 전설이 있는 건물들이죠. 그리고 북쪽 성문 밖에는 바람의 언덕이라고 불리는 곳이 있는데, 지금쯤 아마 꽃이 만발해 꽤 아름다울 겁니다. 그곳 말고도 보석상이나 옷가게가 모여 있는 곳으로 가시려면 남쪽으로 가면 됩니다."

"아, 그렇군요. 말씀 감사합니다."

주인에게 인사를 하자 내게 답례를 한 주인은 식탁을 치우기 위해 갔고, 난 로안나에게 위로의 말을 던졌다.

"아가씨, 지금은 흉악한 살인범 자식이 돌아다닌다니까 그 자식을 잡고 난 후에 여기서 잠시 쉬었다 가시죠."

"그래도 돼?"

한껏 기뻐하던 로안나의 얼굴이 갑자기 시무룩해졌다.

그런데 왜 로안나의 표정에 내 가슴이 덜컥 내려앉는 거야?

정말 이러다 로리콘이니 변태니 하는 소리를 들어도 할 말이 없을 정도다. 하지만 귀여운 걸 어떻게 한단 말인가?

"왜 그러십니까, 아가씨?"

"하지만 그 연쇄 살인범이 잡히지 않으면 구경을 못한다는 말이잖아?"

"아가씨, 걱정하지 마십시오. 만약 다른 사람들이 잡지 못한다면 저라도 그 자식을 잡을 테니까요."

"그래? 알렉스가 하는 말이니까 믿을게."

"실망시켜 드리지 않겠습니다."

결국 그날은 그렇게 여관에서만 지냈다.

③

결국 그날도 꼬박 새운 나와 제자 녀석들은 아침에 파김치가 되었지만 일행, 특히 로안나의 무사함에 안도할 수 있었다.

아침 식사를 마친 난 제자 녀석들에게 단단히 주의를 주고는 대장간으로 무기를 찾으러 갔다.

영감탱이와 약속한 시간보다 조금 빠르긴 했지만 그래도 찾으러 간 이유는 지금까지 내 무기라고 생각했던 것이 없었기에 더욱 자신의 무기에 대한 아쉬움이 컸기 때문이다.

그날도 만약 내 손에 맞는 무기만 있었으면 그 자식을 그때 박살을 낼 수도 있었는데 그러지 못한 것이 못내 아쉬웠다. 쩝, 하지만 어떤 의미에서는 손에 무기가 없어서 다행이라는 생각도 들었다.

겁먹었냐고?

그, 그게 아니라 시뻘겋게 충혈된 녀석의 눈은 지금 생각해도 너무 살벌하게만 느껴졌기 때문이다.

소드 마스터에 도달한 내가 악몽을 꿀 정도로 말이다. 솔직히 말해 녀석에게 쫀 것도 사실이다.

알고 있었지만 역시 상대방의 기에 눌리게 되면 아무리 실력이 뛰어나도 제 실력을 발휘하기 힘든 모양이다.

뭐, 그렇다고 내가 녀석에 비해 압도적으로 강하지 못하다는 점을 인정하지 못하겠다는 것은 아니다.

아~ 존심 상해.

내 예감에 곧 다시 만날 것 같으니 다음 기회에는 꼭, 반드시 네 녀석의 대가리를 박살 내주마.

대장간이 보였다. 동시에 문 앞의 의자에서 파이프로 담배를 피우고 있는 주인 늙은이의 모습이 보였다.

"다 되었습니까?"

"조셉, 그걸 가지고 와라."

"예, 주인님."

대답 소리와 함께 우람한 상체를 자랑하는 대머리 하나가 양손에 메이스 크기만 한 강철봉을 하나씩 들고 나왔다. 그리고는 날 발견하고는 눈을 동그랗게 떴다.

"주인님, 이걸 주문한 사람이 이 꼬마란 말입니까?"

"그래."

"꼬맹아, 너 이걸 들 수는 있는 거냐?"

또 짜증이 치밀었지만 꾹 참고 대머리에게서 두 개의 철봉을 받아 들었는데, 무게가 장난이 아니었다. 거의 내 몸무게를 넘어서는 무게였다.

늙은이를 째려보았더니 슬그머니 눈웃음을 짓고 있는 영감탱이의 모습이 보였다. 빌어먹을 아마도 영감탱이가 장난을 친 모양이다.

이를 갈면서 난 우선 두 철봉을 결합해 보았다.

이렇게 무거운 철봉을 단순히 팔과 손목 힘으로만 돌리려고 했다가는 당장 여린 내 근육이 파열될 것이 뻔했다.

슬쩍 마나를 끌어올려 들어보니 못 되도 40킬로그램은 충분히 넘어 보였다.

가볍게 태극마라봉법의 장봉타법대로 휘둘러 보았다.

조금 무겁긴 해도 탄력이 좋은 금속이 섞인 것인지 휘어짐도 마음에 들었지만 무엇보다 이렇게 육중한 무기가 만약 상대의 급소에 작렬했을 때 어떤 파괴력을 보일 것인지 그것이 너무나 궁금했다.

그런 반면 영감과 대머리는 내가 철봉을 든 것은 물론 자유자재로 다루자 놀라움을 감추지 못해 입을 쩍 벌린 채 다물 줄 몰랐다.

장룡강림 초식의 백미는 누가 뭐래도 강력한 내려치기 한

방이었다. 더구나 장봉에 약간이긴 하지만 마나까지 실렸으니
그 파괴력은 말할 필요도 없었다.

쾅!

장봉이 떨어진 곳은 그야말로 폭탄이 터진 듯 움푹 파였다.
너무나 흡족했다.

"얼마에요?"

"……."

"얼마냐니까요?"

"그, 그냥 가져가거라."

"예?"

"처음 네가 찾아왔을 때 메이스를 찾기에 영지에서 날뛰고
있는 살인마 때문에 네게 심부름을 시킨 사람이 무기로 쓸 만
한 것을 찾는 줄 알았다. 그런데 갑자기 강철로 만든 메이스가
필요하다고 말을 바꾸기에 겉멋만 잔뜩 든 뭣도 모르는 꼬마
라고 생각했다. 해서 탄력은 좋지만 일부러 무거운 금속을 써
서 두 개의 메이스를 만들었지. 그런데 그렇게 무거운 강철봉
을 이토록 멋들어지게 다루다니……. 그것도 이제 겨우 열 살
이 될까 말까 한 어린아이가 말이다. 난 그 모습에 놀라기도
했지만 솔직히 강철봉을 휘두르는 모습에 감동했다. 내가 감
동을 받다니…… 이게 얼마 만에 느껴보는 것인지 모르겠구
나. 나에게 감동을 준 사람에게 돈을 받을 수는 없지. 그러니
까 그냥 가져가거라."

공짜로 주겠다는 말을 하자마자 지금까지 심술궂고 감때사

납게 보이던 영감탱이, 아니, 영감님이 마치 살아 있는 천사처럼 보였다. 이건 절대 영감님이 내게 이 강철봉을 공짜로 줬기 때문에 하는 소리가 아니다.

어찌 되었든 간에 일단 감사의 인사는 해야 하지 않겠는가?

"감사드립니다."

"그리고… 그 미친놈을 만나게 되면 절대 싸울 생각 말고 무조건 도망치거라."

"예, 그렇게 하겠습니다."

"꼬마야, 이걸 받아라."

휙!

대머리가 뭔가를 던지기에 받고 보니 손가락 세 개 정도 되는 폭을 가진 가죽 끈이었다.

"그걸로 손잡이를 만들거라. 단단히 묶은 후 뜨거운 물을 부으면 줄어들어 절대 풀리지 않을 거다."

"고맙습니다."

인사를 한 후 여관으로 돌아가는 길에 또 날 감시하는 듯한 시선이 느껴졌다. 고개를 돌렸을 때는 이미 사라지고 없었다.

으~ 이걸 그냥……

벌써 이게 며칠째야?

걸리면 죽지 않을 정도로 패주지.

씩씩거리며 여관으로 돌아왔을 때 로안나는 꽤나 무료한 표정으로 창가에 앉아 있었다.

"아가씨, 다녀왔습니다."

"그게 알렉스가 주문했다는 무기야?"

"예."

"그냥 쇳덩어리 같은데?"

"맞습니다. 하지만 이 두 개를 결합하면 파이크처럼 긴 봉이 되지요."

"와~ 되게 무겁다."

테이블 위에 올려놓은 강철봉을 들려고 하던 로안나는 그 무게에 깜짝 놀랐다. 으이그~ 귀여운 것.

"꽤나 무거울 겁니다."

"이렇게 무거운 걸 어떻게 휘둘러?"

"아가씨, 제가 예전에 가르쳐 드린 숨 쉬는 법을 아직 기억하고 계십니까?"

"응."

"그 호흡법대로 계속 호흡을 하게 되면 단전, 즉 마나 홀이라고 불리는 곳에 마나가 계속해서 쌓이게 됩니다. 그렇게 농축된 마나를 이용하면 이 정도 무게쯤은 간단히 들고 휘두를 수 있게 됩니다."

"정말이야?"

"물론입니다, 아가씨. 제가 왜 아가씨에게 거짓말을 하겠습니까?"

"아니, 알렉스가 거짓말을 했다는 것이 아니라 믿기가 힘들어서 한 말이야. 정말 나도 이렇게 무거운 것을 들 수 있게 된단 말이지?"

"그렇습니다, 아가씨."

대화를 나누는 동안 난 가죽 끈을 모두 감았다.

뜨거운 물을 부어 가죽 끈을 강철봉에 부착시켰다. 그리고 마르기만을 기다렸다.

"녀석들은 모두 어디 가고 혼자 계시는 겁니까?"

"방에서 운공을 한다고 하던데……."

"예?"

이것들이 빠져 가지고…….

그렇게 로안나를 지켜야 한다고 강조했음에도 불구하고 한 놈도 안 지켰단 말이지. 니들 다 죽었어.

다른 녀석은 몰라도 제우비스 녀석만은 내 지시를 충분히 이해하고 있을 줄 알았는데 다른 녀석들과 똑같았다.

결국 남은 것은 처절한 응징뿐이다.

녀석들은 저녁 시간이 다 되어서야 나타났다.

날 발견하고는 하나같이 긴장한 표정을 지었다. 하지만 때는 이미 늦었다.

"제우비스."

"예, 마스터."

"내가 아가씨 곁에서 떠나지 말라고 지시를 한 것으로 아는데 어떻게 된 일이지?"

말이 끝나자마자 제우비스는 오티즈와 루한을 노려봤고, 두 녀석은 고개를 푹 숙였다. 보나마나 뻔했다.

제우비스는 두 녀석에게 로안나의 호위를 지시했을 것이고,

두 녀석은 딴짓거리를 하다 이제야 나타난 것이다.

"오티즈, 루한, 어딜 갔다 온 거냐?"

"연쇄 살인범에 대해서 좀 더 정보를 얻을 수 있지 않을까 하는 생각이 들어서 나갔습니다."

"그래서 얻은 정보는?"

"이틀 전에 많은 병사들을 잃은 것에 화가 난 영주가 인근 영지의 영주들에게 기사들을 보내달라고 청원한 모양입니다. 영지 곳곳에 다른 영지에서 온 기사들의 모습을 확인했습니다."

"다른 것은?"

"알려진 것과 다른 것은 없었습니다. 신원 미상의 검술 솜씨가 뛰어난 자의 무차별적인 살인이라는 점과 단순히 죽이기만 하는 것이 아니라 여자들은 반드시 강간을 하고 또 수많은 상처를 내서 죽인다는 점 말고는 더 이상 알려진 것이 없습니다."

"모두 조심하도록 해라. 연쇄 살인범은 전직 기사단 소속 기사였던 자다. 이름은 볼랜드 웨섬. 오러 블레이드를 사용할 줄 아는 자이니 절대 부딪치지 말도록 해라."

"예? 마스터께서는 그런 정보를 어떻게 아셨습니까?"

"직접 부딪쳐 봤으니까."

내 대답에 그 자리에 있던 사람들은 하나같이 깜짝 놀랐다.

"정말 오러 블레이드를 쓰는 자란 말씀이십니까?"

"그래. 그리고 한 가지 더. 녀석은 미쳤다."

"그렇겠죠. 그렇지 않고서야 사람을 그렇게 잔인하게 죽이는 자식이 어떻게 제정신이겠습니까?"

내가 지그시 노려보자 트렉슨은 당장 주눅이 들어 고개를 숙였다.

"내가 미쳤다고 한 것은 그 자식이 진짜 미친놈이기 때문이다. 그럼 그 자식이 왜 미쳤는지 가르쳐 주마. 녀석은 아마도 미치기 전에는 상당한 실력을 가졌던 기사였을 것이다. 그러다 함부로 마나를 움직이려다 뇌에 충격을 받아서 결국 미치게 되었을 것이다."

"뇌가 마나 때문에 충격을 받을 수도 있는 겁니까?"

"내가 가르쳐 준 호흡법을 모르는 자는 볼랜드란 자식처럼 뇌에 충격을 받아 미치기 쉽다."

"저희들이 배웠던 호흡법이 그렇게 대단한 겁니까?"

"그럼 넌 내가 아무짝에도 쓸모없는 것을 너희들에게 가르쳐 줬다고 생각했냐?"

"그런 것은 아니지만 그렇게 대단한 것인 줄은 미처 몰랐었습니다. 너희들은 어떻게 생각하냐?"

트렉슨의 말에 녀석들은 하나같이 고개를 끄덕였다.

이것들이 스승에 대한 믿음이 이렇게 없어서야……

챙!

멀리서 쇠붙이가 부딪치는 금속음이 들려왔다. 직감적으로 연쇄 살인범이 나타났다는 생각이 들었다.

창문 밖을 보니 어느새 날이 어두워져 있었다.

"이곳에서 아가씨를 지켜라."

"알겠습니다, 마스터."

철봉을 분해해서 양손에 나눠 들고는 소리가 들린 곳으로 달려갔다. 신법을 발휘해 최대한 사람들의 눈을 피해 달려갔다.

도착하고 보니 볼랜드란 녀석과 싸우고 있는 사람은 뜻밖에도 여자 엘프였다. 어떻게 엘프라는 것을 알아봤냐고?

내가 장님인 줄 아나? 저렇게 말의 귀만큼이나 큰 귀를 어떻게 못 알아볼 수 있겠는가?

문제는 그녀가 싸운다기보다는 일방적으로 당하고 있다는 것이다. 그래도 치명상을 입을 만한 공격은 가까스로 피하고 있었다. 하지만 곳곳에 상처를 입은 것이 그리 오래 버틸 수는 없을 것처럼 보였다.

챙!

"켁!"

검끼리 부딪친 순간 엘프는 충격을 이기지 못해 거의 8, 9미터를 날아가 지면을 뒹굴었다. 그런 엘프의 머리를 향해 녀석의 롱 소드는 거침없이 날아들었다.

깡!

녀석의 롱 소드와 내 철봉이 부딪치며 꽤나 날카로운 소리가 들렸다.

부딪치는 순간 녀석은 환한 미소를 지으며 날 노려봤다. 그의 반응만 보면 흡사 내가 나타나기만을 기다린 것 같았다.

"미친놈아, 만나서 반갑다. 이번엔 아예 끝장을 보자."

내 말을 알아들은 것인지 녀석은 입꼬리를 추켜올리며 두 걸음 뒤로 물러섰다. 그리고는 양손을 늘어뜨렸다. 마치 기습할 의사가 없다는 것처럼 말이다.

난 서둘러 엘프 여성의 뒷덜미를 잡고 조금 떨어진 곳으로 그녀를 옮겨놓았다. 상처 부위를 움켜잡은 엘프는 신음과 함께 잔뜩 전신을 웅크린 채 그저 신음만 흘릴 뿐이었다.

엘프의 상태가 안전한지 아닌지 확인할 사이도 없이 난 강철봉들을 늘어뜨림과 동시에 천천히 걸음을 옮기면서도 녀석에게서 눈을 떼지 않았다. 하지만 녀석은 예의 그 자세에서 꼼짝도 하지 않은 채 그 망할 놈의 미소만 짓고 있었다.

"쌍룡쟁주(雙龍爭珠)!"

두 개의 강철봉이 각기 다른 궤적을 그리며 녀석에게 날아갔다. 롱 소드를 휘두르는 격식은 여전히 없었지만 그 반응속도만큼은 나도 놀랄 정도였다.

두 개의 강철봉과 녀석의 롱 소드는 수도 없이 맞부딪쳤다.

아마도 미치기 전에 녀석은 스피드를 위주로 한 검술을 익혔던 것이 틀림없을 것이다. 그렇지 않고서야 내 공격을 이렇게까지 정확하게 막아낼 수는 없다. 하지만 이건 내가 녀석의 실력을 알아보기 위해 적당히 상대해 줬기 때문이지 결코 녀석의 실력이 뛰어나기 때문은 아니었다.

암~ 내가 누군데…….

"쌍룡난비(雙龍亂飛)!"

슬쩍 마나를 강철봉에 주입했다.

녀석도 그걸 느꼈는지 즉시 롱 소드에 마나를 주입했다.

불똥이 튀면서 주위를 밝혔지만 녀석의 핏빛 눈빛은 그보다도 더 밝았다.

녀석과 부딪칠 때마다 충격파가 사방으로 전해졌다.

녀석이 든 롱 소드에 어린 오러의 색이 점점 더 진해지기 시작했다.

일전에 보았을 때 오러 블레이드인 줄 알았던 것이 자세히 보니 오러 블레이드가 아닌 오러 씬이라 불리는 검사(劍絲)의 단계였다. 내가 본 것이 틀림없었다.

이 단계를 벗어나면 오러 블레이드를 사용할 수 있는 소드 마스터가 될 수 있을 테지만 마나에 대한 깨달음을 얻지 못하면 소드 마스터는 결코 될 수 없었다.

녀석과 다시 맞붙으려는 순간 멀리서 말발굽 소리가 들렸다.

말발굽 소리가 급격하게 가까워지는 순간 난 재빨리 뒤로 물러서 쓰러져 있던 엘프 곁으로 다가가 철봉을 숨겼다.

"꼼짝 마라, 볼랜드! 포위망을 구축해라!"

누군가의 말에 나타난 기사들은 서둘러 스크럼을 둥글게 짜서 볼랜드를 포위했다. 나중에 도착해 말에서 내린 중년 기사는 볼랜드를 노려보며 롱 소드를 뽑아 들었다.

"볼랜드!"

"흐흐흐. 이게 누구신가, 트레일 단장 아닌가? 이렇게 열렬하게 환영을 해주니 황송해서 몸 둘 바를 모르겠군."

"이런 미친 짓을 하는 이유가 뭐냐?"

"미친 짓? 아~ 내 취미 생활을 말하는 모양이군. 그게 뭐 어떻다는 거지?"

볼랜드의 비아냥거림에 중년 기사는 분노가 치미는지 롱 소드를 잡은 손을 부르르 떨었다.

"뭣들 하고 있나? 저 자식을 당장 생포해라!"

트레일의 말에 포위망을 구축하고 있던 기사들이 일제히 앞으로 나섰다. 하지만 포위망에 갇혀 있던 볼랜드가 오히려 먼저 공격했다.

챙! 쨍그랑~

단 한 번의 부딪침에 볼랜드의 공격을 막아내던 기사의 롱 소드가 무참히 잘려 나갔다. 기사의 검을 가볍게 잘라낸 볼랜드의 롱 소드는 기사의 팔까지 잘라 버렸다.

물 흐르듯 몸을 회전시킨 볼랜드는 포위망을 좁혀오는 기사들의 다리를 향해 롱 소드를 휘둘렀다. 그런 롱 소드에는 푸르스름한 소드 오러가 맺혀 있었다.

"으악!"

"악!"

"크악!"

세 기사의 정강이가 단번에 잘려 나갔다.

잼보우라 불리는 강철 전강이 보호대까지 단번에 잘라 버린 것이다.

"소드 오러다!"

"조심해라!"

트레일의 지시에 기사들은 황급히 뒤로 물러서서는 자신의 무기에 마나를 실었다. 내가 보기엔 볼랜드와 기사들 사이에는 현격한 차이가 있었다.

사람들은 일반적인 검술의 단계를 소드 오러와 오러 블레이드로 나눈다(이건 제우비스에게 들은 이야기다).

특히 오러 블레이드를 만들 줄 아는 소드 마스터의 수는 극히 적으니 나중에 거론하기로 하고, 소드 오러에 대해 말해보자. 크게는 소드 오러라고 부르기는 하지만 소드 오러와 오러 블레이드 사이에는 사람들이 모르는 오러 씬이라고 불리는 단계가 분명히 존재한다.

뭐라고 표현하면 좋을까?

소드 오러가 극에 달하면 도달하는 단계가 바로 오러 씬이다. 파괴력은 당연히 소드 오러와 오러 블레이드 중간 정도지만 소드 오러와는 비교할 수 없을 정도로 파괴력에서 앞선다.

쉽게 말해 깨달음을 얻기 전 단계에서 이룰 수 있는 최고의 단계가 바로 오러 씬이라고 보면 된다.

따라서 이제 소드 오러를 겨우 사용할 줄 아는 기사들이 오러 씬을 사용할 줄 아는 볼랜드를 막을 가능성은 없었다.

결과는 곧바로 드러났다.

"크악!"

이어진 비명 소리와 함께 기사들은 상처 부위를 움켜잡고 지면을 뒹굴었다. 오러 씬 앞에서는 무기든 풀 플레이트 메일이든 모두 무력하기만 했다.

그 모습을 지켜보던 트레일은 더 이상 참지 못하고 바스타드 소드를 휘두르며

"이 죽일 놈! 받아라!"

쾅!

충격파가 사방으로 전해졌다. 하지만 볼랜드는 트레일의 바스타드 소드를 너무나 쉽게 막아냈다. 물론 마나를 이용하게 되면 무기가 무겁고 가볍고는 문제가 되지 않지만 그래도 볼랜드는 너무나 쉽게 막아낸 것이다.

"겨우 이 정도인가? 고작 이 정도 실력으로 날 기사단에서 내쫓았단 말이냐? 고작 이따위 실력으로?"

볼랜드는 트레일의 목을 움켜잡으며 광기에 찬 눈빛을 뿌려댔다. 볼랜드의 눈빛에 제압당한 것인지, 아니면 잘못한 게 있는지 트레일은 눈 마주치기를 피했다.

볼랜드가 확 밀쳐 내자 트레일은 뒷걸음질치다 지면을 나뒹굴었다.

몇몇 기사들은 상처 부위를 움켜잡은 채 무기를 볼랜드에게 겨누고 있었지만, 내가 볼 때는 괜한 객기일 뿐 볼랜드에게 목숨을 잃을 것은 너무나 뻔했다.

더 두고 볼 수는 없었다.

철컥.

강철 봉을 결합했다.

천천히 일어서는데 누군가가 바짓가랑이를 잡아당기는 것이 느껴졌다. 고개를 돌리고 보니 부상을 입고 쓰러져 있던 여자 엘프였다.

"조, 조심……."

"걱정하지 말고 쉬고 있어요."

내 말에 여자 엘프는 고개를 끄덕였는데 부상이 심한지 곧 고개를 떨어뜨리고 기절했다.

"어이~ 미친 놈! 이제 2차전을 해야지."

"꼬마야, 어서 피해라."

"알렉스, 여기서 뭐 하는 거야?"

엥? 이 목소리가 왜 여기서 들리는 거냐?

고개를 돌리고 보니 로안나가 바들바들 떨면서 날 쳐다보고 있었다. 물론 로안나 곁에는 제우비스를 비롯한 녀석들이 상당히 곤혹스러운 표정을 지으며 어쩔 줄 몰라 했다.

"아가씨께서 무작정 뛰어나가셔서… 저희들도 어쩔 수가 없었습니다."

"그 문제는 조금 있단 해결하기로 하지. 그리고 지금부터 내가 싸우는 모습을 잘 보고 기억해 둬라."

장봉을 잡은 손에 힘을 주고는 그대로 달려갔다.

"장룡강림!"

챙챙챙!

"좋아, 좋아! 으하하하! 그래, 바로 이거야!"

"장룡승천(長龍昇天)!"

"너만은 내가 특별히 온몸의 가죽을 벗겨 멋진 박제로 만들어주마. 기뻐하거라."

"미친놈, 지랄하고 있네."

장봉으로 녀석을 공격하자 녀석은 당장 소드 오러로 대응했다. 나 역시 소드 오러를 만들어내자 녀석은 보란 듯이 오러 씬을 만들어냈다. 그리고는 날 보고 씨익 웃는 것이었다.

마치 '너도 이런 거 만들 수 있어?' 라고 묻듯이 말이다.

그래서 만들어 보여주었다.

오러 씬 따위가 아닌 오러 블레이드를 말이다.

물론 진정한 의미에서 오러 블레이드는 아니었지만 그에 대해서는 나중에 이야기할 때가 있으니 그냥 지나가겠다.

하여간 오러 블레이드를 본 녀석은 고개를 갸웃거렸다. 그러다 갑자기 분노를 터뜨렸다.

"오러 블레이드? 그게 정말 오러 블레이드인가? 왜지? 왜 나에게는 그렇게 다가오지 않던 오러 블레이드가 너한테는 그렇게 쉽게 모습을 드러낸 거지? 왜 너냔 말이야!"

"미친놈, 자기 자신의 성질조차 다스리지 못한 놈이 무슨 헛소리야? 이유 불문하고 넌 좀 맞아야겠다. 차앗! 쌍룡낙지(雙龍落地)!"

그대로 몸을 날린 난 허공에서 장봉을 분해해 양손에 나눠 들고는 무차별적으로 공격을 퍼부었다.

챙챙챙!

귀청을 찢을 듯한 금속음과 불똥이 주위를 수놓았다.

점점 스피드를 올리자 녀석은 당황한 얼굴로 막아냈지만 모두 막기란 애초부터 불가능한 일이었다.

왼손의 철봉을 막는 순간 오른손의 철봉이 녀석의 옆구리를 파고들며 갈비뼈를 박살 냈다. 통증 때문에 녀석이 움찔하는 순간 왼손의 철봉이 녀석의 어깨뼈를 박살 냈다.

"크악!"

뒤로 고개를 젖히며 비명을 지르는 녀석을 보며 난 녀석의 무릎뼈를 박살 냈고, 이어서 녀석의 손목과 팔목 뼈를 차례로 바스러뜨렸다.

그런 다음 아혈(啞穴)을 눌러 비명 소리와 자살을 미리 예방했다.

전신에서 느껴지는 고통 때문에 이리저리 지면을 뒹굴던 볼랜드 녀석은 갑자기 자신의 입에서 아무런 소리도 나오지 않자 놀란 표정을 지은 채 부러진 손으로 목을 더듬었다.

"신기하지? 그저 몇 군데 꾹꾹 누르기만 한 것 같은데 말이 안 나오다니 말이야. 잠깐만 기다려. 다시 돌아와서 내가 잔뜩 귀여워해 줄 테니까."

녀석이야 발광을 하든 말든 내가 알 바 아니었고, 근처에 쓰러져 있던 기사들을 차례로 지혈해 주었다. 잘려 버린 손이나 발은 내가 어쩔 수 있는 부분이 아니니까 모르겠지만 깊게 베인 상처는 모두 지혈이 되었다.

그때까지도 멍청한 표정을 감추지 못하고 있던 트레일은 나와 눈이 마주치자 흠칫 놀라며 벌떡 일어섰다.

"트레일 단장님이라고 하던데… 맞습니까?"

"예? 예. 트레일 포더겔이라고 합니다."

"말씀 낮추시죠. 전 나이도 어리고 평민이니까요."

"먼저 묻겠습니다. 소드 마스터이십니까?"

"오러 블레이드를 만들 줄은 알지만 세상에서 말하는 의미에서의 소드 마스터는 아직 아닙니다."

"예? 무슨 말씀이신지……."

트레일의 반응은 어찌 보면 당연했다.

세상은 오러 블레이드를 만들 수 있는 사람을 가리켜 소드마스터라 부른다. 그런데 오러 블레이드는 만들 수 있지만 소드 마스터는 아니라고 했으니 그가 당황하는 것도 무리가 아니었다.

"제가 소드 마스터인지 아닌지 확인하는 것보다 부상을 입은 기사들을 치료하는 것이 우선일 것 같습니다. 제가 일단 지혈을 해두긴 했지만 상처가 깊은 기사들이 많으니 빨리 치료를 받도록 해야 할 것 같습니다."

"죄송하지만 잠시 동안만 부하들을 지켜주십시오. 제가 신전에 다녀오겠습니다."

내 대답을 들을 사이도 없이 트레일은 말을 타고 어디론가사라졌다.

Chapter 6
가디언 카시오

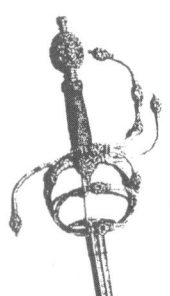

The Duel of Master
마스터 대전

트레일이 사라진 후 난 쓰러져 있는 엘프에게로 다가갔다.

겉보기엔 16세쯤 같았다. 하지만 너무나 가냘퍼 보이는 그녀의 모습에 절로 안쓰러운 마음이 들었다.

일단 맥부터 짚어봤다.

몸속의 기는 그런대로 안정되어 있었다.

그렇다면 틀림없이 정신적인 충격 때문에 기절한 것이 틀림없었다. 슬쩍 마나를 주입해 전신을 살펴봤지만 역시 내상의 흔적은 보이지 않았다.

우선 명문혈에 슬쩍 충격을 주었다.

"으응~ 헉! 당신은?"

"이제 정신이 드나요?"

"그, 그자는?"

"저 자식을 찾는 겁니까?"

종아리뼈가 부러졌으니 일어날 수도 없고, 몸을 일으키려고 해도 손목과 팔목 뼈가 부러졌으니 힘을 줄 수도 없다.

버둥거리는 녀석의 모습을 본 엘프는 잠시 움찔했다가 곧 일어섰다.

"그때 숲에서도 봤지만 역시 대단하신 분이군요."

"역시 우릴 감시했던 분이 당신이군요."

"죄송해요. 그 점에 대해서는 사과를 드릴게요. 저는 도토리숲 부족의 가렌 피렌체라고 해요. 목숨을 구해주신 것에 진심으로 감사드려요."

"피렌체님이셨군요. 몸은 괜찮으신가요?"

"몇 군데 상처를 입긴 했지만 다행히 깊은 상처를 입진 않은 것 같아요. 그리고 이 정도 상처쯤은 저희 엘프들에게는 그리 큰 상처가 아니에요."

"어쩌다 저 자식을 만난 겁니까?"

"제 실수예요. 여러분이 묵고 계시는 여관으로 찾아가는 길에 저자를 만났어요. 느닷없이 나타나 공격을 하는 바람에 어쩔 수 없이 싸우게 되었어요."

"그럼 그동안 저희를 감시한 이유가 뭡니까?"

"그 점에 대해서는 다시 한 번 사과를 드릴게요. 실은 제가 도움이 필요한데 혹시 여러분들에게 도움을 받을 수 있지 않을까 하는 생각에 여러분의 뒤를 따랐던 것이지요."

"저희의 도움이라고 했습니까?"

"그래요."

도움이 필요하다고 말하는 가렌의 태도는 너무도 당당했다.

모르는 사람이 이 모습을 봤다면 우리가 그녀에게 마치 빚이라도 가지고 있는 줄 알 정도였다.

"도움이라고 했는데… 무슨 도움이 필요하신가요?"

"실은 1년 전에 저희 부모님이 엘프 사냥꾼들에게 잡혀가셨어요. 전 부모님을 찾기 위해 부족을 떠났는데, 아직까지 아무런 단서도 찾지 못했어요. 제가 인간들의 생활 방식이나 생각을 알지 못해 여러분께 도움을 받으려고 하는 것이에요."

"저희가 어떻게 도와드리면 되죠?"

그때까지 듣고 있던 로안나가 갑자기 끼어들었다.

"그냥 일행으로 받아주세요. 여러분과 함께 생활하다 보면 아마 여러분을 통해 인간들의 생각에 대해서도 알 수 있을 거라고 생각돼요."

나 참~

세상이 자신을 중심으로 돈다고 여기는 종자가 과연 세상에 존재할까 의심했었는데 과연 있긴 있는 모양이다.

"그런 생각은 너무 안일한 것 아닌가요?"

"예?"

"부모님을 납치한 납치범들이 누군지도 모르고 어디에 있는지도 알지 못하면서 인간들의 생각을 아는 것만으로 구출할 수 있다고 믿는 것은 너무 안이하게 생각하고 있는 것은 아니냐고 물었습니다."

내 말에 가렌은 잠시 고개를 흔들다가 곧 심각하게 고민하기 시작했다. 내 말을 듣고서야 상황이 심각하다는 것을 깨달았단 말인가?

그러는 사이, 조금 전 사라졌던 트레일이 10여 명의 기사와 신관, 그리고 서너 대의 짐마차와 함께 나타났다.

도착한 신관들은 서둘러 쓰러져 있는 기사들을 살피기 시작했다. 비록 내가 지혈하긴 했지만 기사들 대부분은 심각한 상처를 입고 있었기 때문에 과연 그들을 치료할 수 있을까 조금은 신경이 쓰였다.

신관들이 치료를 하는 동안 기사들은 재빨리 들것을 만들더니 치료가 끝난 기사들을 차례로 짐마차에 옮겨 실었다. 하지만 볼랜드란 놈은 아무 치료도 받지 못한 채 마지막 짐마차에 실려 끌려갔다.

부하들이 치료받는 과정을 잠시 지켜보던 트레일이 내게로 다가왔다.

"인사가 늦었습니다. 부하들의 목숨을 구해주셔서 감사드립니다."

"아닙니다. 제가 조금 늦게 개입하는 바람에……. 조금만 더 일찍 개입했더라면 기사님들이 그렇게 많이 다치지 않을 수도 있었을 텐데… 안타까운 일입니다."

거짓말도 자주 하니 느는 것 같았다.

"알렉스, 여관으로 돌아가자."

"그러지요. 트레일 단장님, 저희는 저희가 묵고 있는 여관으로 돌아가겠습니다."

"어디에 묵고 계시는지요?"

"복숭아 농장이라는 여관에 묵고 있습니다."

"혹시 폐가 되지 않는다면 몇 가지 물어보고 싶은 게 있는데… 따로 찾아뵐 수 있겠습니까?"

"그렇게 하시죠."

"나도 따라갈래요."

느닷없이 가렌이 나섰다.

"예?"

"내가 보기에 이 파티의 리더는 당신인 것 같아요. 그리고 당신에게서는 고목(古木)에서나 느낄 수 있는 세월과 지혜로움이 느껴져요. 그래서 당신에게 묻고 싶어요."

으흐~ 골치야.

어떻게 날 편하게 만들어주는 인간은 하나도 없고, 하나같이 날 귀찮게 만드는 인간들만 자꾸 모여드는 거야?

이게 이번 생애에서의 내 팔자인가?

"가시죠, 아가씨."

로안나를 선두로 예닐곱 명의 인원이 줄줄이 따랐다.

여관에 들어서자 여관 주인은 트레일 단장을 발견하고는 깜짝 놀라 황급히 고개를 숙였다.

"이렇게 저희 가게를 찾아주시니 뭐라고 감사의 말씀을 드려야 할지 모르겠습니다, 포더겔 단장님."

"잘 있었나? 오늘은 귀한 손님과 왔으니 그리 알고 술을, 아니, 맛있는 음식을 좀 내오도록 하게."

"알겠습니다. 잠시만 기다리십시오."

주인이 황급히 주방 안으로 사라진 후 우리는 자리에 앉았다. 로안나와 나, 트레일과 가렌이 한쪽에 앉았고, 제우비스 녀석들이 한 테이블에, 그리고 메리와 빌리 아저씨가 근처의 테이블에 앉았다.

머뭇거리는 트레일과는 달리 가렌은 자신이 하고 싶을 말을 참지 않았다.

"아까 저에게 너무 안이하게 생각하고 있다고 했는데… 어떤 점이 그런가요?"

"그럼 묻겠습니다. 부모님이 1년 전에 납치당했다고 했는데, 지금의 본인의 현재 무력이 납치를 당할 당시의 부모님보다 강하다고 생각합니까?"

"아, 아니에요."

"그럼 설사 현재 부모님이 계신 곳을 알았다 하더라도 혼자서 어떻게 구할 겁니까?"

내 말에 가렌의 얼굴은 금방 울상이 되었다.

으이그~ 한심한 인간, 아니, 엘프야.

제발 생각 좀 하고 살아라.

"납치를 당한 부모님의 사정은 안타깝지만 본인에게 부모님을 구할 능력이 없다면 포기를 하든지 동료들과 힘을 합치든지, 아니면 그럴 능력이 될 때까지 기다리며 능력을 키워야 하지 않겠습니까?"

"알렉스, 그건 너무 잔인한 말이잖아."

"세상에는 그보다 더 억울한 처지에 있어도 저항도 못하고 묵묵히 참고 살아가는 사람들도 많습니다, 아가씨."

"흥, 그까짓 몽둥이 좀 휘두를 줄 안다고 꽤나 잘난 척하네. 아이 눈꼴셔."

메리의 쫑알거림에 갑자기 짜증이 확 치밀었다.

잘난 척이라니? 내가 언제? 게다가 눈꼴이 시다고?

그거야 자기 능력도 모른 채 무작정 부모를 구한다고 뛰어든 가렌이 잘못한 거지 왜 조언을 한 내게 뭐라고 하는 거야?

"그럼 메리 누나가 가렌을 도와주시죠. 나야 알량하게 몽둥이 휘두르는 방법밖에 모르니까요."

"어머, 어머, 지금 쟤가 무슨 소리를 하는 거야? 내가 왜? 난 아가씨를 모셔야지."

"본인은 할 생각도 없으면서 괜히 남에게 일을 떠맡기지 마십시오. 남을 함부로 헐뜯는 것은 나쁜 버릇입니다."

"헐뜯다니? 내가 뭘 어쨌다고 그러는 거니?"

"제가 레이디 가렌에게 무작정 도움을 주어야 할 이유는 단 하나도 없습니다. 오히려 그녀의 목숨을 구해준 것만 해도 전 레이디 가렌에게 갚을 수 없는 은혜를 베푼 겁니다."

뭐라고 쫑알거리던 메리는 내 얼굴을 보더니 갑자기 고개를 푹 숙였다.

어라? 쟤가 왜 저러지?

"알, 알렉스, 얼굴이… 얼굴이……."

내 얼굴을 가리키며 하는 로안나의 말에 난 제우비스에게 대거를 빌려 얼굴을 비춰봤다.

조금 붉게 달아오른 얼굴이 보였는데, 특히 얼굴을 가로지른 네 줄기 상처가 금방이라도 피를 흘릴 것처럼 새빨갛게 달아올라 있었다.

"휴우~"

심호흡을 몇 번 하자 달아오른 얼굴이 조금 식은 것 같았다.

"아가씨를 놀라게 한 것 같아 죄송합니다."

"아니야, 알렉스. 아니야. 흑흑흑."

이번엔 로안나가 갑자기 울기 시작했다.

나로선 당황스러운 일이 아닐 수 없었다.

"아가씨, 울지 마세요."

"나 때문에… 나 때문에 그 상처가 생긴 거잖아."

"이까짓 상처는 아무것도 아닙니다. 제우비스, 아가씨를 방으로 모셔라."

말이 끝나기가 무섭게 메리가 벌떡 일어서더니 로안나를 데리고 이층으로 올라가 버렸다. 빌리 아저씨도 따라서 이층으로 올라갔다.

"트레일 단장님, 아까 제게 묻고 싶은 것이 있다고 하셨는데 그것이 무엇인지 말씀해 주시겠습니까?"

"아까 오러 블레이드는 만들 수 있지만 소드 마스터는 아니라고 하셨는데… 그 말씀이 무슨 뜻인지 정확히 이해가 잘 되지 않습니다. 설명을 해주시겠습니까?"

"알겠습니다. 너희들도 똑똑히 들어둬라."

내 말에 제우비스 녀석들이 귀를 기울였고, 가렌은 그 모습이 이해가 가지 않는지 고개를 갸웃거리면서도 날 쳐다보고 있었다.

"간단히 예를 보여 드리지요."

난 테이블 위에 놓여 있던 나이프를 집어 들었다. 그리고는 천천히 마나를 주입하기 시작했다.

나이프 끝에서 아지랑이 같은 오러가 맺히기 시작했다.

"이것이 단장님이 알고 있는 소드 오러입니다."

오러가 서서히 색을 짙어지며 유형화되더니 가느다란 실 같은 것이 생겨나 서서히 뭉치기 시작했다.

"이것이 오러 씬이라고 불리는 단계입니다. 볼랜드란 녀석이 바로 이 단계였지요."

뭉쳐진 오러들이 마침내 나이프 끝에 쭉 자라나더니 마치 나이프가 순식간에 길어진 듯한 모양을 만들었다.

"이것이 단장님이나 세상 사람이 알고 계신 오러 블레이드입니다."

내 말에 트레일은 황홀하다는 표정을 지으며 열심히 고개를 끄덕였다.

"하지만 진정한 오러 블레이드는 바로 이겁니다."

쨍그랑~

바닥에 나이프가 떨어졌음에도 불구하고 오러 블레이드

는 여전히 내 손바닥 위에 떠 있었다. 하지만 그 시간은 불과 5, 6초 정도에 불과했다.

오러 블레이드는 곧 사라졌지만 사람들은 굳은 듯 아무런 말도 못하고 있었다.

짝~

"정신 차리시지요."

내 말에 사람들은 비로소 정신을 차리고 날 쳐다봤다.

"이렇게 순수하게 마나만으로 검의 모양을 만들 수 있어야 진정한 소드 마스터라고 할 수 있습니다."

"그것이 바로 검술의 끝이라는 오러 블레이드입니까? 정말 놀라운 경지군요."

"잘못 알고 계시는군요. 오러 블레이드는 검술의 끝이 아닙니다. 오러 블레이드를 화살처럼 쏠 수 있는 오러 샷이라는 단계도 있고, 검을 던져 허공에서 마음대로 조종할 수 있는 마인드 소드란 단계도 있습니다. 또 생각만으로 오러 블레이드를 만들어 적을 공격할 수 있는 마인드 블레이드란 단계도 있습니다."

내 설명에 트레일은 믿을 수 없다는 표정을 지었다.

"예? 그런 단계가 있다는 말은 지금까지 한 번도 들어본 적이 없습니다."

"검술이란 단순히 검을 휘두르는 방법만을 가리키는 말이 아닙니다. 나를 알고, 대자연과 세상을 구성하고 있는 규칙을 깨닫고, 더 나아가 우주의 규칙과 법칙을 깨달아 좀 더 완전한 존재가 되는 것이 바로 검술을 익히는 목적입니다."

내 말을 듣고 있던 사람들은 갑자기 황당한 표정을 지었다.

하긴 지금까지 살아오면서 한 번도 들어본 적이 없는 말을 늘어놓았으니 황당해하는 것도 어찌 보면 당연한 일이다.

"그, 그럼 방금 말씀하신 우주의 규칙과 법칙을 깨닫게 된다면 완전한 존재가 된다고 하셨는데… 구체적으로 어떤 존재가 되는 겁니까?"

"글쎄요. 저도 아직 그런 존재가 돼보지 못했기 때문에 뭐라 설명은 해드릴 수 없지만… 아마도 인간의 한계를 벗어난 초인적인 존재가 되지 않겠습니까?"

"검술을 익히는 것만으로 정말 인간의 한계를 벗어날 수 있단 말입니까?"

"트레일 단장님이 생각하기에는 단순하게 검술을 익히는 것만으로 인간의 한계를 벗어날 수 있다고 생각하십니까?"

"예?"

내가 반문했더니 트레일의 눈이 동그랗게 변했다.

이해는 한다.

방금까지 인간의 한계를 벗어날 수 있다고 해놓고 그럴 수 있겠냐고 다시 물었으니 말이다.

"깨달음을 얻어야 합니다."

"깨달음? 뭐에 대한 깨달음을 말씀하시는 건가요?"

"자신에 대한 깨달음, 모든 법칙과 규칙에 관한 깨달음, 자연과 우주에 대한 깨달음, 그리고 세상 모든 것과의 인과율이 존재함을 깨달아야 합니다. 그 깨달음은 쉽게 찾아올 수도, 혹은 평생 찾아오지 않을 수도 있습니다."

"마스터의 말씀은 잘 알겠습니다. 하지만 전혀 이해가 되지 않습니다. 마스터께서 말씀하신 깨달음이라는 것을 경험하게 되면 검술의 경지가 차례로 올라간다는 말씀이십니까?"

"하나의 벽이 나타날 때마다 깨달음을 얻지 못한다면 그 단계에서 벗어나지 못하고 정체를 하게 됩니다. 정체된 것이 뭐가 문제냐고 묻는다면 정체에서 벗어나기 위해 노력하다 아까 보셨던 그 볼랜드란 놈처럼 미쳐 버리거나, 아니면 평생 그 단계에서 벗어나지 못하기도 한답니다."

트레일이나 제우비스 등은 전혀 이해한 얼굴이 아니었다.

아까부터 이상한 표정으로 날 쳐다보던 가렌이 질문했다.

"알렉시스님이라고 하셨나요?"

"그렇습니다."

"알렉시스님은 그런 사실을 어떻게 알고 계시는 거죠?"

"예? 무슨 말씀이신지……."

"저희 마을을 지키는 가디언이신 카시오님이 언젠가 알렉시스님이 방금 말하신 것과 비슷한 말씀을 하신 기억이 나네요. 어떻게 그럴 수 있죠?"

"제우비스, 가디언이 뭐냐?"

"가디언은 엘프 사회에서 통용되는 단어입니다. 부족 전체를 지키는 수호신 같은 존재, 그것이 바로 가디언입니다."

"그렇다면 그 가디언이라는 엘프는 무척이나 강한 존재라는 말인데… 언젠가 한번쯤은 만나보고 싶군."

"지금 날 만나보고 싶다고 했나?"

②

말과 함께 실내로 들어온 이는 엘프였다. 그런데 엘프란 족속들은 왜 저렇게 하나같이 얼굴선이 곱고 가늘게 생긴 거야?

음성이 아니면 남잔지 여잔지 전혀 구별이 안 가잖아. 하지만 슬림한 몸에서 풍기는 기운만큼은 정말 장난이 아니었다.

근처의 마나가 엘프의 전신으로 흡입되었다가 뿜어져 나오는 것이 느껴졌는데 그 양이 정말 무지막지했다. 지금의 나로서도 감히 꿈꾸기 힘들 정도로 어마어마한 양이었다.

"카시오님?"

벌떡 일어선 가렌은 정말 깜짝 놀랐는지 얼굴이 허옇게 질려 버렸다. 사실 그렇지 않아도 허연 얼굴이긴 하지만 말이다.

"가렌, 넌 정말 못 말릴 말썽꾸러기구나. 내가 절대 숲을 떠나지 말라고 한 것 같은데… 내 말을 듣지 않으면 어떤 처벌을 받는지 모른단 말이냐?"

"그건 알지만… 부모님이 걱정돼서 도저히 참을 수 없었어요."

"물론 네 부모에게 일어난 일은 참으로 안타깝고 슬픈 일이지만 애초에 잘못은 네 부모가 한 것이다. 인간들의 노예가 된 동족을 구하는 것은 그리 간단한 일이 아니라고 내가 몇 번이나 충고를 했음에도 불구하고 무리하게 일을 벌이다가 인간들의 함정에 빠진 것 아니냐? 무모한 것은 너 역시 마찬가지다. 내가 그렇게 주의를 주었는데도 넌 몰래 숲을 떠났다. 그렇지만 지금까지 네 능력으로 해결한 일이 뭐냐? 네 부모의 위치는 알아냈냐? 너의 현재 실력으로 그들을 구할 수는 있는 거냐?"

카시오란 엘프의 마지막 말은 내가 해준 말과 똑같았다. 그래서일까? 사람들은 일제히 날 쳐다봤다.

조금 쑥스럽기는 했지만 일단은 꿋꿋하게 버텼다.

"그 말씀은 저기 저분한테 이미 들었어요."

"그래? 상당히 특이한 존재군. 인간이면서도 인간이 아닌 존재. 혼돈의 시간을 가진 존재가 이곳에 있을 줄은 몰랐군."

가만, 이 자식, 뭐야?

지가 뭔데 날 이상한 놈으로 만드는 거야?

"이봐, 당신. 당신이 뭔데 나에게 대해서 이러니저러니 떠드는 거야?"

"알렉시스님, 카시오님은 저희 부족의 원로 분들도 함부로 대하지 못하실 정도로 나이가 많은 분이세요."

"뭐야? 나이만 많으면 남에 대해서 함부로 떠들어도 된다는 말이야?"

"후후후, 아직 자신에 대해서 잘 모르는 모양이군. 만나서 반갑네. 난 카시오 아르디스라고 하네."

"만나서 반갑소. 난 알렉시스 헬링턴이라고 하오."

있지도 않은 성까지 붙여가며 내가 악수를 청하자 빙그레 웃음을 짓던 카시오는 곧 앙증맞은 내 손을 잡고 몇 차례 흔들어주었다.

젠장, 키 차이가 너무 나니까 폼이 전혀 안 나오잖아.

아~ 쪽팔려.

"앉읍시다."

내 말에 일어섰던 사람들은 그제야 정신을 차리고는 서둘러 자리에 앉았다.

"좀 전에 나이가 많다고 했는데 얼마나 된 거요?"

"그대의 생각보단 조금 많을 거네. 올해로 사백여든두 살이 되었군."

"사기 치고 있네. 그 얼굴이 어떻게……."

"마스터, 엘프란 종족은 원래 오래 살기 때문에 청년기가 유난히 깁니다."

"그럼 저 얼굴이 진짜 오백 살이 다 된 영감탱이의 얼굴이란 말이야?"

제우비스의 설명에 난 정말 황당함을 감출 수 없었다.

아무리 잘 봐도 가렌보다 그저 두세 살 더 많아 보이는 청년이 자그마치 사백여든두 살이라니…….

"알렉시스님, 그런 말은 카시오님께 실례예요."

"상대가 불쾌하게 여기지 않는다면 실례가 아니야. 그것보다 당신, 언제부터 검을 익히기 시작했지?"

"나 말인가? 열다섯 살 때부터 익히기 시작했으니 꽤 오래되었지."

"그렇지? 450년 넘게 검술을 익혔으니 저렇게 실력이 뛰어날 수밖에 없지. 내가 그 정도 기간 동안 검을 익혔다면 마인드 블레이드를 만들어도 벌써 만들었겠다."

"마인드 블레이드라니? 그게 뭔가?"

"생각만으로 오러 블레이드를 만드는 단계지 뭐야? 지금 그걸 몰라서 나한테 묻는 거야?"

"오러 블레이드를 생각만으로 만들 수 있다는 말인가?"

어쩔 수 없이 난 그에게 검술의 단계에 대해 다시 한 번 설명해 주어야만 했다.

관심있게 내 이야기를 듣던 카시오는 특히 오러 블레이드 이상의 경지에 대해서는 대단한 관심을 보였다.

"그러니까 자네 말은 오러 블레이드가 검술의 끝이 아니라 어떤 의미에서는 새로운 시작이라는 말인가?"

"그렇지. 역시 나이를 좀 먹어서 그런지 말귀를 좀 알아듣는 것 같군. 그거야, 바로. 육체의 힘을 이용하는 단계가 지나면 마나를 몸에 받아들이는 단계에 들어서게 되지. 하지만 마지막에는 결국 정신으로 모든 걸 조종할 수 있는 단계에 들어서게 된단 말씀이야."

"그런데 자넨 그런 사실을 어떻게 알고 있는 건가?"

"인간에게는 책이라는 문명의 이기가 있잖아."

"고대의 유적이라도 발견한 것인가?"

"고대의 유적은 또 뭐야?"

"지금으로부터 약 2만 년 전쯤에 신의 분노가 지상에 떨어져 모든 생명체가 목숨을 잃은 적이 있었다고 하네. 한동안 가슴 아파하시던 신께서는 결국 새롭게 세상을 다시 창조했다고 전해진다네. 고대의 유적이란 과거 신의 분노가 지상으로 떨어지기 전 인간들이 지상에 남긴 건물이나 유물을 가리키는 말이네."

"그런 거였어? 잘못 생각했어. 내가 알고 있는 모든 지식은 예전부터 알고 있던 거야."

"역시 특별한 존재야. 전생에 대단한 존재였던 모양이군."

어라? 저 자식이 뭘 알고 떠드는 거야, 아니면 그냥 떠보는 거야?

"전생이라니? 무슨 소리지?"

"말하기 곤란하다면 이만 하도록 하지."

자식이 제법 눈치가 있군. 마음에 들어.

"레이디 가렌을 찾았으니 이제 숲으로 돌아가겠군."

"아니네. 이왕 숲을 나왔으니 납치된 엘프들의 행방에 대해서도 알아볼 생각이네."

"단서는 있어?"

"샤트윈이란 영지에 엘프 사냥꾼들이 많다는 소문을 들은 적이 있네."

"샤트윈? 제우비스, 혹시 아는 거 없어?"

"죄송합니다, 마스터. 엘프 사냥꾼에 대해서는……."

"마스터, 제가 압니다."

"말해봐라, 트렉슨."

"샤트윈 영지에 엘프 사냥꾼들이 많은 건 사실입니다. 그 이유는 샤트윈 영지에 엘프 경매장이 있기 때문입니다."

"엘프 경매장?"

"그렇습니다. 포획한, 아니, 납치한 엘프들을 경매하는 장소가 샤트윈 영지에 있습니다."

말을 하던 트렉슨은 살벌한 가렌의 눈초리에 잠시 움찔했다가 말을 이었다.

"왕국에서 엘프들을 매매하도록 허락을 했단 말이냐?"

"아닙니다, 마스터. 이종족을 매매하는 것은 당연히 위법입니다. 때문에 엘프 경매장은 비밀스러운 장소에 위치하고 있습니다. 예전부터 거래가 있던 자가 아니라면 출입하는 것이 불가능할 정도로 보안이 철저한 곳입니다."

"그렇다고 해도 영주가 모르지는 않을 텐데……."

"제가 아는 샤트윈의 영주는 무척이나 탐욕스러운 자였습니다. 그자가 엘프 경매인이나 엘프 사냥꾼들에게 상당한 금액의 돈을 상납받고 있다는 것을 샤트윈 영지 사람들이라면 모르는 이가 없었습니다."

"넌 그런 사실을 어떻게 알고 있는 거냐?"

"처음 용병이 되고 얼마 안 돼서 엘프를 사러 가는 자를 잠시 동안 경호한 적이 있었습니다. 그때 알게 된 겁니다. 곧바로 그만두기는 했지만 상당히 불쾌한 경험이었습니다."

샤트윈 영지라… 한번 가볼까?

"샤트윈 영지가 얼마나 떨어져 있지?"

"여기서 약 열흘 거리 정도 떨어져 있습니다."

"열흘? 우리의 이동 진로와는 얼마나 떨어졌지?"

"마스터, 이곳에서 이동하려면 샤트윈 영지를 관통해 가는 것이 가장 빠른 길입니다."

"그래? 내가 도울 만한 일이 있다면 돕고 싶은데… 받아들이겠나?"

"친구의 도움은 언제든 반가운 일이지."

"친구? 나랑 친구하면 너무 손해 보는 거 아니야? 속이야 그렇지 않지만 겉보기엔 누가 봐도 난 어린애잖아."

"외모가 그렇게 중요한 것인가? 솔직히 난 인간이란 정말 대단한 종족이라고 생각하지만 외모 따위나 눈에 보이는 것에만 연연하는 것을 볼 때마다 내 생각이 과연 맞는 것인지 의문이 생기기도 한다네."

"진실을 꿰뚫어 보는 눈을 가지려면 많고 다양한 경험이 있어야 가능한데 대부분의 인간들은 겨우 몇십 년도 살기 힘든 존재들이잖아. 더구나 망각의 존재들이라 무엇이 소중한 것인지 자주 잊어버리기도 하지. 그렇게 끊임없이 잊어버리고 또다시 깨닫는 존재들이 바로 인간들이야."

"끊임없이 잊고 깨닫는 존재들이라……. 맞아, 자네 말이 맞네. 나도 그렇게 생각하네, 친구."

"만나서 반갑네, 친구."

그렇게 그날 밤 자리는 끝을 맺었고, 다음날 우리는 샤트윈 영지를 향해 출발했다. 물론 카시오와 가렌도 함께 말이다.

3

샤트윈 영지까지 가는 동안 카시오는 제자 녀석들의 훈련 과정을 무척이나 관심있게 지켜봤다.

이유를 물어봤더니 엘프들은 초식—과연 그것을 초식이라고 부를 수 있을까 의심스럽기도 했다. 하긴 연속된 움직임이니 초식이라 부르는 것도 그리 틀린 말은 아닐 것이다—은 가르치고 익힐 수 있어도 대자연 중의 마나를 체내에 가둬두는 방법에 대해서는 전승되는 것이 없기 때문이란다.

원리에 대해서는 간단히 설명해 주었다.

카시오 같은 경우는 이미 오러 블레이드를 만들 수 있는 경지를 넘어섰기에 약간의 조언만 해주어도 금세 개념을 정리할 수 있을 것이다. 그리고 카시오는 역시 내 예상처럼 며칠 동안 고심을 하더니 스스로 간단한 심법을 만들어냈다.

물론 유치할 정도로 단순한 심법이었지만, 그것만으로도 무시무시하던 카시오의 분위기는 깊은 심연을 연상케 할 정도로 차분하게 가라앉았다.

단전의 개념을 확실하게 잡지 못했다면 있을 수 없는 변화였다. 카시오 역시 로안나만큼이나 대단한 재능의 소유자였다.

아직 혈도의 개념에 대해서는 잘 받아들이지 못한 것 같았지만, 그와 헤어지기 전 기초 상식을 정리해 주기로 했다.

드디어 도착한 샤트윈 영지는 내 생각보다는 훨씬 큰 백작령이었다.

막심 로렌트 백작이 다스리는 샤트윈 영지는 삼면이 산으로 둘러싸인 곳이었는데, 철광 개발로 인해 인근 영지에 비해 훨씬 윤택한 생활을 하고 있었다.

우리는 영주의 성에서 가까운 곳에 숙소를 정했다.

카오스와 가렌은 카오스가 마법으로 귀를 인간의 귀처럼 보이게 만들었기 때문에 불필요한 충돌은 피할 수 있었다.

숙소를 잡은 후 우리는 즉시 정보를 수집하러 다녔다.

그렇다고 드러내 놓고 물을 수도 없는 일이었기 때문에 수확은 거의 없을 수밖에 없었다. 더구나 난 외형이 꼬맹이였기에 나설 수 없어 정말 답답했다.

축골공(縮骨功)의 원리라도 알았다면 체격을 키워 내가 직접 알아보기라도 할 텐데 그럴 수 없으니 그 답답함이란 이루 말할 수 없을 정도였다.

카시오가 비록 대단한 검술의 소유자이긴 하지만 인간에 대해서는 잘 모르니 소득을 기대하기 힘들었다. 게다가 비록 트렉슨이 과거에 노예 상인들을 호위한 적이 있다고 하더라도 그들을 다시 만난다는 보장이 없지 않은가?

가장 큰 문제는 영주란 놈이 노예 상인들과 연관이 있을지도 모르는 상황이니 함부로 알아볼 수도 없다는 점이었다.

큰 도시마다 있다는 정보 길드 역시 영주란 놈과 연관이 있을지 몰라 함부로 찾아갈 수도 없었다.

결국 찾을 곳은 도둑 길드밖에 없는데 과연 제자 녀석들이 도둑 길드를 찾을 수 있을지는 두고 볼 일이었다.

로안나와 메리, 그리고 가렌과 난 영주성 근처의 상점가를 돌아다녔는데, 철광산이 있기 때문인지 철로 만든 공예품이 유난히 많았다.

철로 만든 거울, 팔찌, 반지, 목걸이 같은 장신구에서부터 그릇, 주전자, 작은 솥, 양동이 같은 생활용품까지 없는 것이 없었다. 기사들이 사용하는 각종 전투용 무기에서부터 갑옷 같은 방어용 무구(武具)를 파는 상점도 있었다.

당연히 뭔가를 살 거라고 생각했던 로안나는 그저 구경만 할 뿐 아무것도 사는 것이 없었다. 그런 반면 메리나 가렌은 갖가지 장신구에 정신이 팔려 구경하기에 여념이 없었다.

가만히 생각해 보니 로안나가 이따위 물건에 관심을 보일 이유가 없었다. 왕국의 십대상단 가운데 비록 말단이긴 하지만 그리핀 상단의 후계자인 그녀가 이런 물건 따위에 관심을 보일 리가 있겠는가?

하여간 상점 구경을 마치고 여관으로 돌아와 보니 정보를 구하기 위해 외출했던 사람들이 돌아와 있었다. 하지만 표정을 보아하니 별다른 소득은 없어 보였다.

주위를 둘러보니 여관 주인의 모습은 보이지 않았다.

"거두절미하고… 소득은?"

"없습니다. 트렉슨이 과거에 알고 있다던 노예를 경매하던 장소도 이미 폐쇄된 지 오래였습니다."

"그래서?"

"소문을 퍼뜨렸습니다."

"소문?"

"런블럼 영지에서 출발한 그리핀 상단의 후계자가 도착했다고 소문을 냈습니다."

"잘했다."

내 말에 사람들은 황당하다는 표정을 지었지만 제우비스만은 알아듣고 고개를 끄덕였다.

"그럼 애들 데리고 저녁부터 먹고 슬슬 준비하도록 해라."

"알겠습니다, 마스터."

"수고했다, 제우비스."

"감사합니다, 마스터."

제우비스가 나머지 녀석들과 식사를 하는 동안 사람들은 내게 왜 제우비스를 칭찬했는지 그 이유를 물었다.

으~ 이 돌대가리들을 어떻게 해야 좋지?

어쩔 수 없이 그 이유를 설명해 주었는데, 마치 병아리처럼 고개만 끄덕이는 녀석들을 보니 왠지 내 앞날이 꽤나 답답할 것만 같았다. 로안나도 궁금해하는 것 같아 어쩔 수 없이 설명을 해주었다.

"지금과 같이 정보를 얻을 수 없는 상황이라면 우리에게 필요한 것이 뭘까요?"

"정보를 얻을 수 있는 사람이나 단체?"

"맞습니다, 아가씨. 그럼 필요한 정보를 얻으려면 뭐가 필요할까요?"

"음~ 이곳의 영주란 사람이 나쁜 사람이라고 했으니까 영주에게 소속되지 않으면서 많은 정보를 알고 있는 사람을 찾아야지. 그렇지 않아, 알렉스?"

"만약 그런 사람을 찾을 수 없을 때는 어떻게 하는 것이 좋을까요, 아가씨?"

"찾을 수 없다면? 맞다, 아빠가 그랬어. 찾기 힘들면 찾아오게 만들면 된다고 말이야. 그때는 무슨 뜻인지 몰랐었는데 지금은 알렉스 때문에 알겠어."

귀여운 가시나.

어쩜 저렇게 똑똑할 수가 있을까?

그럼 마지막까지 알고 있을까?

"그럼 정리를 해보면……."

"아까 제우비스가 내가 여기 도착했다고 소문을 냈다고 했으니까 날 찾아오는 사람이 있겠네. 그리고 그 사람은 우리가 필요로 하는 정보를 가지고 있을 거고 말이야."

"그럼 그 사람은 누구일까요?"

"그거야 간단하지. 도둑 길드 소속의 도둑놈."

"맞습니다, 아가씨. 정말 훌륭하군요."

난 진심으로 로안나의 재능에 감탄했다.

"헤헤헤. 알렉스, 나 정말 훌륭해?"

"물론입니다."

"그러니까 함정을 파고 도둑을 기다린다, 그 말인가? 그리고 우리가 필요로 하는 정보는 그 도둑에게서 얻는다? 인간들은 정말 복잡하게 사는 것 같군."

"카시오는 인간 세상에 나온 적이 한 번도 없어?"

"100여 년 전에 한 번 나온 적이 있지."

"오래 있었어?"

"아니네. 그때도 엘프 사냥꾼들 때문에 나왔었지. 하지만 납치된 엘프들을 찾은 다음 곧바로 숲으로 돌아갔기 때문에 실제로 인간 세상에 있었던 시간은 얼마 되지 않지."

"그럼에도 이번에도 가렌의 부모님을 구하면 바로 숲으로 돌아갈 거야?"

"가렌의 부모를 구하는 김에 다른 엘프들의 소식도 좀 알아봐야 할 것 같아. 그러려면 아무래도 적지 않은 시간이 걸릴 것 같네."

"아무래도 그렇겠지. 그런데 어쩌지? 우리도 스톤힐까지 가려면 별로 여유가 없거든."

"괜찮네. 비록 인간 세상에 대한 경험은 적지만 자네에게 배운 방법을 곰곰이 생각해 보면 납치된 엘프들의 행방을 알아낼 수 있는 방법이 있을 것도 같네. 게다가 자네 덕분에 내 실력이 한 단계 이상 발전했으니 위험할 일도 없지 않겠나?"

"그럼 그랜드 마스터가 된 거야?"

"자네가 말한 대로 오러 샷을 쓸 수 있으니 그랜드 마스터라고 해도 틀린 말은 아니지. 그런데 오러 샷이라는 것이 그렇게 마나를 무지막지하게 소모시킬 줄은 미처 예상하지 못했네."

"이제 내가 말했던 마나 홀의 필요성을 깨달았어?"

"물론이야. 그랜드 마스터가 되려면 마나를 깨끗하게 정제시킨 후 농축시켜야 할 장소가 반드시 필요하다는 것을 이번에 깨닫게 되었네. 만약 조심하지 않았다면 난 오러 샷을 단한 번 사용하고 탈진해 버렸을 거야. 고맙네, 친구."

"고맙긴, 내가 아무리 잘 설명을 해주었다고 해도 듣는 사람이 멍청했다면 아무 소용이 없는 일이지. 그런 걸 보면 자네는 검술에 천부적인 재능을 가진 거야. 더욱 노력해서 좀 더 넓은 세상을 느껴봐."

"나로서도 지금까지 살아오면서 그런 경험은 처음이었네. 당연히 그럴 생각이네."

"그럼 우리도 준비를 해볼까?"

"그러지."

나와 카시오는 로안나의 양 옆방에서 심야의 방문자가 나타나기만 기다렸다. 그리고 마침내 그자가 나타났다.

꽤나 실력이 좋은 녀석인지 로안나가 자는 방문을 따는데도 거의 소리가 들리지 않을 정도였다. 하지만 그건 일반인들 이야기이고 나처럼 무공이 어느 정도 경지에 이른 사람들의 청력을 피할 수는 없었다.

딸깍 하는 소리가 들린 순간 난 최대한 조용히 복도로 나갔다. 그리고 어두운 복도에서 은밀하게 움직이고 있는 두 녀석을 발견할 수 있었다.

순식간에 녀석들 사이를 파고든 난 녀석들의 아혈과 마혈(痲穴)을 제압했다. 그리고는 녀석들의 뒷덜미를 끌고 내 방으로 왔다. 녀석들이 바닥에 쓰러지는 소리에 제우비스 등이 놀라 밖으로 나왔다가 내 방으로 들어왔다.

잠시 후 카시오가 누군가를 어깨에 둘러멘 채 방으로 들어왔다. 그 녀석 또한 아혈과 마혈을 제압했다.

그 모습을 유심히 쳐다보고 있던 카시오는 상당히 신기해했다.

"그러니까 특정 부위를 눌러주는 것만으로 말을 못하게 하거나 몸을 움직이지 못하게 할 수 있다니… 보면 볼수록 정말 신기하군. 나도 제법 세상을 오래 살았다고 생각했는데 이런 식으로 상대를 제압할 수 있는 방법이 있으리라고는 상상도 못해봤네."

"지금부터 보는 모습은 마나가 이동하는 통로, 그러니까 마나 로드라고 불러야 하나? 그걸 이용해 포로로 잡은 적에게서 정보를 얻어내는 방법이야."

"그런 방법도 있나?"

"악질적인 고문 방법이지. 잘못하면 상대가 죽는 것보다 못한 폐인이 될 수도 있거든."

내 말에 카시오는 놀란 표정을 감추지 못했다. 하지만 카시오보다는 방바닥에 널브러져 있던 도둑놈들이 훨씬 더 크게 놀랐다. 쉴 새 없이 눈을 깜빡였지만 녀석들이 할 수 있는 일은 단지 그것뿐이었다.

먼저 한 녀석의 아혈 주위를 문질러 막혔던 혈도를 풀어주었다. 조금 전 내 말을 들었는지 녀석은 그저 눈만 끔뻑이며 불안한 시선으로 날 쳐다볼 뿐이었다.

"지금부터 내가 묻는 말에 즉시 아는 대로 모든 것을 말해라. 하지만 거짓말을 한다면 네가 상상하는 그 이상의 고통을 당하게 된다. 설사 네놈이 죽는다고 해도 난 상관없다. 너 말고도 물어볼 놈은 아직 두 녀석이나 남았으니까. 알았냐?"

끄덕끄덕.

"엘프들을 경매하는 장소가 어디냐?"

"예?"

"엘프들을 경매하는 장소가 어디냐고 물었다."

"그게……."

말꼬리를 흐리는 녀석의 눈동자가 오른쪽으로 쏠리는 것을 보니 사기를 치려고 하는 것 같았다.

당연히 처절한 응징이 있어야 했다.

심장 주위의 혈도 몇 군데를 가볍게 찔렀다. 또한 목 주위의 혈도도 몇 군데 찔렀다.

내 행동에 영문을 몰라 하던 녀석은 금세 가쁜 숨을 몰아쉬기 시작했다.

그런 반응을 보이는 것이 당연했다. 기도를 절반 이하로 줄

였으니 숨이 가쁜 것이 당연했다. 더구나 심장은 더욱 빨리 뛰게 만들었으니 상당히 고통스러울 것이다.

"헉헉헉!"

숨을 몰아쉬던 녀석의 눈이 갑자기 커진 다음부터 땀을 흘리기 시작하면서 얼굴이 빨갛게 달아올랐다. 그것도 시간이 조금 지나자 피가 쏠린 녀석의 얼굴은 토마토보다 더 붉게 변했다.

복부와 어깨, 다리 쪽의 혈도를 건드리자 일제히 근육이 오그라들기 시작했다. 하지만 이미 마혈을 제압했기 때문에 녀석은 꼼짝도 할 수 없는 상태에서 그 고통을 그대로 감내해야만 했다.

"크아악!"

처절한 비명 소리가 방 안을 울렸다.

"다음은 너."

곁에 누워 있던 녀석에게 말을 건네자 그렇지 않아도 잔뜩 겁을 먹고 있던 녀석의 얼굴은 단번에 허옇게 질려 버렸다.

"고통이 제법 심하긴 하지만 버틸 자신이 있다면 거짓말을 해도 좋고, 대답을 거부해도 좋다."

해혈을 하자마자 녀석은 다급하게 입을 열었다.

"뭐든 물으십시오. 뭐든 다 대답하겠습니다."

"위치는?"

"예?"

"조금 전 내가 무슨 질문을 했는지 기억조차 못하나? 결국은 대답할 마음이 없다는 거군. 제법 고통스러울 텐데 그 길을 택하다니 멍청하다고 해야 할지, 아니면 용기가 있다고 해야 할지 모르겠군."

녀석의 아혈을 다시 제압한 다음 마혈을 풀어주었다. 하지만 전신 근육의 혈도를 제압해 똑같은 고통을 당하게 했기 때문에 오히려 앞서 내게 당한 녀석보다 더 고통스러울 것이다.

"으드득!"

이를 갈고 입술을 깨물며 손톱이 빠질 정도로 방바닥을 긁으며 몸부림치는 녀석의 모습에 지켜보던 녀석들은 하나같이 놀란 표정을 지었다.

입술이 터지고 손톱이 빠졌지만 녀석의 몸부림은 그칠 줄 몰랐다. 그 모습에 마지막 남은 녀석은 완전히 얼이 빠져 버렸다.

"네가 마지막이다."

그 말에 녀석은 기절을 해버렸다. 하지만 내가 누군가?

명문혈을 걷어차 녀석을 깨웠다.

어리둥절해하던 녀석은 나와 눈이 마주치자 사시나무 떨 듯 떠는데 그 모습이 꽤나 볼만했다.

"너 역시 마찬가지다. 말을 하고 싶지 않으면 안 해도 상관하지 않겠다."

내 말에 녀석은 목이 부러져라 고개를 저었다.

"엘프들을 경매하는 장소가 어디냐?"

"조셉네 방앗간 지합니다."

"방앗간 지하?"

"그렇습니다. 재작년까지는 하나가 더 있었지만 엘프들의 공급이 원활하지 않아 재작년에 문을 닫았습니다. 그래서 지금 남은 것은 조셉네 방앗간 지하밖에 없습니다."

"그럼 경매를 책임지는 자는 누구냐?"

"대외적으로는 필립스 씨가 책임자로 알려졌지만 그 위에 누군가가 있다고 합니다. 항간에는 그 책임자가 막심 로렌트 백작이라는 소문도 있지만 밝혀진 것은 없습니다."

"노예 경매하는 자 뒤에 영주가 있다? 충분히 가능한 이야기야. 그럼 필립스란 자는 어디 가면 만날 수 있지?"

"철광산 밑에 가장 큰 저택이 필립스 씨의 저택입니다. 하지만 조심해야 될 것이, 그분한테 고용된 용병이 거의 80명이 넘습니다. 특히 독사라 불리는 휴고로스란 작자만은 정말 조심해야 됩니다. 사람을 재미로 죽이는 자거든요. 만약 그자와 마주친다면 무조건 피하는 게 상책입니다."

슬쩍 앞서 고문했던 녀석들의 혈도를 풀어주었다. 하지만 카시오를 제외한 누구도 그걸 눈치 채지 못했다.

"카시오, 내가 도울 수 있는 건 여기까진 것 같아. 미안해."

"그렇게 생각하지 말게, 친구. 지금까지 도와준 것만 해도 나로서는 평생 갚아도 갚기 힘들 정도로 많은 도움을 받았네. 조금 더 시간이 지나 내게 여유가 생긴다면 그때는 반드시 자네에게 은혜를 갚겠네."

"친구끼리는 은혜니 뭐니 하는 게 아니야. 오히려 아가씨를 보호해야 하는 임무 때문에 자네를 더 이상 도와주지 못해서 상당히 미안해. 그 임무만 아니라면 자네가 동족을 모두 찾을 때까지 돕고 싶은데 말이야. 그런 내 입장을 자네가 이해해 주기 바래."

내 말에 카시오는 내 어깨를 두드려 주었는데 오히려 난 몇 마디 말보다 그게 더 마음에 들었다.

"이제 남은 건 필립슨가 뭔가 하는 놈뿐인가? 이왕 시작한 일이니 그 자식까지 처리하지."

"처리?"

"그래, 가만있어 봐라. 우선 이 자식들부터 처리하고."

내 말에 세 녀석은 새파랗게 질려 버렸다.

자식들, 쫄기는……. 김칫국부터 마시고 있네.

서둘러 세 녀석의 마혈을 제압한 후 오티즈와 루한에게 지시를 내렸다.

"지금부터 너희 둘은 우리가 돌아올 때까지 이자들을 감시하며 아가씨를 보호해라. 최악의 경우 무조건 아가씨를 구하는 것이 우선이다. 알겠느냐?"

"명심하겠습니다, 마스터."

내 말투가 평소와는 다르다는 것을 알았는지 두 녀석은 머리를 숙이며 분명하고 똑똑한 음성으로 대꾸했다.

"가자."

창문으로 뛰어내린 날 따라 카시오, 제우비스, 트렉슨이 차례로 내 뒤를 따랐다.

④

철광산의 위치는 낮에 이미 알아두었기에 필립스란 녀석의 집을 찾는 것은 문제도 아니었다.

순찰을 도는 경비대원들의 눈을 피하며 철광산을 향해 달린 지 거의 한 시간 정도가 지났을 때 우린 철광산 아래의 큰 집 근처에 도착할 수 있었다.

사실 찾고 자시고 할 것도 없었다.

철광산 아래 보이는 가옥은 오직 한 채뿐이기 때문이었다.

그것만 봐도 가옥의 주인이 샤트윈에서 어떤 위치에 있는 자인지 쉽게 짐작이 갔다. 가옥은 'ㄷ'자 모양을 하고 있었는데, 아무래도 중앙의 건물에 우리가 찾는 놈이 있지 않을까 예상되었다.

언뜻 보니 경비를 서는 놈들도 거의 보이지 않아 아까 도둑놈이 말한 것만큼 그리 위험해 보이지는 않았다.

자세히 계획을 세우고 온 것이 아니기 때문에 일단은 무작정 쳐들어가는 수밖에 없었다.

담장을 넘어 건물 측면으로 잠입한 우리는 건물의 그늘에 숨어 주위를 둘러봤다. 하지만 보이는 것은 여전히 없었다.

재빨리 창문을 통해 건물 안으로 들어선 우리는 내부 통로를 통해 중앙 건물로 접근했다.

시간이 늦은 탓일까? 건물 안은 너무나 조용했다.

복도를 통해 중앙 건물에 접근한 우리는 주위를 둘러봤지만 조용하기만 했다.

이 정도 규모의 저택이라면 하인이나 하녀는 물론 건물 내부를 지키는 용병들의 수도 적지 않을 텐데 우리 눈에 보이는 인간은 하나도 없었다.

카시오는 트렉슨과 함께 위층으로 올라갔고, 난 제우비스와 함께 아래층을 뒤졌다. 그러던 가운데 누군가가 접근하는 것이 느껴지자마자 홀뢰보로 상대의 뒤쪽으로 돌아가 재빨리 수혈(睡穴)을 눌렀다.

쓰러뜨리고 난 다음 상대를 확인하니 육중한 체격을 가진 하녀였다.

제우비스와 함께 아래층을 돌아봤지만 눈에 띄는 것은 아무것도 없었다. 또한 각각의 방을 돌아봤지만 대부분 하녀 또는 하인들의 방이었다.

중앙 복도 계단 바로 옆에 있던 문은 열리지 않아 조사를 못했는데, 아래층에서 얻은 결과가 없기 때문인지 유독 그 문이 신경이 쓰였다.

뭔지 모를 것이 신경을 거슬리게 했기에 즉시 천리지청술(千里地聽術)을 펼쳤다. 솔직히 말이 천리지청술이지 그렇게 먼 거리의 소리까지 들을 수 있는 것은 아니었다.

현재의 내 능력으로써는 20미터가 최대한이었다.

열심히 들리는 소리를 분석하던 중 내 귀에 들리는 이질적인 소리가 있었다.

짝~ 짝~

가느다란 뭔가가 부드러운 물체에 부딪칠 때 나는 소리가 들려왔다.

"하하하! 그래, 그래! 춤을 춰라, 고통의 춤을."

"그 자태가 정말 아름답구나. 좀 더 몸을 뒤틀어라."

짝~ 짝~

마지막에 들린 소리가 아직도 내 귓전을 울렸다.

"지하다."

"예?"

"따라와."

서둘러 계단 옆으로 간 난 내공을 끌어올려 문고리 자체를 파괴해 버렸다.

"카시오, 계단 아래 지하에서 무슨 소리가 들리니까 빨리 내려와."

"알았네. 금방 가지."

카시오에게 전음을 날리자 바로 대답이 들려왔는데, 일정한 양의 마나가 느껴지는 것을 보니 아마도 마법인 것 같았다.

조심스럽게 원형의 계단을 따라 내려가다 보니 누군가 뒤따라오는 것이 느껴졌다. 기운을 보니 카시오였다.

뒤에 따라붙은 카시오와 함께 다시 조심스럽게 내려가 보니 가장 먼저 보이는 것은 벽에서 늘어진 쇠사슬과 그 쇠사슬에 결박된 두 명의 벌거벗은 엘프 여성이었다.

한 명은 앞으로, 또 한 명은 뒤로 결박되어 있었는데 그런 그녀들의 몸에는 수십 줄기의 붉은 선이 이리저리 나 있었다. 그리고 그런 그녀들 앞에서 연신 채찍을 휘두르는 미친놈이 하나 있었고, 기다랗고 푹신해 보이는 소파에서 그 광경을 지켜보며 웃고 있는 두 명의 장년과 노년의 사내가 있었다.

그 광경을 본 순간 등 뒤에서 갑자기 광포한 마나의 파동이 느껴졌다. 미처 말리고 말고 할 사이도 없었다.

퍽!

"큭!"

엘프들에게 막 채찍질을 하려던 사내는 느닷없는 카시오의 공격에 일격을 당해 몇 미터나 날아갔다.

서걱.

두 엘프 여성을 구속하고 있던 쇠사슬이 단번에 잘려 나갔다. 쓰러지려는 엘프 여성을 받아 든 카시오는 조심스럽게 그녀들을 벽에 기대어 내려놓고는 자신의 옷을 벗어 그녀들을 덮어주었다.

"무례한 놈들! 네놈들은 누구냐?"

"누가 필립스냐?"

"날 찾아온 놈들이냐?"

대답과 함께 나선 놈은 장년의 사내였다.

카시오가 말을 하는 동안 난 지하실 안을 살펴보다 놀라지 않을 수 없었다. 지하실의 한쪽 구석에 철창이 마련되어 있었는데 그곳에 실오라기 하나 걸치지 않은 엘프가 10여 명이나 갇혀 있었다.

엘프 여성들이 갇혀 있는 것은 그래도 이해가 되었지만 남자 엘프들은 왜 갇혀 있는 것인지 전혀 이해가 되지 않았다. 게다가 나체로 말이다.

쾅!

철창문을 부쉈음에도 불구하고 움직이는 엘프는 없었다.

온몸이 채찍 자국으로 가득한 채 생기가 사라진 엘프들의 모습을 보니 갇혀 있던 시간이 꽤나 길었던 모양이다.

그 모습에 난 원초적인 분노를 느끼지 않을 수 없었다.

챙챙챙!

갑자기 들린 금속음에 고개를 돌려보니 엘프들에게 채찍질을 해대던 자식과 제우비스가 싸우고 있었다. 팽팽하게 맞서는 것이 금세 승부가 날 것 같지는 않았다.

"네게 엘프들을 공급하는 자가 누구냐?"

"건방진 놈, 감히 누구한테 이래라저래라 하는 것이냐?"

"그리고 그동안 엘프들을 거래한 장부를 내놔라."

말을 하는 카시오의 얼굴은 딱딱하게 굳어 있었다.

누가 봐도 그가 분노했다는 것을 분명히 알 수 있을 정도로 말이다. 하지만 그런 사정을 전혀 모르는 돌대가리도 있긴 있는 모양이다.

늙은이가 필립스에게 뭐라고 귓속말을 하자 갑자기 필립스 녀석이 웃기 시작했다.

"푸하하하! 맞습니다, 백작님. 잘난 척하는 저놈을 사로잡아 엘프 년들과 교접을 시키면 틀림없이 훌륭한 노예들을 얻을 수 있을 겁니다. 흐흐흐, 잠깐만 기다려라."

말을 마친 필립스는 천장과 연결된 밧줄을 잡으려고 했지만 조금은 과격한 내 제지로 그럴 수 없었다.

픽! 우두둑!

"컥!"

하긴 철봉과 부딪쳤으니 멀쩡하면 그게 더 이상한 일이다.

"헛수작하지 마. 골통을 빠개 버리기 전에."

"크윽! 넌 누구냐?"

"늙은이, 가만히 아가리 닥치고 기다리고 있어. 늙은이는 다음 차례니까."

"감히 내가 누군 줄 알고⋯⋯."

"막심 로렌트란 늙은이잖아. 모를 줄 알았나?"

"그렇다면 내가 귀족이라는 것을 알면서도 이런 건방진 행동을 했단 말이냐? 이런 괘씸한 놈을 봤나?"

"정말 시끄러운 늙은이네."

그래서 가볍게(?) 어루만져 주었다. 아혈과 마혈을 제압해 살아 있는 시체로 만들었다. 그리고는 소파에 던져 놓았다.

"인내심에도 한계가 있다는 것을 명심하면 좋겠군. 다시 한 번 묻겠다. 너에게 엘프를 공급해 주는 자가 누구냐?"

"넌 누군데 그걸 묻는 거냐?"

잔뜩 주눅이 들었으면서도 꼬박꼬박 되묻는 것을 보면 고분고분하게 입을 열 종자가 아닌 것 같았다.

"카시오, 내가 맡을까?"

"아니네. 내가 하겠네."

스르릉~

롱 소드를 뽑아 든 카시오는 두말하지 않고 느닷없이 롱 소드를 휘둘렀다.

"으악!

툭!

필립스의 손목이 떨어져 바닥에서 꿈틀거렸다.

비명을 지르는 필립스를 카시오는 그저 무감각하게 바라보고만 있었다.

"이번엔 다리다."

무덤덤한 음성으로 내뱉는 카시오의 모습은 살벌, 그 자체였다. 다시 쳐드는 롱 소드를 발견한 필립스의 얼굴은 하얗게 질려 있었다.

손목 어림을 움켜잡은 채 필사적으로 지혈을 하고 있던 필립스는 연신 뒷걸음질을 쳤지만 안타깝게도 지하실은 그렇게 넓지 않았다. 곧 벽에 부딪친 필립스는 주위를 두리번거렸지만 그를 도와줄 놈이 있을 리 만무했다.

"이걸 당겨줄까?"

밧줄 옆에서 말을 건네자 필립스의 얼굴에 당장 화색이 돌았다.

"그래, 꼬마야. 그 줄만 당겨준다면 내가 네 부모한테 엄청난 돈을 주마. 정말이다. 그러니까 내 말을 믿고 그 줄을 당겨

라. 어서."

간절한 눈빛을 보내는 필립스를 보고 난 친절하게 대꾸를
해주었다.

"메롱~"

그 모습에 필립스는 절망스러운 표정을 지었지만 난 신경도
쓰지 않았다.

스윽~

"으악!"

비명 소리와 함께 필립스는 쓰러졌고, 그 곁에는 방금 잘린
발목 하나가 꿈틀대고 있었다.

쓰러진 필립스를 내려다보던 카오스는 예의 그 무표정한 얼
굴로 말을 이었다.

"자를 부위는 아직도 많은데… 아직도 내게 할 말이 생각나
지 않나?"

"자, 자, 잠깐만, 잠깐만 기다려!"

카시오가 다시 롱 소드를 쳐들자 필립스는 황급히 손사래를
쳤다.

"말할 테니까 잠시만 기다려라. 엘프들을 공급한 녀석은 코
벤스란 녀석이다. 작은 용병단을 가지고 있는데, 어디서 납치
를 하는지는 나도 모른다."

"거래 장부는?"

"그런 건 없다. 괜히 엘프들을 사 간 사람들에게 꼬투리를
잡힐까 봐 기록은 전혀 남기지 않았다."

"정말인가?"

"무, 물론이다."

아무래도 저 인간, 사기를 치는 것 같은데…….

철봉을 결합해 녀석의 성한 쪽 발목을 살짝, 정말 살짝 찔러 주었다.

우두둑~

"컥!"

"솔직히 말하시지. 정말 없어? 내가 생각하기론 아닐 것 같은데…….'

"저, 정말 없다."

"누굴 바보로 아시나? 내가 볼 땐 아닌 것 같거든? 눈알 굴리는 소리가 여기까지 들리는 걸 보면 솔직히 당신 말은 전혀, 아주, 몹시 믿기가 힘들거든."

우두둑~

복숭아 뼈가 박살나는 순간 필립스 녀석의 눈이 금방이라도 튀어나올 정도로 커졌다. 하지만 녀석이 할 수 있는 건 아무것도 없었다.

몸부림치는 녀석에게 난 친절하게 설명해 주었다.

"이봐, 저 친구가 얼굴은 저렇게 미끈하게 생겼어도 동족이 걸린 문제는 절대 용서가 없거든. 만약 이렇게 버틴다면 아마도 계속 칼질을 해댈 거야. 그건 내가 장담하지. 조금 전엔 손목을 잘랐으니 아마도 이번엔 팔뚝을 자를 거고, 다음엔 어깨를 잘라 버릴 거야. 성한 팔이 아직 한 짝이 더 남았고, 맞다!

다리도 남았잖아? 그러니까 신중하게 생각하라고. 참, 출혈 과
다로 죽을까 걱정하진 마. 내가 한 토막씩 잘려 나갈 때마다
빨리 지혈해 주면 죽진 않을 테니까."

자세한 내 설명에 녀석의 안색은 완전히 백지장처럼 변해
버렸다. 그럼에도 불구하고 계속 망설이는 것을 보면 장부가
있는 것은 확실한 것 같은데 무엇 때문에 저리 망설이는 것인
지 짐작이 되지 않았다.

단순히 엘프들의 거래 내역 외에 또 다른 뭔가가 있는 것 같
은데 그게 뭔지는 알 수 없었다.

카시오가 롱 소드를 다시 치켜들자 드디어 결심을 했는지
필립스가 입을 열었다.

"장부는 2층의 내 방 비밀 장소에 보관되어 있다."

"카시오, 내가 다녀올게."

"같이 가세."

"응?"

"비밀 장소에 혹시 마법이 걸려 있다면 내가 도움이 될 거
네. 또 비밀 장소를 찾는 것도 도움이 될 테고 말이야."

"맞아. 내가 마법에 대해서는 잘 모르니까 같이 가는 게 좋
을 것 같아."

"가세."

"트렉슨, 제우비스와 함께 이것들을 잘 지키고 있어. 우리가
나가는 즉시 문을 잠그도록 하고. 알았나?"

"명심하겠습니다, 마스터."

대답하는 트렉슨 너머로 채찍질하는 녀석을 제압하고 숨을 헐떡거리고 있는 제우비스의 모습이 보였다.

내가 앞장을 서고 카시오가 뒤를 따랐다.

건물 구조를 생각해 대충 으슥한 곳에 위치한 방 가운데 가장 큰 방을 골랐다. 역시 탁월한 선택이었다. 웬만한 가옥보다 넓은 방에 들어서서 주위를 둘러보았지만 특별히 눈에 거슬리는 것은 보이지 않았다.

"디텍터 마나!"

나직한 카시오의 말에 고개를 돌려 카시오를 쳐다보다 그의 눈이 새파란 색을 띠는 모습을 발견할 수 있었다.

"저곳이군."

그 말을 남기고 한쪽 벽면으로 다가가기에 서둘러 뒤를 쫓아가 봤지만 보이는 것은 온통 책으로 가득 찬 서가뿐이었다. 거침없이 서가로 다가가 꽂혀 있는 유난히 두꺼운 책을 뽑은 카시오는 눈을 감더니 신중한 음성으로 시동어를 외쳤다.

"디스펠 매직!"

카시오의 말에 주위의 마나들이 모인다 싶더니 전면으로 쏟아졌다. 그러더니 갑자기 물결이 퍼지듯 벽면 전체가 출렁인 후 커다란 자물쇠가 갑자기 모습을 드러냈다.

"이건 내게 맡겨."

혹시 카시오가 또 나서면 내가 나설 기회가 없을까 봐 재빨리 마나를 끌어올려 자물쇠를 아예 박살을 내버렸다. 그러자 드러난 작은 구멍에서는 보석이 잔뜩 들어 있는 가죽 주머니

두 개와 장부로 보이는 책자 두 권이 얌전하게 들어 있었다.

난 책은 카시오에게 넘겨주고 보석은 품에 따로 챙겼다. 그리고는 방에서 빠져나와 곧장 지하실로 향했다.

다행히 지하실의 일은 아무에게도 들키지 않았는지 저택은 여전히 쥐 죽은 듯 조용하기만 했다.

"자아~ 장부를 찾았으니 저 인간은 이제 쓸모가 없는 것 같으니까 신경을 끄고, 이제는 백작이라는 늙은이를 조져 볼까?"

나와 카시오가 돌아왔을 때부터 체념한 표정을 짓고 있던 필립스는 내 말에 완전히 낙담한 표정을 지었지만 우리는 신경도 쓰지 않았다.

그때까지 눈만 멀뚱거리고 있던 백작 영감탱이의 혈도를 풀어주었다. 딱딱하게 굳어 있던 몸이 갑자기 풀린 것이 이상했는지 자신의 몸 곳곳을 만지던 영감탱이가 건방지게 날 노려보기 시작했다.

"카시오, 그 장부 가운데 하나를 제우비스에게 넘겨줘."

"알았네."

카시오가 이유도 묻지 않고 장부를 제우비스에게 넘긴다는 것은 내가 상황을 진행시키는 대로 지켜보겠다는 것 아니겠는가? 누군가 조건없이 날 믿어준다는 사실이 본인을 얼마나 기쁘게 하는지는 경험해 보지 않은 사람은 아마 모를 것이다.

사실 장부를 제우비스에게 넘기게 한 것에 별다른 이유는 없었다. 내가 아직 글을 배운 적이 없었기 때문에 그렇게 말한 것뿐이었다.

"읽어봐."

"예, 마스터. 대륙력 4823년 3월 12일, 엘프 계집 여덟 입고. 몬테로 백작 엘프 셋 구입. 판매 대금 30만 골드. 변태적인 성도착자. 추가 구입 의사를 밝힘. 3월 29일, 안데로 자작, 엘프 둘 구입. 판매 대금 20만 골드. 선물용으로 구입한 듯함. 4월 7일, 쿠아스 남작의 둘째 아들 엘프 셋 구입. 판매 대금 23만 골드. 대륙력 4823년 6월 30일, 엘프 계집 둘, 사내 하나 입고. 글루로소 후작 부인, 엘프 사내 구입. 판매 대금 15만 골드. 타고러 자작 장남 엘프 둘 구입. 판매 대금 18만 골드. 단골임. 대륙력 4823년 9월……."

"됐어. 그만 해."

지금까지 내가 들어본 말 가운데 가장 추악한 이야기다.

"더럽고 지저분한 늙은이, 겨우 이런 짓거리나 하려고 귀족이 되었냐?"

"건방진 놈. 감히 누굴 노예 상인 녀석과 연관시키는 것이냐? 내가 누군지 아느냐? 귀족파의 영수이신 발렌스 레드 공작 전하의 오른팔이 바로 나 막심 로렌트다. 그런 나를 어떻게 노예 상인……."

퍽!

"큭!"

"거참, 더럽게 시끄러운 늙은이네."

나한테 한 방 걸어차인 막심은 서둘러 입을 닫았다. 그렇다고 나를 노려보는 눈초리까지 거둬들인 것은 아니었다. 그것도 내 눈높이보다 위에서 말이다.

그걸 보니 괜히 기분이 나빠졌다.

"좋게 말할 때 눈 깔아. 그냥 뽑아버리기 전에."

"뭐라고?"

"눈깔에서 잉크를 쪽 뽑아버리기 전에 대가리 숙이란 말이야, 이 영감탱이야."

내 대답이 의외였는지 영감탱이는 멍한 표정을 지었다.

"카시오, 자네가 처리해."

"저자를 죽인다고 팔려갔던 동족이 돌아오는 것이 아니니 난 동족들의 행방을 알 수 있는 이 장부를 입수한 것으로 만족하겠네."

"그래? 그러면 이 영감을 용서하겠단 말이야?"

"용서라기보다는 관심없다는 것이 솔직한 심정이라네."

"그럼 내가 저자를 죽이든 말든 신경 쓰고 싶지 않다, 그 말이야? 그러지 말고 자네가 처리하는 게 어때?"

"자네의 말은 저자의 처리를 나에게 맡기겠다는 것인가?"

"물론이지. 나하고는 상관없는 영감이잖아."

"알겠네. 그럼 저자에 대한 처벌은 저자에게 고통을 받은 동족에게 넘기겠네."

감옥에서 풀려나 있던 엘프들은 카시오의 말에 갑자기 표정이 일변했다.

"동족들이여, 여기 그대들의 원수가 있다. 복수를 원하는 자들은 복수를 해라."

카시오의 말이 끝나자마자 엘프들은 일어서 막심 늙은이에 게로 모여들었다. 실오라기 하나 걸치지 않았지만 엘프들은 조금도 부끄러워하지 않았다. 그것이 선천적인 것인지, 아니면 후천적인 원인 때문인지는 알 수 없지만 말이다.

카시오에게서 작은 대거 하나를 받아 든 한 엘프 여성은 무표정한 얼굴로 영감탱이에로 다가가서는 조금도 망설이지 않고 영감의 복부에 대거를 꽂았다.

"컥!"

여인이 물러서자 이번에는 남성 엘프가 나서서는 영감탱이의 복부에 박혔던 대거를 뽑아 영감의 어깨에 박아 넣었다. 교묘하게 찔러 넣어 어깨 근육이 단번에 잘려 나갔다.

"크악!"

그것이 끝이 아니었다.

재차 다가선 다른 남성 엘프는 예의 그 무표정한 얼굴로 어깨에 박힌 대거를 뽑아 영감탱이의 옆구리에 박아 넣었다.

"그, 그만!"

영감탱이는 비명을 질렀지만 엘프들은 행동을 멈추지 않았다. 박혀 있던 대거를 뽑아 새로운 자리에 꽂는 동작이 한동안 이어졌다.

이미 영감탱이는 반시체가 되어 바닥에 널브러졌지만 엘프들의 행동은 계속되었다. 무표정한 얼굴로 대거로 영감탱이를 내리찍는 엘프들의 모습은 그야말로 꿈에 나타날까 무서운 광경이었다.

영감탱이야 죽을죄를 저질렀으니 어떻게 돼지든 상관없지만 대체 원한이 얼마나 쌓였기에 저런 표정으로 사람을 죽일 수 있을까 궁금하다는 생각이 갑자기 들었다.

"카시오, 잠깐만."

지하실을 빠져나온 난 재빨리 하인과 하녀들의 숙소를 찾았다. 그리고는 몰래 잠입해 엘프들이 입을 만한 옷을 챙겨 지하실로 되돌아갔다.

엘프들이 옷을 입는 동안 난 제우비스가 제압해 놓은 녀석에게 다가갔다. 아직 혈도에 대한 개념이 없기 때문에 제압한 녀석을 채찍으로 꽁꽁 묶어놨다. 그리고 쓰러진 녀석을 발끝으로 건드렸다.

툭툭!

"야, 너, 휴고로스란 놈 알아?"

"으드득, 내가 휴고로스다. 너 같은 꼬마가 내 이름은 어떻게 알고 있는 거냐?"

"거참, 싸가지없는 놈이네. 내가 듣기로 네가 그렇게 엘프들을 괴롭혔다며? 게다가 몇 명은 죽였고 말이야."

"그깟 엘프 년 몇을 죽인 게 뭐 어떻다는 거냐?"

잔인한 녀석이라는 말을 들었기에 혹시나 해서 넘겨짚어 본 건데 역시 개자식이었다.

퍽!

"큭!"

녀석의 입에서 이빨이 우수수 떨어졌다. 피가 섞인 침을 몇 번이나 뱉어내던 녀석은 날 노려보며 분노를 터뜨렸다.

"비겁한······."

퍽!

"나? 반항도 못하는 놈만 패는 아주 비겁하고 야비한 놈이지. 그런데 너, 어떻게 하냐?"

녀석의 뒷덜미를 잡고 질질 끌고 가서는 옷을 다 입은 엘프들 앞에 던져 놓았다.

"알아서 하십시오."

내 말이 끝나자마자 한 엘프가 나서서 막심 로렌트의 심장에 박혀 있던 대거를 뽑아 휴고로스의 목을 찔렀다.

"컥!"

경동맥을 건드린 것인지 사방으로 피가 튀었지만 그것을 피하는 엘프는 한 명도 없었다. 엘프 남성이 대거를 꽂고 물러서자 엘프 여성이 다가서는 대거를 뽑아 녀석의 복부에 대거를 박아 넣었다.

찢어질 듯이 눈을 크게 뜬 휴고로스 녀석이 미처 비명을 지를 사이도 없이 복부에 박혔던 대거가 녀석의 허벅지에 박혔다. 다리 근육이 잘리고, 팔이 잘리고, 복부가 갈가리 찢겨 나갔다.

녀석의 숨통은 이미 끊어졌지만 단죄하는 엘프들의 손길은 멈추지 않았다.

"카시오, 이만 가지."

"그러지. 동족들이여, 이제 고향으로 돌아가자."

카시오의 말에 엘프들이 모였다.

특히 휴고로스 녀석에게 맞던 두 엘프 여성은 동족들에게 부축을 받고 있었는데 움직이는 것이 쉽지 않은 것 같았다.

"잠깐만 기다리세요."

엘프들의 몸 구조가 인간과 얼마나 같은지는 알 수 없지만 카시오가 내 조언에 따라 마나를 활용하는 것을 보면 그들에게도 마나를 주입하면 도움이 될 것 같았다.

인간의 명문혈에 해당되는 곳을 통해 내가 가진 마나의 절반 정도를 두 엘프 여성에게 주입했다.

일단 근육이 상한 곳을 치료하다가 이상한 것을 느낄 수 있었다. 아킬레스건이 잘려 있었던 것이다. 이 상태라면 걸을 수는 있지만 결코 달릴 수는 없었다.

아마 엘프들이 탈출할 것에 대한 예방 조치였던 모양인데 그것이 날 더욱 열받게 만들었다.

"어떠십니까?"

"감사합니다."

고마움에 대한 인사였지만 너무나 무감각한 음성이었기에 그녀들이 정말 고마워하는 것인지는 알 수 없었다.

"제우비스, 트렉슨, 앞을 열어라."

"알겠습니다, 마스터."

둘이 먼저 지하실을 빠져나가고 엘프들이 그 뒤를 따랐다.

마지막에 카시오와 빠져나오면서 난 분뢰권의 권결대로 주먹을 뻗었다. 그런 내 귀에 이상한 소음이 들렸다.

스윽!

확인하고 보니 카시오의 롱 소드에서 빛이 번쩍였다.

"컥!"

쾅!

카시오의 오러 샷에 필립스의 목이 날아가고, 뒤이어 날아
간 분뢰권 때문에 소파에 불이 붙는 모습이 보였다.

난 그냥 산 채로 태워 죽이려고 했는데…….

내가 나쁜 놈이라서 그런지 왜 이런 생각을 하면서도 죄책
감이 전혀 들지 않는 것인지 모르겠다.

전생의 기억을 고스란히 가지고 있기 때문인지 산다는 것
자체가 윤회(輪廻)의 일부분이라는 것을 알아서인지 죄책감
도, 사람의 죽일 때의 망설임도 전혀 느껴지지 않았다.

윤회라…….

왜 그 단어를 떠올렸을 때 온몸에 전율이 느껴진 것인지 그
이유를 알 수 없었다.

Chapter 7
여기가 아카데미야?

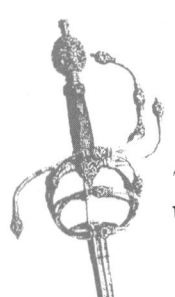

The Duel of Master
마스터 대전

엘프들을 구한 긴 밤이 지나 카시오를 비롯한 엘프들과는 그날 새벽에 헤어졌고, 나와 로안나를 비롯한 일행은 날이 밝자마자 샤트윈을 출발했다.

다음날부터는 지금까지와 마찬가지로 약간의 훈련과 이동의 연속이었다. 그렇게 30여 일이 지나서야 우리 일행은 목적지인 수도 스톤힐에 도착했다.

비록 몇 가지 일로 시간이 조금 더 걸리기는 했지만 큰 사고 없이 무사히 도착해서 정말 다행이라고 생각했다.

수도 스톤힐에 대한 첫인상을 이야기하라면 지독하게 복잡하다는 것이다.

거리를 가득 메운 형형색색의 옷을 입은 사람들과 하늘 높이 솟은 건물들을 보면 현대의 어느 도시를 옮겨왔다고 해도 믿을 정도다.

우리는 런블럼 영주가 발행한 통행증을 보이고 성문을 통과했는데 성안은 내가 예상했던 것보다 훨씬 더 복잡했다.

원래는 중앙의 마차를 네 녀석이 옆에서 호위하는 형태로 이동했는데, 도로가 너무나 복잡한 나머지 마차 뒤를 따라가는 것이 고작이었다.

빌리 아저씨는 연신 호통을 쳐댔지만 피하려고 해도 피할 공간이 없을 정도로 도로는 사람들로 꽉 들어차 복잡하기 이를 데 없었다.

우리 일행이 북새통 같은 거리를 벗어나 겨우 숨을 돌린 곳은 왕립 아카데미가 있는 거리에서 그리 멀리 떨어지지 않은 곳이었다.

길옆에 늘어선 가로수 저 끝에 붉은 담장이 보였고, 그 뒤로 담쟁이덩굴로 뒤덮인 두 동의 건물이 보였다. 한 동은 조금 컸고 다른 한 건물은 조금 작았다(단순히 두 건물을 비교해서 그렇다는 이야기지 작다는 건물조차 우리 집과 비교하면 몇십 배나 큰 건물이었다).

한적한 길을 따라가 보니 성문을 통과할 때의 도로와는 달리 넓적한 돌로 깔끔하게 포장한 것이 꽤나 신경을 쓴 듯 보였다.

물론 도로 양쪽에 위치한 갖가지 상점들도 꽤나 많았고 깨끗하고 화려했고, 또한 없는 것이 없어 보였다.

"어디서 온 분이십니까?"

"왕립 아카데미에 입학하기 위해 런블럼 영지에서 온 발레리우스 가의 영애이신 로안나 발레리우스님이시오."

"잠시만 기다리십시오."

우리를 제지한 경비병이 허리에 매고 있던 장부를 뒤지더니 곧 한곳에 숯으로 표시를 했다.

"들어가셔서 왼쪽에 있는 건물로 가십시오. 그곳에 가면 숙소를 가르쳐 드릴 겁니다."

느낌일까?

왠지 조금 전에 비해 예의가 조금 사라진 것 같은 느낌이 들었다. 어찌 되었든 조금 전 병사가 가르쳐 준 곳으로 향했다.

연병장을 끼고 있는 널찍한 오른쪽 건물에 비해 왼쪽 건물은 침묵에 싸여 있는 것이 고즈넉해 보였다.

건물 주위로 수십 년은 족히 되어 보이는 나무들이 빽빽하게 자라 있는 것이 마치 숲의 한 부분을 떼어온 것 같았다.

마차가 건물로 다가가자 부드러운 인상을 가진 50대로 보이는 장년의 부인이 다가왔다. 우리는 서둘러 마차에서 내렸다.

"어서 오세요. 레이디가 되기 위해 오신 분인가요?"

"그렇습니다."

"성함이?"

"제스로 발레리우스님의 따님이신 로안나 발레리우스님이십니다."

"아~ 그리핀 상단의 후계자이신 로안나 발레리우스님이

바로 이분이시군요. 만나게 되어 반가워요. 전 베로나라고 해요. 이곳의 사감이죠."

내가 대답을 하자 여인은 로안나의 이름을 단번에 기억해 냈다. 찬찬히 로안나의 모습을 살핀 여인은 갑자기 나와 일행을 쳐다보고는 눈살을 찌푸렸다.

"이곳은 금남의 구역이에요. 하녀만 남겨두고 여러분은 이만 떠나주세요."

어라?

이게 무슨 소리야?

"지금 여기서 머물 수 없다고 하셨습니까?"

"그래요. 이 건물엔 아무리 나이가 어려도 남자는 머물 수 없어요. 이곳은 레이디만을 위한 공간이니까요."

"전 로안나 아가씨의 아버님이신 발레리우스님께 로안나 아가씨를 곁에서 보호하겠다고 약속을 드렸습니다. 제가 로안나 아가씨 곁에서 보호할 수 있는 방법이 없겠습니까?"

"이곳이 어딘지 모르는 모양이군요. 이곳은 국왕 폐하의 명에 의해 운영되는 국립 아카데미에요. 그런 이곳에서 누구를 보호해야 할 일이 생기지도 않겠지만 설사 그런 일이 생긴다고 해도 오히려 그대가 보호를 받아야 할 것 같군요."

이 아줌마가 지금 무슨 소릴 하는 거야?

더구나 날 단순한 꼬맹이로 여기는 듯한 말투에 기분이 좋지 않았다. 웃을 때는 사람이 좋아 보이더니 인상을 쓰면서 말하니까 꽤나 깐깐한 성격의 소유자 같았다.

그나저나 어쩐다?

잠시 고민하고 있는 사이 베로나가 내게 제의를 했다.

"으음~ 원래는 안 되는 것이지만 기사관(騎士館)의 사감이신 제임스 씨에게 부탁하면 어떻게 될지도 모르겠군요."

"예?"

"이 건물이 레이디관이라고 불리는 것에 반해 동쪽의 건물은 나이트가 되려는 각 귀족가의 자제 분들이 묵고 있고 기사관이라고 불러요. 그리고 그 건물 옆에는 시종들이 생활하고 있는 작은 건물이 있어요. 만약 기사관의 사감이신 제임스 씨가 허락한다면 그곳에서 지낼 수 있을지도 모르겠네요."

"그런가요? 꼭 좀 부탁을 드리겠습니다."

베로나가 지정한 방으로 짐을 옮긴 우리는 그녀가 돌아오기를 기다렸다. 잠시 후 돌아온 그녀의 표정이 어두워 보여 사람을 불안하게 만들었다.

"어떻게 하죠? 제임스 씨에게 말을 해보았는데… 한 사람밖에 안 된다고 하네요."

"그렇습니까? 한 명이라도 가능하다니 다행이네요."

"공짜는 아니에요. 매달 30실버씩 내야 한다는데……."

"상관없습니다."

"그럼 누가 남을 건가요?"

"제가 남을 겁니다."

"그런가요? 그럼 안녕히 돌아가세요."

내 대답에도 베로나는 자신이 할 말만 했다. 역시 깐깐한 여자였다.

"잠시 이분들을 환송하고 오겠습니다."

"이쪽으로 올 필요 없어요. 아까도 이야기했지만 이곳은 금남의 구역이에요. 잊지 않았으면 좋겠군요."

자신이 할 말만 하고 건물 안으로 쏙 들어가 버리는 베로나의 행동에 조금은 어이가 없었지만 그래도 틀린 말을 한 것은 아니기에 어쩔 수 없이 참아야만 했다.

마차를 타고 아카데미를 벗어난 우리는 가까운 식당으로 향했다. 저녁 시간이 가까웠기 때문인지 식당은 꽤 복잡했다.

2층으로 올라가자 빈 테이블 몇 개가 눈에 보였다.

간단히 요기할 것을 주문한 뒤 난 제우비스를 비롯한 나머지 녀석들에게 지시 사항을 전달했다.

"스톤힐에 들어오기 전 수도 외곽에 돌산이 있는 걸 확인했다. 규모도 제법 크고 사람들의 왕래가 거의 없는 것 같고 해서 훈련 장소로는 그만인 듯하다. 야영 장비는 따로 구입하도록 하고, 그곳에서 날 기다려라. 내일 아가씨의 상태를 확인하고 들르겠다."

"알겠습니다, 마스터."

녀석들과 헤어진 후 난 다시 아카데미로 돌아왔는데, 정문을 지키던 병사들이 날 쳐다보는 눈길이 '이 꼬맹이 자식은 뭔데 이렇게 돌아다니는 거야?' 하는 심히 아니꼬운 눈초리였다.

주는 것 없이 미운 놈이 있다는 사실을 다시 한 번 깨닫는 순간이었다.

어찌 되었든 간에 로안나를 따라왔다는 것을 메리가 와서 증명하고서 난 아카데미 안으로 들어설 수 있었다.

아까 베로나가 설명해 준 곳으로 가보니 두 동의 건물과는 비교할 수도 없이 소박한 3층짜리 건물 하나가 나무들로 둘러싸여 있었다.

기사관을 거쳐 하인관(下人館)으로—이렇게 부르는 게 맞는 건지는 모르겠지만—향하던 중 멋진 콧수염을 가진 50대 초반의 사내를 만났다. 복장을 보니 전형적인 집사 차림이었다.

혹시 이 사람이 베로나가 말했던 제임스라는 사람이 아닌지 모르겠다는 생각이 들었다.

"넌 누구냐? 못 보던 얼굴 같은데……."

"전 로안나 발레리우스님을 보호하기 위해 함께 온 알렉시스라고 합니다."

"알렉시스? 평민인 듯 보이는데 너무도 거창하고 위대한 분의 이름을 사용하는 것 아니냐?"

"그렇습니까? 전 모르고 있었습니다."

깜찍한 거짓말에 사내는 그저 고개만 끄덕일 뿐이었다.

실제로 과거 황제들이 이름 때문에 황제가 될 수 있었다는 설이 있어 자신들의 자식들이 잘되기를 바라는 부모들은 황제의 이름으로 짓는 경우가 허다했다. 그렇지만 평민의 자식이 설사 황제의 이름을 갖는다고 해도 그 자식이 황제는 고사하고 준귀족이라는 기사가 될 가능성도 전혀 없다는 걸 모르는 사람은 아무도 없었다..

"그분이 유명하신 분인가요?"

솔직히 누구의 이름에서 따온 이름인지 사실 그동안 상당히 궁금했었다.

"알렉시스 루드비히 라파엘 폰 칼린이란 분의 이름을 들어 본 적이 없느냐?"

"혹시 건국왕이셨던……."

"그렇다. 칼린 왕국의 건국왕(建國王)이 바로 알렉시스 루드비히 라파엘 폰 칼린님이시다."

"아, 그렇군요."

"아, 그렇군요?"

내 반응에 사내는 기가 막힌다는 표정을 지었다.

"포르모스 대륙에서 가장 오래된 왕국인 칼린 왕국의 건국왕이신 그분의 이름도 모른단 말이냐?"

"신분이 신분인지라……."

"그럴 수도 있겠군."

"혹시 제임스 씨가 맞습니까?"

"맞다. 그러고 보니 네가 레이디 베로나가 말한 그 꼬마인 모양이구나."

으드득.

끊이지 않는 꼬마 소리에 절로 이가 갈렸다. 하지만 지금으로써는 어쩔 수 없었다.

"맞습니다."

"네 방은 하인관 건물 1층 왼쪽 끝 방이다."

상대의 말에 내가 할 수 있는 것은 그저 고개를 끄덕이는 것뿐이었다.

"식사 세 끼를 제외한 나머지는 모두 스스로 알아서 해결해야 된다. 알겠느냐?"

"알겠습니다."

"외출 시간은 정오에서 3시까지니까 필요한 물건을 사 오는 것도 그 시간 안에 처리를 해야만 할 거다. 그 이외의 시간은 내 허락 없이 건물에서 100미터 이상을 벗어나서는 안 된다. 그리고 앞으로 기사관에서 생활하실 귀족가의 자제 분들께 절대 무례를 범해서는 안 된다는 것을 명심해라. 알겠느냐?"

"명심하겠습니다."

대답을 하고 내 방이라는 곳으로 가보니 정말 아무것도 없었다. 가구도 창가에 놓여 있는 나무 침대 하나가 전부였다.

창틀이라고 해봐야 판자로 만든 창문이었고, 침대도 투박한 돌덩이같이 딱딱한 나무 침대였다.

햐아~

한숨이 절로 나왔다.

특별하게 가구나 집기를 필요로 하지는 않지만 설마 이렇게까지 방이 황량할 줄은 상상도 못했다.

뭐가 필요할까?

대충 살 것을 정리한 다음 운공을 시작했다.

2

쾅쾅!

누군가 거칠게 방문을 두드리는 소리에 어쩔 수 없이 운공을 그쳐야 했다.

"누구십니까?"

질문과 함께 문을 여니 열서너 살쯤으로 보이는 진한 갈색의 더벅머리 꼬마가 서 있었다.

"뭐 하냐?"

"누구냐고 물었습니다만……."

"나? 헤크."

"그런데 무슨 일로……."

"일은 무슨 일, 저녁 먹자고."

"저녁?"

"저녁 몰라? 생긴 것답지 않게 되게 멍청하구나, 너."

어라? 이 자식이 지금 뭐라고 떠드는 거야?

"식사는 아침 7시, 점심 1시, 그리고 저녁 7시에 나와. 식사 시간에서 조금만 늦으면 한 끼를 꼬박 굶어야 한단 말이야. 그러니까 빨리 가자. 뭐 하고 있어? 빨리 가자니까."

결국 헤크에게 질질 끌려 식당으로 갔고, 강제로 식사를 해야만 했다.

음식은 생긴 모습과는 달리 그런 대로 먹을 만했다.

슬쩍 식당 안을 훑어보니 열다섯 살 아래로 보이는 녀석은 나와 내 앞에서 정신없이 퍼먹고, 아니, 밀어 넣고 있는 헤크밖에 없었다.

"나이가 대부분 많군요."

"그렇지? 너랑 나 빼고는 전부 나이 많은 형들밖에 없더라. 아직은 개학 전이라 몇 명 없지만 개학을 하게 되면 엄청 많아서 정신이 없어."

"기사관에서 머무는 귀족가의 자제 분들은 모두 몇 명이나 됩니까?"

"기사관의 도련님들? 가만 보자. 세 분이 중간에서 그만두었고, 열두 분이 졸업을 하셨으니까 이제 남은 분은 서른 분인가? 아니다. 올해 또 열한 분이 입학을 하니까 마흔한 분인가 보다."

"귀족가의 도련님들 말고도 아카데미에 입학하는 부잣집 도련님들도 많은 모양이지요?"

"예전에 비하면 많아졌지. 하지만 여긴 초급 과정이거든."

"초급 과정? 그게 뭡니까?"

"여기서 배우는 것은 몽땅 기본적인 것뿐이거든."

"기본적인 것이라는 게 뭡니까?"

"뭔지 몰라? 역사, 문학, 정치, 외교, 상업, 검술 등등에 대한 기본적인 지식만 배우는 거지 뭐겠어?"

내 예상과는 다른 헤크의 말에 의아한 생각이 들었다.

"그럼 중급 과정이나 고급 과정도 있는 겁니까?"

"아니. 그렇지는 않아. 중급은 없고 고급 과정만 있어. 왕궁 서쪽에 고급 과정을 가르치는 아카데미가 따로 있지. 이곳을 졸업한 분들은 대부분 고급 과정을 들으시지."

"그럼 레이디 분들은?"

"이곳에서 3년, 그리고 고급 과정에서 2년을 더 교육을 받고 난 다음 사교계에 데뷔하는 게 일반적인 과정이지."

"사교계에 데뷔한다고요? 사교계가 뭡니까?"

"사교계를 몰라? 그건 나도 안 가봐서 모르는데……."

물론 사교계가 고위층 인사나 상류층들이 모이는 세계를 지칭하는 말이라는 것을 모르는 것은 아니지만 그래도 이 세계에서는 다른 뜻으로 쓰이지 않나 해서 물어본 것이다.

그나저나 이 헤크란 녀석은 꽤나 붙임성이 좋은 녀석인 것 같았다. 묻지 않았는데도 설명을 해주는 것도 그렇고, 처음 보는 내게 스스럼없이 다가와 말을 건네는 것도 보통은 하기 힘든 일이지 않는가?

"그럼 헤크 형은 어느 분을 모시고 계시나요?"

"나? 나는 메리디안 백작님의 대공자(大公子)이신 알렌 도련님을 모시고 있지. 어릴 때부터 검술의 천재라고 왕국 전체에 널리 이름을 떨치던 분이시지. 틀림없이 멀지 않은 장래에 왕국제일의 기사가 되실 거야."

알렌이란 작자를 소개하는 헤크의 얼굴에는 자부심이 가득했다.

"나이는 얼마나 되셨나요?"

"올해 열세 살이 되셨지. 작년에 아카데미에 입학하셨어. 조금 있다 또 훈련을 하실 테니까 내가 구경시켜 줄게."

"그래도 될까요? 전 아가씨를 모시고 여길 왔는데 그분은 귀족이 아니시거든요."

"상관없어. 아카데미에 상단의 후계자나 레이디들이 없는 것도 아니고, 또 우리 도련님께서는 마음씨가 좋으시기 때문에 네가 구경을 한다고 해도 상관하지 않으실 거야."

"그렇군요. 훈련을 자주 하시는가 보죠?"

"자주? 하하하! 알렉, 자주가 아니라 매일 훈련을 하셔. 그것도 아침저녁으로 말이야. 타고난 검술의 천재가 매일 고된 훈련까지 마다하지 않으시니 어찌 실력이 늘지 않겠냐? 검술 교관이신 발톤 미욘트 남작께서도 칭찬을 아끼지 않는 분이시지. 아카데미에서 매년 열리는 검술대회가 있는데 작년엔 우리 도련님께서 승리를 거두셨어. 뭐, 당연한 일이긴 하지만 말이야. 올해는 물론 내년에도 우승을 해서 명예의 전당에 이름을 꼭 남기실 거야."

검술 교관이 칭찬을 할 정도라면 제법 실력은 있는 모양이다. 그거야 조금 있다 확인해 보면 알게 될 일이고, 그보다는 알고 싶은 것이 있었다.

"혹시 여기 도서관이 있습니까?"

"그리 크지는 않지만 당연히 있지. 근데 그건 왜 묻는 거지?"

"공부를 좀 하려고요."

"공부?"

"글은 알아?"

"아직은 모르지만 앞으로 배울 겁니다."

"왜, 집달관이나 상인이라도 되려고?"

"글쎄요. 그거야 나중 일이고 일단 공부부터 하려고요."

"공부라고? 우리 같은 평민의 로망은 누가 뭐래도 용병 아
니냐?"

"용병이오?"

"그래, 용병. 실력만 좋으면 귀족가에 고용될 수도 있고, 또
운만 따라준다면 기사가 될 수도 있잖아. 그러고 보면 용병이
되려고 하지 않는 네가 더 이상한 거라고."

"그런가요? 하지만 뭐가 되든 아직은 시간이 있으니까 차근
차근 준비를 하는 것이 좋지 않을까요?"

"넌 보면 볼수록 정말 재미있는 녀석이야. 말투도 그렇고 하
는 짓도 그렇고……. 정말 애늙은이 같다."

뭐? 애늙은이? 그래, 넌 꼬맹이라서 좋겠다, 자식아.

"다 먹었으면 나가자."

"예? 또 어딜 가자는 겁니까?"

"어딘 어디야? 우리 도련님이 훈련하시는 장소지."

또 한 번 나는 헤크에게 질질 끌려 기사관의 연병장으로 가
야만 했다. 도착하고 보니 금발 머리 소년 하나가 연병장을 뛰
고 있는 모습이 보였다.

"잠깐만 기다려."

그 말만 남기고 헤크는 어디론가 사라졌다 곧 나타났는데, 물병과 컵, 목검, 그리고 수건 하나를 들고 있었다.

"그런데 이렇게 마음대로 여기로 와도 되는 겁니까? 제임스 씨가 함부로 건물을 떠나지 말라고 하셨는데……."

"내가 우리 도련님 시중을 들겠다는데 누가 뭐라고 해? 그리고 제임스 씨도 내가 매일 도련님 시중을 드는 걸 잘 알고 계시거든."

"그렇군요."

꾸준히 체력 단련을 했는지 제법 빠른 속도로 연병장을 뛰던 소년은 곧 우리 쪽으로 뛰어왔다.

"헉헉헉~ 휴우~ 헤크, 왔냐?"

"도련님, 여기 있습니다."

헤크가 내민 수건을 받아 든 소년, 알렌은 얼굴의 땀을 닦고는 물 한 컵을 받아 마셨다.

"얘는 누구냐?"

"오늘 아카데미에 왔다는데 레이디를 모시고 왔대요."

"레이디? 어느 가문의?"

"발레리우스 가문의 영애이신 로안나 아가씨이십니다."

"발레리우스 가문? 발레리우스… 발레리우스… 아! 그리핀 상단을 운용하고 있다는 그 발레리우스 가문."

"그리핀 상단을 아십니까?"

"들어본 적은 있다. 요즘 재계에 새롭게 두각을 나타내는 발레리우스라는 가문이 있다는 말을 아버님께 얼마 전에 들어본 적이 있어."

고개를 끄덕이면서 내 생각보다 발레리우스 가문의 이름이 제법 널리 알려졌다는 사실을 알 수 있었다.

"언제 기회가 닿는다면 인사나 나눴으면 좋겠군."

"알렌님의 말씀, 저희 아가씨께 꼭 전해 드리겠습니다."

"그래라. 헤크, 목검."

"여기 있습니다, 도련님."

헤크가 건넨 목검을 받아 든 알렌은 곧 자세를 잡더니 목검을 휘두르기 시작했다.

지면을 딛고 있는 하체가 미동도 하지 않은 것을 보면 기본이 확실히 잡혀 있었다. 목검을 휘두르는 자세 역시 깨끗한 것이 제대로 배운 솜씨였다.

알렌을 가르쳤다는 미욘트 남작이란 자가 누군지는 모르겠지만 알렌의 실력을 보면 꽤 실력이 있는 자가 분명했다.

너무 깨끗한 것이 흠이라면 흠이지만 앞으로 많은 결투 경험을 한다면 충분히 고쳐질 것이다.

호흡과 일치시키면서 목검을 휘두르는 것을 보면 아마도 곧 마나의 존재를 느끼게 될 것 같았다. 게다가 한 시간이 넘도록 집중력있게 훈련하는 걸 보면 언제가 될지는 모르지만 남들보다는 빠르게 소드 마스터가 될 것이 분명했다.

물론 내가 몇 마디 조언을 해준다면 더 빨리 소드 마스터가 될 수 있겠지만 일단은 지켜볼 생각이다. 하지만 처음 보는 평민인 날 이렇게 편하게 대하는 것을 보면 권위 의식으로 가득 찬 멍청한 귀족가의 도련님은 아닌 것 같았다.

결국 알렌의 훈련은 두 시간 정도가 지나서야 끝났다.

누가 시키지도 않는데 이 정도 훈련을 아침저녁으로 하는 것을 보면 꽤나 완벽한 성격의 소유자 같았다.

얼굴도 저만 하면 쓸 만하고, 건강하고, 귀족가의 도련님이니 앞으로 여자들한테 인기 꽤나 끌 것 같았다. 그런데 남자들도 사교계에 데뷔를 하던가?

알렌과 헤어져 내 방으로 돌아온 난 앞으로 아카데미에서 뭘 하고 지낼 것인지에 대해 곰곰이 생각해 보았다.

어차피 내 목적은 스물세 살 이상 사는 것이지만 이왕이면 아주 오래 살고 싶었고, 또 건강하게 오래 살면서 이왕이면 돈도 좀 있었으면 좋겠고, 또 지금까지 한 번도 해보지 못한 결혼도 해봤으면 좋겠다는 생각뿐이었다.

그렇게 하기 위해서는 일단 내 몸부터 건강해야 하기에 태어나면서부터 운공에 모든 시간을 투자한 것은 사실이지만 아직도 부족한 게 많았다.

얼마 전 만났던 엘프 카시오만 해도 내가 어깃장을 부려 오랫동안 검술 훈련을 했기 때문에 소드 마스터를 넘어선 그랜드 마스터 급 실력을 가진 거라고 지껄였지만 만약 카시오에게 재능이 없었다면 소드 마스터도 되지 못했을 것이다.

만약 카시오를 만나지 못했다면 아직도 나 잘난 맛에 잘난 척하고 돌아다녔겠지만 나보다 뛰어난 자를 만난 이상 일단은

그를 목표로 스스로를 단련하는 수밖에 없다. 그러기 위해서
는 일단 키부터 커야 하는데…….

성장판을 자극하려면 어떻게 해야 되더라?

잘 먹고, 운동 열심히 하고, 여덟 시간 이상 푹 자야 한다던가?

설마 내 작은 키가 훈련하는 데 문제가 될 줄은 상상도 못했
다. 강해질 수 있는 방법을 알고 있으면서도 작은 키 때문에
익힐 수 없다니 이렇게 황당한 상황이 어디 있는가?

결국 무기를 사용하지 않는 분뢰권과 극빙장, 홀뢰보와 섬
뢰비영을 본격적으로 익히는 수밖에 없었다. 그리고 또 태권
도로 기본적인 몸을 단련시켜야 했다.

③

2년이 지났다.

그토록 원했던 키가 드디어 150센티미터가 넘었다.

이제 겨우 150센티미터냐고 할 사람들도 있겠지만 나는 그
야말로 하늘로 올라갈 정도로 기뻤다.

물론 참마도를 휘두르려면 최소 170센티미터가 되어야 하
지만 지난 2년 동안 부쩍 컸기 때문에 앞으로도 170까지는 충
분히 자랄 것 같았다. 키도 자랐지만 몸도 상당히 근육질로 변
해 날 기쁘게 했다.

조금 마르기는 했지만 충분히 만족할 만한 몸매였다.

참, 그리고 이곳에서 새롭게 무기를 맞췄는데, 생각지도 않

게 4단 변신 무기가 되었다.

구환도(九環刀) 하나와 두 개의 강철봉, 한 개의 손바닥 대거로 구성되었는데, 도와 봉으로 분해될 수도, 참마도로 결합할 수도 있는 무기였다. 볼수록 마음에 드는 녀석들이었다.

특히 구환도 같은 무기는 이 세계에서는 등장한 적이 없기 때문에 대장장이에게 몇 번이나 되풀이해 설명해 주어야 했다.

도첨(刀尖) 부분을 왜 삐죽삐죽하게 만들어야 하는지, 그리고 도배(刀背)에는 왜 쓸데없이 아홉 개나 되는 강철 고리를 왜 매달아야 하는지 대장장이는 묻고 또 물었다.

대장장이 늙은이가 젊은 시절 드워프에게 무기를 제조하는 기술을 배웠다는 소리만 듣지 않았어도 이런 고생은 하지 않아도 되었을 텐데…….

일본도를 만들 때 수천 번을 접고 두들겨서 만들면 탄성과 강도가 증가한다는 기억이 떠올라 대장장이 늙은이에게 그렇게 만들어줄 것을 요구했다. 내 말에 대장장이는 그런 제조법을 어떻게 알고 있느냐고 꼬치꼬치 물어서 북쪽에서 온 여행자에게서 들었다고 대충 둘러댔다.

반신반의하면서도 대장장이는 내가 말한 방법대로 구환도를 만들어냈다.

완성된 무기의 무게는 정확히 20킬로그램이었는데, 정말 말도 안 되는 무게였다. 가장 무거운 무기인 투 핸드 소드라고 해봐야 4, 5킬로그램밖에 안 되는데, 구환언월도는 20킬로그램이나 되니 어설프게 덤볐다가는 근육이 파열되거나 망가질 것은 불을 보듯 뻔했다.

아직은 키가 훨씬 더 커야 하는 내 입장에서는 이렇게 무거운 무기는 한동안 사용할 일이 없을 것 같다.

내 이야기는 이쯤 하고 주변에 대해 이야기하겠다.

먼저 로안나는 열심히 교양을 쌓고 있었다.

누가 상단의 후계자 아니라고 할까 봐 많은 과목 중에서 특히 상업에 대해서 특별한 재능을 보였다. 그리고 날 기쁘게 한 것은 내가 가르쳐 준 선녀낙화검공을 잊지 않고 거의 매일 연습하고 있다는 것이었다.

물론 본격적으로 익힌 것은 아니지만 난 그녀가 선녀낙화검공을 잊지 않고 있다는 것만으로도 충분히 만족하고 있었다.

선녀심공을 익히는 효과는 지금도 충분히 보고 있었다.

피부결이 좋아진 것은 물론 머릿결도 좋아졌고, 기억력과 집중력도 좋아져 공부하는 데 많은 도움이 될 것이다. 건강은 물론 체력마저 늘어 공부하는 데 남들보다는 훨씬 유리한 입장이니 어찌 보면 당연한 일일 것이다.

문학을 주로 배우는 대부분의 레이디와는 달리 로안나는 전 과목을 들었는데, 담당 교수들로부터 그야말로 총애를 받는 학생이었다. 비록 기초적인 지식을 배우는 곳이었지만 모든 교수들에게 총애를 받는다는 건 무척이나 어려운 일이 아닐 수 없었다.

그런 존재가 동기들은 물론 선후배들까지 좋아하기란 불가능한 일이다. 그럼에도 불구하고 로안나를 싫어하는 사람은 한 사람도 없다는 것이 오히려 신기했다. 게다가 건방지기 이를 데 없는 귀족가의 딸내미들이 아무런 거부감 없이 로안나를 대하는 것을 보면 그녀는 내가 모르는 어떤 매력을 가지고 있는 모양이다.

물론 그렇게 된 것에는 가끔 찾아와 꽤나 많은 황금을 뿌리고 가는 제스로의 재력도 한몫했다.

지난 2년 동안 로안나를 만난 것은 겨우 10여 번 내외였다.

외출을 원할 때 보호하기 위해 동행했을 뿐 그녀는 정말 독하게 공부를 했다. 이미 부자인 아버지가 있는데 저렇게까지 공부를 해야 하는 것인지 잘 이해는 안 되지만 열심히 하는 모습이 보기에 나쁘지는 않았다.

교수들은 만장일치로 그녀가 고급 과정으로 진급하기를 권했고, 그녀도 그 제의를 받아들였다.

원래대로라면 1년을 더 다녀야 졸업이었지만 교수들의 추천으로 월반을 해서 고급 과정으로 바로 넘어가게 된 것이다. 덕분에 나도 왕궁을 기준으로 해서 서쪽에 있는 아카데미로 옮겨야만 했다.

그래서 알게 된 것인데, 귀족가의 레이디들은 대충 열다섯부터 열일곱 사이에 사교계에 데뷔하는 것이 관례란다.

로안나는 졸업을 해도 열네 살밖에 안 되고 또 평민의 신분이지만 십대상단의 후계자란 위치와 아카데미의 졸업생이라는 타이틀이 있으니 사교계 데뷔는 문제가 없었다.

그보다 문제는 사교장으로 레이디를 에스코트할 사람이다.

관례대로라면 사교에 데뷔하는 레이디의 에스코트는 레이디의 피앙세가 해야 될 일이지만 로안나에게는 아직 장래를 약속한 약혼자가 없었기 때문에 아직까지는 그녀를 사교계로 안내할 사람이 없었다.

레이디를 에스코트하는 사람이 누구냐에 따라 데뷔하는 레이디의 지명도나 발언권, 영향력이 달라질 수도 있는 것이다.

사교계라고 통칭이 되고는 있지만 모임의 성격에 따라 몇 개의 사교계로 나눠지고 있었다.

정치적인 의견을 나누는 모임도 있었고, 왕국의 경제나 사회를 걱정하는 모임도 있었다. 하지만 쓸데없는 잡담으로 밤을 지새던가 하룻밤 연애 상대를 구해 황홀한(?) 밤을 보내는 모임이 대부분이었다.

한마디로 시간이 남아도는 귀족가의 자제들이 할 짓은 없고 정략결혼의 제물이 되기 전 마지막으로 청춘을 불태우는 것이다. 귀족가의 자식들의 신세는 대부분 똑같았다. 마음에 드는 상대를 골라 할 짓 못할 짓을 남의 눈치 볼 것 없이 마음껏 저지르는 것이다. 난잡하고 방탕한 생활이 결혼하기 전까지 이어지는 것이 바로 귀족가 자제들의 삶이다.

거두절미하고 결론부터 말하자면 로안나가 열네 살이 되어 졸업하기 직전이 되면 누군가가 귀족가의 도련님들이나 그녀의 피앙세가 그녀를 사교계로 데뷔시켜야 한다는 것이다.

과연 누가 그녀를 사교계로 데뷔시킬까?

그런 생각을 하다 보니 괜히 짜증이 나고, 있지도 않은 그녀의 피앙세를 박살 내버리고 싶은 생각밖에 들지 않았다.

그 빨강머리계집애를 남들에게 넘겨주고 싶지 않은 것이 내 솔직한 마음이었다.

처음 봤을 땐 그녀의 고운 마음 때문에 그녀가 예뻐 보였지만 늑대 떼와의 혈투가 있은 후부터는 나와 이어져 있는 인연의 끈이 존재함을 확실히 느끼고 있었다.

물론 평소에는 애써 태연하게 신경 쓰지 않은 척하고는 있었지만 그녀에게 은근히 계속 신경을 쓰고 있었다.

나중에 내가 스스로의 능력에 자신을 갖게 되면 그녀를 내 아내로 만들려고 생각하고 있었는데, 나로서는 정말 생각지도 못했던 난관이 아닐 수 없었다.

하여간 일단은 지켜볼 생각이다.

1년 전 제우비스와 트렉슨은 내 지시에 따라 세상으로 나갔다. 100번의 결투 경험을 한 후에 돌아오라고 했다.

그렇다고 그들에게 특별한 것을 가르쳐 준 것은 없다.

단전의 존재와 기본적인 초식을 몇 가지를 가르쳐 줬고, 기본적 체력을 만들어줬을 뿐이다.

다만 1년 동안 나와 혹독한 대련을 한 것이 녀석들에게 얼마나 도움이 될지는 두고 봐야 할 일이다.

그런 두 녀석과는 달리 오티즈와 루한은 이제 겨우 마나를 느끼기 시작했다. 제우비스나 트렉슨 녀석과 균형을 맞추기 위해 녀석들에게 사신앙림검법(邪神殃臨劍法)을 가르쳤다.

살기가 조금 짙긴 했지만 공격과 수비가 적절히 조화된 검법이다. 비록 5초식에 불과하지만 마지막 초식은 소드 마스터가 되어야만 쓸 수 있다.

제대로 된 검법을 처음 익히게 된 두 녀석은 그야말로 밤을 새워가며 검법을 익혔다. 당연히 기초가 되는 사신심법(邪神心法)과 사신보(邪神步)도 익혔다.

일주일에 한 번씩 대련을 하면서 녀석들의 실력이 일취월장하는 것을 지켜보면 흐뭇해지는 마음을 감출 수 없었다.

두 녀석이 어느 정도 실력을 갖추게 되면 녀석들을 런블럼 영지로 보내 그리핀 상단 소속 가드들을 훈련시키게 할 생각이다. 그것으로 내게 은혜를 베푼 제스로 발레리우스에게 보은을 할 생각이다. 그것으로 더 이상 나와 제스로 발레리우스는 아무런 채무 관계가 없는 것이다.

물론 로안나와의 관계는 별개의 것이다. 상황이 앞으로 어떻게 변할지는 나도 모르지만 말이다.

Chapter 8
어떻게 하면 좋을까?

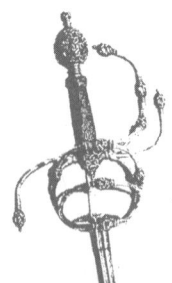

The Duel of Master
마스터 대전

1

*타*타타~ 탁~

"저건 또 뭔 짓이라고 하더냐?"

"줄넘기라고 하던데요?"

"줄넘기? 줄 따위를 넘어서 뭘 한다고?"

"저걸 하면 키가 커진답니다."

"키가 커? 겨우 줄을 뛰어넘는 것 따위로? 푸하하하!"

"헤헤헤, 제가 보기에도 저 자식은 정말 엉뚱한 놈입니다."

멀리서 날 비웃는 녀석들의 웃음소리가 들렸다.

저런 녀석들을 하도 많이 만나봤기 때문인지 이제는 면역이 생겨 대꾸하고 싶은 생각도 들지 않았다.

사실 왜 진작 줄넘기를 생각하지 못했는지 잠시 내 기억력

어떻게 하면 좋을까? 283

을 탓했다. 처음부터 줄넘기를 기억해 냈다면 지금보다 좀 더 성장했을지도 모른다고 생각하니 아쉬운 생각이 들었다.

조금 늦기는 했지만 지금부터라도 부지런히 줄넘기를 하면 키가 더 자랄 수 있다는 것을 알게 되었는데 어떻게 그만둘 수 있겠는가?

날 보고 비웃는 녀석들은 기사관 소속 도련님과 하인이었다.

이곳은 기본적인 검술을 배우는 기초, 혹은 초급 과정과는 달리 이곳에서는 본격적으로 검술을 가르치는데, 졸업하기만 하면 무조건 기사가 될 수 있다는 말이 있을 정도로 혹독한 훈련을 하는 곳으로 유명하다.

그렇게 된 것에는 나름대로 이유가 있었다.

사실 귀족가의 자제들 입장에서는 기사라는 단계를 굳이 고생하면서 따낼 필요가 없었다.

장자(長子)는 가문과 작위를 물려받을 수 있는 신분이니 기사가 되려고 노력할 필요가 없었고, 차남이나 삼남, 사남들은 장자인 형에게 빌붙어서 살기를 원하지 언제 목숨을 잃을지 모르는 기사를 원하지는 않았다.

설사 아카데미 과정을 이수하지 않아도 귀족가의 자식이라는 것만 증명되면 가주나 장자의 재량권으로 기사로 임명받을 수 있었다. 그러니 누가 힘들게 훈련을 해서 기사가 되려고 하겠는가?

다시 말하자면 귀족가의 자식들, 특히 남자들에게 기사
란 되려고 마음만 먹으면 언제든 될 수 있는 하찮은 지위였
다.

　상황이 이러니 누가 기사가 되려고 할 것이며, 기사들이 제
대로 대접을 받을 수 있을 리가 만무했다.

　그랬던 것들이 일시에 바뀌게 된 것은 지금으로부터 150년
전인 샤칸 루카스 바이엘 폰 칼린 황제 때문이었다.

　샤칸 황제는 살아 있는 기사도라고 불릴 정도로 기사도에
심취한 사람이었다. 거기에는 나름 복잡한 사연이 있었는데,
칼린 왕국과 이웃하고 있는 레트로니아 왕국과의 구원(舊怨)
때문이었다.

　레트로니아 왕국에 비해 상대적으로 약소국이었던 칼린 왕
국의 왕세자는 일정한 기간 동안 레트로니아 왕궁에서 살아
야만 했다. 굴욕적인 포로 생활을 경험했던 샤칸 왕세자는 왕위
를 계승하자마자 천천히, 그리고 비밀리에 기사들에 대한 세
인들의 인식을 바꾸어갔다.

　우선 귀족들의 개인 조직이라고 할 수 있는 기사단을 몽땅
해체시켜 버렸다. 그리고는 일정한 자격을 가진 자만을 기사
로 인정했다. 검술 실력은 물론 학식과 성격, 그리고 출신 성분
마저 판단의 기준이 되었다.

　당시 5천여 명에 이르던 기사들은 국왕 앞에서 자신에게 기
사로서의 자격이 있음을 증명해야만 했다.

　시험에서 통과한 기사만이 왼쪽 심장 부위에 국왕의 허락을

증명하는 태양 모양의 휘장을 달 자격을 받았다. 하지만 국왕의 시험을 통과한 기사의 수는 불과 200명밖에 안 되었다.

샤칸 국왕은 그들을 모조리 로열 가드로 임명했고, 그때 국왕의 시험에서 탈락한 기사들을 타락기사라고 불렀다. 타락기사들은 어떻게든 다시 기사의 신분을 되찾으려고 했지만 그것이 쉬울 리 만무했다.

한 번 시험에 떨어진 이들은 최소 3년 동안은 시험을 볼 수 없도록 국법으로 정했는데, 설사 3년이 지나 다시 시험을 쳤다고 하더라도 국왕이 원하는 수준에 이르지 못하면 기사가 되는 것은 영원히 불가능할 수밖에 없었다.

반대로 시험에서 통과한 사람들은 자신이 기사가 되었음에 무한한 자부심과 자긍심을 가지게 되었다.

국왕에게 인정을 받은 기사라는 사실 때문에 기사로 인정을 받은 사람들은 자신의 말과 행동을 조심하게 되었다. 스스로의 품위를 지키기 위해서라도 그들은 행동을 조심하게 되었고, 사교계에서도 난잡한 생활을 그만두었다.

국왕으로부터 하사받은 휘장을 단 기사들이 사교계 행사에 참가할 때마다 그들은 행사의 중심이 되었고, 또 그들에게는 그럴 만한 능력과 학식이 있었다.

기사들은 점점 사교계의 중심이 되었을뿐더러 평민들에게 존경의 대상이 되었다.

이런 변화가 단번에 생긴 것은 아니었지만 20여 년이 지나는 동안 기사란 국왕에게 충성하고, 레이디에겐 사랑을, 평민들에게는 존경을 받으며, 스스로의 명예를 지키는 사람이라는 것을 모르는 사람은 아무도 없게 되었다.

샤칸 국왕은 기사가 사람들에게 존경받는 존재가 되자 비로소 왕립 아카데미를 세워 체계적인 훈련과 교육을 받을 수 있도록 체제를 만들었다.

결국 샤칸 국왕의 염원대로 체계적인 훈련을 받은 기사들이 아카데미에서 매년 배출하게 되었고, 그로 인해 칼린 왕국의 국력은 무섭게 신장되었다고 한다. 레트로니아 왕국의 지배에서 벗어난 것은 물론 오히려 동북부의 상당한 지역을 빼앗아 국토를 확장했다.

알렉시스 루드비히 라파엘 폰 칼린 황제가 나라를 세웠다면 샤칸 드 루카스 바이엘 폰 칼린 황제는 선각자이자 위대한 지도자로 추대받고 있었다.

그것도 이젠 옛말이 되었지만 말이다.

스스로를 황제라 칭할 정도로 뛰어났던 선조들과는 달리 현제의 국왕은 아직까지 왕위에서 쫓겨나지 않은 것이 천만다행일 정도로 멍청한 데다 방탕한 인물이었다. 그렇다고 대를 이을 왕세자가 똑똑한 인물이냐 하면 그것도 아니었다.

그러면서도 어떻게 왕위를 유지하고 있느냐고?

황제의 장인이자 왕세자의 외할아버지인 샤린 폰 리플란트 공작 때문이었다.

전군(全軍)의 통수권을 가지고 있는 리플란트 공작은 전형적인 기사로 알려진 인물로, 국왕에 대한 충성을 지상 목표로

삼는 인물이었다. 조금 딱딱한 성격이긴 하지만 부하들에게 많은 존경을 받는 인물로 대체로 공평하다는 평가를 받고 있었다.

샤린 폰 리플란트 공작을 중심으로 한 국왕파와 발렌스 폰 레드 공작을 중심으로 한 귀족파의 정쟁으로 왕궁은 하루도 조용할 날이 없었다.

이상은 도서관의 책과 사람들의 입을 통해 알게 된 기사에 대한 모든 것이다.

기사관에서 생활하는 녀석들조차 두 무리로 파벌을 만들어서는 마주칠 때마다 으르렁거렸는데 내가 보기엔 한심하기 이를 데 없었다.

이제 열대여섯 살밖에 안 된 녀석들이 그저 부모의 말만 믿고 무조건 상대를 비방하고 욕하고 적대시하는 것이 나로서는 잘 이해되지 않았다. 물론 자식으로서 부모의 말을 따르지 않을 수는 없겠지만 그렇다고 내가 본 모습처럼 무조건 따라 하기도 쉽지 않을 것 같다.

뭐라고 해야 할까?

무뇌충(無腦蟲)이라고 해야 하나?

내가 보기엔 벌레, 그 이상도 그 이하도 아니었다.

그런 생각을 하면서 줄넘기를 하고 있는데, 내게로 다가오는 누군가가 느껴졌다.

"알렉시스라고… 했던가?"

뭐야, 이 뚱뚱보는?

"그렇습니다만… 무슨 일이십니까?"

"그 줄넘기를 하면 정말 키가 크는 게 확실해?"

"물론입니다. 더불어 살이 빠지는 효과도 있습니다."

"살이 빠져? 그건 좀 곤란한데……."

"예?"

이 자식이 지금 뭐라는 거야?

"내가 누군지 넌 모르지? 난 포르트 백작가의 차남인 요한 슨이라고 한다."

"그러시군요."

"역시 모르고 있군."

"예?"

"포르트 백작가의 화이트 드래곤 상단을 모르나? 십대상단 가운데 세 손가락 안에 드는 대상단인데?"

"죄송합니다. 모르고 있었습니다."

"모르고 있었다면 할 수 없지. 난 앞으로 상단주가 될 사람 이란 말이야. 이 정도 살집은 있어줘야 사람들에게 신뢰를 줄 수 있거든. 그런데 네 말대로 살이 빠진다면 곤란하잖아."

피둥피둥한 아랫배를 쓰다듬으며 지껄여 대는 뚱땡이의 말 에 기가 막혔다. 내가 봤을 때 뚱땡이의 상태는 단순한 비만을 넘어서 그야말로 비곗덩어리, 그 자체였다.

목이 없음은 물론이고 눈마저 두둑한 살집 때문에 거의 파 묻혀 있었다. 더구나 축 늘어진 볼 살을 보면 도저히 10대라는 생각이 들지 않았다.

"살이 빠지는 거야 요한슨님께서 조절하실 수 있지 않겠습니까? 하지만 너무 살이 찌면 키가 자라지 않을 수도 있습니다. 20세 이후엔 키가 자라지 않는다는 것을 명심하십시오."

"스무 살 이후엔 안 자란다고? 아, 귀찮아. 하여튼 이걸 하면 키가 큰다는 말이지?"

"그렇습니다."

"만약 네 말대로 키가 큰다면 너에게 상을 내리마."

"아닙니다. 별로 어려운 것도 아니고, 요한슨님께 도움이 된 것으로 전 만족하겠습니다."

내 말을 듣던 요한슨 녀석은 의미를 알 수 없는 미소를 지었는데, 괜히 기분이 불쾌해졌다. 이런 걸 보면 살찐 녀석이 남에게 신뢰감을 준다는 말은 신빙성이 없는 듯싶다.

연병장을 뛰면서 난 여러 가지 생각을 했다.

정신없이 살았던 1990년대의 삶.

과도한 지식을 머릿속에 구겨 넣기 위해 정신없이 살았던 때와는 달리 지금은 남는 시간을 어떻게 보낼까를 염려해야 할 정도로 시간이 남아돌았다. 또한 그때와는 달리 지금은 딱히 할 일이 없었다.

무조건 나이가 되면 초등학교에 들어가야만 되고, 그때부터 공부란 지옥의 늪에 빠지기 시작한다. 장장 12년 동안 말이다. 게다가 재수가 없으면 대학 4년에 대학원 과정까지 이수해야만 한다. 거의 20년 가까이 공부만 해도 반드시 박사가 될 수 있는 것은 아니다.

때에 따라서는 유학까지 해야 하니 시간은 더 걸릴 수도 있다. 특히 의사가 되려면 대학 과정 말고도 인턴에 레지던트 과정까지 겪어야 겨우 의사가 될 수 있다. 물론 의사 시험에 합격을 했을 때 이야기이지만 말이다.

생각을 해보라.

열 살 이전에 공부를 시작해 30대가 다 되어야 겨우 한숨을 돌리게 된다. 그렇다고 끝난 것이 아니다. 새롭게 추가되는 지식들을 끊임없이 공부해야 하며, 본인이 필요로 하는 것을 또 따로 공부해야만 했다.

평생 공부를 떠나서는 살 수 없는 삶이 바로 전생에서의 삶이었다. 그런 반면 지금의 삶은 너무나 여유로운 것이 문제였다.

삶이 너무 여유있다 보니 모든 것이 따분하다는 거다.

그렇기 때문에 풀밭에 드러누워 햇살을 쬐면서 잡담을 나누거나, 밤마다 파티로 놀러나 다니며 시간을 보내는 녀석들이 대부분이었다. 물론 그렇다고 모두가 그런 것은 아니었다.

그중에서도 특히 2년 전에 알게 된 알렌이란 녀석의 생활은 이곳에서도 여전했다.

수업 시간 이외에도 아침저녁으로 훈련하는 것을 이 아카데미에서는 모르는 사람이 없을 정도였다. 하지만 그는 특별히 누군가와 어울리지도 아니었다.

그것만 봐서는 그가 귀족파인지 국왕파인지 전혀 알 도리가 없었다. 하여튼 2년이 지나 열여섯 살이 된 알렌은 아카데미

사상 최고의 성적으로 졸업할 것이 확실시되고 있었다.

그런 알렌을 시기하는 녀석들도 있었지만 아는지 모르는지 그는 신경도 쓰지 않았다. 그리고 알렌은 내 예상한 대로 소드 오러를 사용할 수 있게 되었다.

그의 검술 교관은 소드 마스터로 이름을 날리고 있는 스텐포드 자작이었다.

정치적인 성향은 중립이었지만 리플란트 공작의 추천과 레드 공작의 동의가 있어 아카데미의 교수가 될 수 있었단다. 무뚝뚝한 성격에 사교성은 제로지만 검술 실력만은 최고라고 알려진 인물이었다.

그런 스텐포드 자작뿐만이 아니라 여러 교수들이 주시하고 있을 정도로 알렌은 뛰어난 우등생이었다. 문제는 알렌이란 자식이 왠지 로안나와 엮일 것 같은 느낌이 든다는 것이다.

4년 전에 인사를 한 번 나눈 후 다시 만난 적은 없었다. 그렇다고 얼굴도 못 봤다는 것은 아니다.

서로 개인 훈련을 하면서 먼발치에서 눈이 마주친 적이 몇 번 있었다.

열여섯 살이라고는 하지만 육체는 이미 성숙한 청년의 모습이었다. 깔끔하게 자른 금발 머리를 찰랑거리며 훈련용 철검을 휘두르는 모습은 같은 남자가 봐도 반할 정도로 멋있었다.

물론 실력으로는 내게 상대가 안 되지만 외부로 드러난 모든 조건은 나보다 훨씬 나았다.

백작가의 장남에 훤칠한 키에, 남자도 반할 정도의 외모, 로

열 가드로 인정받을 정도의 검술 실력을 가진 데다 사교계에서는 분위기를 주도할 정도로 리더십을 발휘하는데 누가 그에게 반하지 않을 수 있겠는가?

내가 딸을 가진 부모의 입장이라 해도 욕심을 낼 만한 재원인 것만은 사실이지만 그래도 나의 로안나와 엮이는 것만은 절대 사절이다. 만약 그런 상황이 닥친다면 왕국의 소중한 재원 하나가 평생 침대 신세를 벗어나지 못하는 일이 생길지도 모르는 일이다.

갈수록 내가 변태로 변하는 것 같아 한숨만 나왔다.

휴우~ 언제부터 내가 이렇게 로안나에게 목을 매게 되었는지 모르겠다.

연병장 뛰는 것을 마친 난 아카데미를 빠져나왔다.

내가 굳이 아카데미를 빠져나간 이유는 머릿속이 복잡해 오늘은 왠지 진탕 땀을 흘리고 싶었기 때문이다.

지난 4년간 꾸준히 출입한 탓에 성문을 지키는 경비병들이나 경비대장들과는 이미 안면이 있었기 때문에 가볍게 목례를 취하는 것만으로 통과할 수 있었다.

어느 정도 사람들의 시야에서 멀어지자 오티즈와 루한이 있는 돌산을 향해 전속력으로 질주했다. 정면에서 몰아치는 바람을 뚫고 돌산에 도착한 난 몇 개의 바위를 밟고 그대로 정상으로 향했다.

"차앗!"

"야압!"

챙챙챙!

사방 5미터쯤 되는 넓적한 바위 위에서 오티즈와 루한 녀석이 살벌하게 무기를 휘두르며 한창 대결을 겨루고 있었다.

오티즈는 글레이브를, 루한 녀석은 롱 소드를 휘두르고 있었는데, 한 치의 양보도 없이 겨루고 있는 모습을 보니 그동안 노력을 아끼지 않은 것이 한눈에 보였다.

기특한 자식들.

소리없이 내려선 난 등을 보이고 있던 오티즈 녀석을 향해 주먹을 휘둘렀다. 지금까지 녀석은 단 한 번도 내 기습을 피한 적이 없었다. 따라서 당연히 내 공격을 피하지 못할 거라 생각했었는데 결과는 달랐다.

사신보를 사용해 재빨리 옆으로 물러선 오티즈 녀석은 어느새 날 향해 글레이브를 휘두르고 있었다.

손에 진기를 주입해 글레이브를 막은 난 잔뜩 긴장하고 있는 루한 녀석을 향해 달려가서는 극빙장을 빠르게 휘둘렀다.

루한 역시 이제까지와는 달리 최소한의 동작으로 피한 후 반격을 해왔다. 물론 내게 통할 리 없었다.

"그동안 게으름을 피운 것은 아닌 것 같군."

"물론입니다, 마스터."

"루한, 내 구환언월도를 가지고 와라."

"알겠습니다, 마스터."

잠시 후 루한이 가져온 구환언월도를 든 난 그 익숙하고도 묵직한 느낌이 너무 반가웠다.

"지난 4년 동안 혹독한 훈련을 군소리없이 받은 너희가 정말 대견스럽다. 너희가 소드 오러를 사용할 수 있게 되었다지만 그것은 겨우 시작에 불과하다는 사실을 잊지 말고 계속 노력하도록 해라. 알겠냐?"

"명심하겠습니다, 마스터."

"그동안 노력한 너희들의 실력을 지금부터 테스트해 보겠다. 준비해라."

"알겠습니다, 마스터."

글레이브를 든 오티즈는 왼쪽에, 롱 소드를 든 루한은 오른쪽에 서서 날 향해 무기를 겨누었다.

자세도 낮았고, 숨소리는 들리지도 않을 정도로 낮았다.

미동도 하지 않은 채 무기를 들고 서로의 호흡을 맞추는 것을 보니 나에게 어떻게 공격을 퍼부을 것인가에 대해 미리 생각해 두었음이 틀림없었다.

그동안 나와 수백 번도 넘는 대련을 했지만 서로의 호흡이 맞지 않아 나에게 된통 당한 적이 한두 번이 아니었다. 지독하게 발전이 늦은 녀석들이란 생각을 하고 있었는데, 녀석들에게도 발전이나 진화라는 것이 있긴 있는 모양이었다. 그것도 획기적으로 말이다.

잠깐 생각에 빠진 동안 빈틈을 발견했는지 루한 녀석이 폭발적인 움직임을 보여주었다. 루한은 제우비스 녀석과 마찬가지로 스피드를 중요시하는 타입이었다.

깡!

루한의 롱 소드가 튕겨 나가는 사이 몸을 날린 오티즈 녀석의 태산압정이 이어졌다.

아마도 구환언월도가 무겁기 때문에 반격이 늦을 걸 예상한 공격이었을 것이다.

완력으로도 구환언월도를 빠르게 움직이는 것은 결코 어려운 일이 아니었다.

손목만 꺾어서 구환언월도로 글레이브를 쳐낸 난 녀석들의 공격을 선 자세에서 모두 막아냈다.

녀석들의 공격은 30분 가까이 이어졌지만 어느 것 하나 구환언월도의 방어막을 뚫지 못했다. 그리고 이젠 그만 끝날 때가 되었다.

"귀곡참살(鬼哭斬殺)!"

쩌쩌쩡~

구환언월도의 도배 부분에 매달려 있던 아홉 개의 강철 고리가 서로 부딪치며 귀청을 찢을 듯한 소리가 터져 나왔다. 동시에 난 두 녀석의 공격을 파고들었다.

구환언월도의 도극(刀極)은 오티즈의 목에, 반대편 창날은 루한 녀석의 심장에 닿아 있었다.

대결은 자연스럽게 그쳤고, 두 녀석은 서둘러 무기를 거두고 뒤로 물러섰는데 고통을 억지로 참는 듯 보였다.

"지금 즉시 내력으로 운공요상을 해라."

내 말에 두 녀석은 즉시 그 자리에 주저앉아 운공요상을 시작했다. 아마도 녀석들은 생각지도 못했던 공격에 제법 내상이 심했을 것이다.

음공(音功)이란 것이 있는 줄도 모르는 녀석들에게 그 개념에 대해 무슨 설명을 하겠는가?

소리가 사람을 죽일 수 있는 무기가 될 수 있다는 내 말을 녀석들은 과연 믿을까? 이놈의 세상에서는 소리로 공격할 수 있는 방법이 없으니 아마 더욱 믿기 힘들어할 것이다.

물론 지금 내가 설명을 하면 믿는다고 할 것이다.

못 믿겠다고 하면 믿겠다고 말할 때까지 내가 두들겨 팰 것임을 녀석들이 잘 알기 때문이었다.

그렇다고 내가 폭력적인 인물이라고 생각하면 곤란하다.

왜냐하면 안 좋은 버릇이 뼛속까지 새겨진 녀석들을 가장 빠른 시간 안에 뜯어고치려면 적당한 구타와 칭찬밖에 다른 방법이 없었기 때문에 자주 매를 든 것은 사실이지만 교육 효율을 높이기 위해서는 어쩔 도리가 없었다.

하여간 어찌 되었든 녀석들의 실력이나 합공 수준은 충분히 만족할 만했다.

"그동안 수고 많았다. 오늘은 술 한잔하고 쉬어라."

"감사합니다, 마스터."

"너희들이 그동안 얼마만큼 노력했는지 충분히 알겠다. 조금만 더 노력한다면 오러 씬을 사용할 수 있는 단계에 들어서게 될 것이다."

"마스터, 저희들이 정말 소드 마스터가 될 수 있을까요?"

"그동안 내가 보아온 너희들이라면 비록 시간이 걸릴지언

정 틀림없이 소드 마스터가 될 수 있다."

"마스터, 정말이십니까?"

"이것들이 빠져 가지고…… 건방지게 지금 내 말을 의심하는 것이냐?"

"아, 아닙니다, 마스터. 감히 저희들이 어떻게 마스터의 하늘 같은 말씀을 의심하겠습니까? 다만 저희같이 뛰어난 재주도 없는 녀석들이 검술을 익히는 사람이라면 누구든 원하는 소드 마스터가 될 수 있다니… 저희 스스로를 믿지 못해서 드린 말씀이었습니다."

역시 루한 녀석이 재빨리 변명을 늘어놓았다.

오티즈 녀석은 루한 녀석이 뭐라고 떠들던 내 말을 철석같이 믿겠다는 표정이었다.

녀석들과 잠시 이야기를 나누다 태극참마도법 108세(勢)를 몇 차례 연습하고는 아카데미로 돌아왔다.

②

"야, 줄넘기! 줄 바보 어딨어?"

날 이렇게 부를 자식은 오직 한 놈뿐이었다.

몬테로 백작가의 차남인 페리의 시종 시몬이라는 녀석.

으드득, 죽으려고 아주 빽을 쓰는구나.

기회만 생기면 넌 내 손에 죽어.

"무슨 일이냐?"

"이 자식이 또 형한테 엉기네. 너, 죽을래?"

"까불지 말고 무슨 일 때문에 날 찾아온 거냐?"

"이 자식이 그래도 반말이네. 그러다……."

"나한테 계속 반말 듣고 싶어? 그러면 내가 기꺼이……."

"망할 자식. 네 주인님이 널 찾는단다. 흥! 건방진 자식. 언제고 걸리기만 해봐라."

그 말만을 남기고 시몬이란 녀석은 사라졌다.

그런데 로안나가 갑자기 왜 날 찾는 거지?

답답해서 외출이라도 하려는 것일까?

일단은 기사관과는 반대편에 위치해 있는 레이디관을 향해 걸음을 옮겼다.

연병장에서는 풀 플레이트 메일을 걸친 채 롱 소드를 휘두르고 있는 학생들의 모습이 보였다.

연병장의 단상에는 스텐포드 자작이 서서 학생들의 동작을 지켜보고 있었는데, 내가 곁을 지나가자 슬쩍 날 주시하는 기색이 느껴졌다. 그러나 이미 단전에 마나를 숨기고 있었기 때문에 난 그저 얼굴에 짐승의 발톱 자국이 난 개성있는 얼굴을 가진 소년에 불과할 뿐이었다.

스텐포드 자작은 소드 마스터 초급 정도의 실력자라고 소문이 나 있었는데, 실제로는 소드 마스터 중급의 실력자였다.

소드 마스터 상급이었다가 그랜드 마스터가 된 카시오와 비교하면 현격한 차이가 있지만 내가 지금까지 보아온 사람 가운데에서는 가장 강했다. 그런데 왠지 정체된 느낌이 드는 것을 보면 소드 마스터 중급이 된 지 상당한 시일이 지난 것 같았다.

그런 생각을 하다가 한 번 만나볼까 하는 생각도 잠시 했지만 괜히 그랬다가는 내가 귀찮아질 것 같아 포기하고 말았다.

레이디관의 양쪽 옆면을 둘러싸고 있는 작은 규모의 숲에는 대화를 나눌 수 있는 테이블과 벤치가 마련되어 있었다. 그리고 그 테이블 하나에 3개월 가까이 보지 못했던 로안나가 앉아 있는 모습이 보였다.

어찌 된 계집애가 시간이 지날수록 더 예뻐지냐?

사교계 데뷔가 한 달도 안 남은 지금 그녀는 더욱 아름다워져 있었다. 그건 그렇고, 난 왜 부른 것일까?

"로안나 아가씨, 절 찾으셨다고 들었습니다."

"맞아. 그런데 지금 바빠?"

"아닙니다, 아가씨."

"그럼 잠깐 날 도와줄 수 있겠지?"

"무슨 일인지는 알 수 없지만 말씀만 하십시오. 제가 할 수 있는 일이라면 무엇이라도……."

"긴장할 필요는 없어. 아주 간단한 일이거든. 미안하지만 깨끗하게 목욕을 하고 올래? 내 마음 같아서는 내 방에서 샤워라도 하게 해주고 싶지만 그랬다간 베로나 사감님 때문에 아주 난리가 날 거야."

"알겠습니다. 금방 다녀오겠습니다."

"아니야. 바쁘게 올 필요는 없어. 천천히 와. 하지만 한 시간

뒤에는 꼭 와야 해."

"알겠습니다, 아가씨."

영문도 모르면서 난 대답했다. 그리고는 목욕을 하기 위해 하인관의 공동 목욕탕으로 향했다. 공동 목욕탕이라고 해봐야 겨우 7, 8명이 함께 목욕할 수 있을 정도로 작은 욕조 하나가 전부였다.

시간을 두고 때를 불려 열심히 때를 밀었다.

그러고 보니 언제 때를 밀어봤는지 지금은 생각도 나지 않았다. 하여간 간만에 때를 밀었더니 전신이 개운해졌다.

대략 한 시간쯤 지나서 다시 레이디관으로 가보니 날 기다리고 있는 건 두 명의 중년 사내와 10대 초반으로 보이는 더벅머리 꼬맹이였다.

날 먼저 반긴 사람은 앞머리가 살짝 벗겨진 중년 사내였다.

중년 사내는 날 앉지 못하게 하고는 갑자기 가슴둘레, 팔과 다리의 길이, 어깨 넓이, 상체의 길이 등등을 꼼꼼히 재더니 곧 더벅머리 꼬맹이에게 뭔가 지시를 내렸고, 말을 들은 꼬맹이는 아카데미 정문을 향해 달려갔다.

황당한 상황에 내가 정신을 차리지 못하고 있을 때 치렁치렁하게 머리를 기르고 있던 중년 사내가 다가와 의자에 날 앉혔다. 그리고는 얇고 넓은 천으로 상체를 덮고는 목에 매듭을 묶었다.

그의 손에 들린 긴 가위와 빗을 발견하고서야 그가 뭘 하는 작자인지 겨우 알 수 있었다.

사실 그동안은 대충 집에서 사용하는 가위로 머리를 잘랐기 때문에 머리 모양은 엉망일 수밖에 없었다.

그나마 다행인 것은 아버지가 살짝 곱슬머리이기 때문에 어느 정도 머리의 형태는 유지가 된다는 것이다.

질끈 묶였던 머리가 넓게 풀려지자마자 비정한 가위질이 시작되었다.

싹둑 하는 소리가 들릴 때마다 내 손바닥 길이보다 긴 머릿결이 뭉텅뭉텅 잘려 나갔다. 잘린 머리카락이 무릎 위에 수북이 쌓인 것을 보니 순간적으로 내가 어느 시대에 있는 것인지 착각이 들었다.

조금 답답하게 여겨졌던 머리가 잘려 나가자 시원한 느낌이 먼저 들었다. 손거울로 비춰보니 일명 장교머리라 불리는 머리형이었는데, 제법 깔끔해 보이는 것이 마음에 들었다.

얼굴에 난 상처와 짧아진 머리가 어울리니 조금은 냉정하게 보였다. 또 나름대로는 카리스마도 있어 보여 마음에 들었다.

양동이 두 개가 있었는데, 비어 있는 양동이 쪽에 머리를 숙였더니 다른 양동이에 들어 있던 물로 머리를 헹궈주었다. 그런 다음 수건으로 물기를 닦아주고는 빗으로 머리를 빗어주었다. 그리고는 향내 나는 기름을 살짝 발라주었다.

손거울로 마지막 손질이 끝난 모습을 보니 꼭 1930년대 포마드 기름을 머리에 바른 신식 신사들의 모습이 떠올랐다.

머리 손질이 끝나자마자 사라졌던 꼬맹이가 나타났는데 녀석의 등에는 제법 부피가 나가는 짐이 올려져 있었다. 짐을 풀어보니 여러 벌이 옷이 들어 있었는데 온통 화려한 것들뿐이 었다.

나무와 나무 사이에 천을 연결해 간이 탈의실을 만든 예비 대머리는 줄에 의복들을 걸어놓았는데, 제복 느낌이 드는 옷 도 있었지만 졸부집 자식들이나 입을 것 같은 화려하기만 한 옷도 있었다.

"이 옷을 입어보시지요."

내민 옷을 받아 들고 보니 여러 가지 조각으로 나눠져 있는 것이 보통 복잡한 것이 아니었다. 결국 예비 대머리의 도움을 받아 입었는데 보통 불편한 것이 아니었다.

말을 탈 때 신는 부츠 같은 걸 신는 것으로 옷 입기는 끝이 났다. 그런데 문제는 예비 대머리가 느닷없이 날 간이 탈의실 밖으로 밀쳤다는 것이다.

엉겁결에 밖으로 밀려날 수밖에 없었다.

"오~"

"귀엽다."

"제법 카리스마가 있어 보이는데?"

"옷걸이도 제법 괜찮아. 그렇지 않니?"

"근육이 부족한 것 같지 않니?"

"열네 살이래."

"그럼 앞으로 좀 더 크겠네."

"조금만 더 크면 확실히 지금보다는 낫겠다."

"아직 어리잖아. 그것보다 얼굴에 저 상처, 너무 야성적이지 않니?"

갑자기 쏟아지는 말의 홍수 속에 황당해하지 않을 수 없었다. 황당함을 감추지 못하면서 정면을 바라보니 20여 명의 레이디가 몰려 앉아서 날 쳐다보며 품평을 늘어놓고 있었다. 그리고 그런 레이디들 가운데에 로안나가 앉아 있었다.

"레이디, 마음에 드십니까?"

"다른 옷을 입은 것도 보고 싶군요."

"알겠습니다."

그래서 난 내 의사와는 상관없이 다시 옷을 갈아입어야만 했다. 그리고 그때마다 레이디들의 냉정한 평가를 들어야만 했다. 몇 번이나 옷을 갈아입었는지 기억도 나지 않았다.

결국 낙찰된 복장은 흰색 비단으로 만든 장교복 비슷한 제복이었다.

"레이디, 그럼 이 옷으로 정하시겠습니까?"

"그렇게 할게요. 그리고 내일 필요한 액세서리를 모두 챙겨오세요. 그때 대금을 지불할게요."

"알겠습니다. 그럼 내일 찾아뵙겠습니다."

공손하게 대답을 한 예비 대머리는 남은 옷을 챙기고는 다시 한 번 공손하게 인사를 하고 그 자리를 떠났다.

혼자 남은 난 뻘쭘하게 서 있어야 했는데, 솔직히 시선을 어디에 두어야 할지 몰라 우물쭈물하고 있을 때 로안나가 내게 설명을 해주었다.

"갑자기 이발도 하고 새 옷도 입고 해서 좀 놀랐지? 사실은

20여 일 후에 있을 사교계 데뷔 때 우리를 파티 장소로 에스코트할 때 어떻게 해야 하는지 연습을 해야 되거든. 마땅한 사람을 구할 수 없어서 알렉스에게 부탁하려고 부른 거야. 그리고 여기 계신 다른 공녀나 영애들께서도 연습 상대를 구하고 계셨지만 사감님이 함부로 사내들을 레이디관으로 부르는 것을 허락할 수 없다고 해서 알렉스 한 사람만 연습 기간 동안에 허락을 받았어. 그래서 모두 알렉스를 직접 보고 싶다고 해서 이렇게 모인 거야.”

로안나의 말에 난 화끈거리는 얼굴을 식히기 위해 재빨리 호흡을 정리했다.

여자들에게 둘러싸이면 행복하다고 하는 사람도 있겠지만 난 영 어색해서 어떻게 행동을 해야 할지 정신을 차리지 못했다. 이건 전생에서도 마찬가지였다.

“여러분의 사교계 데뷔에 제가 도움이 될 수 있다면 기꺼이 하겠습니다. 하지만 제가 사교계 예절에 대해 아는 것이 없어 실수를 저지르지 않을까 염려스럽군요.”

“알렉스, 그건 걱정하지 마. 사감이신 마담 베로나께서 가르쳐 주실 거야. 기사관의 사감이신 제임스 씨도 도와주신다고 했으니까 걱정하지 않아도 될 거야. 오늘 저녁에 가르쳐 주신다고 했으니까 저녁 식사 후에 이곳으로 오면 돼.”

“알겠습니다. 그럼 연습은 언제쯤……?”

“내일부터 연습을 시작할 거야.”

“알겠습니다. 그럼 내일 뵙겠습니다, 아가씨.”

인사를 하고 돌아서는데 갑자기 계집애들의 웃음소리가 터져 나왔다. 그리고는 자기들끼리 낄낄거리며 잡담을 나누고 있었는데, 조금 전에 저 계집애들이 왜 웃은 것인지 그것이 너무나 궁금했다.

나에 대한 이야기였을까?

아니면 다른 일?

으아~ 궁금해 미치겠네.

어쩔 수 없이 숙소로 돌아온 난 다시 옷을 갈아입은 후 식사 시간을 기다렸다.

다시 옷을 갈아입고 레이디관으로 가니 레이디관과 기사관의 사감 두 사람이 날 기다리고 있었다. 다른 이유가 있는 것인지 두 사람은 정말 혹독하게 날 가르쳤다. 난생처음 듣는 예법투성이였다.

마담 베로나는 우아함을 강조했고, 제임스는 절도와 예법을 강조했다. 새벽녘 즈음에는 그 외의 예법들과 춤 몇 가지를 더 배워야만 했다.

짧은 시간에, 그것도 한꺼번에 너무나 많은 내용을 기억해야 했기 때문에 머릿속은 복잡하기 이를 데 없었지만 겨우 예법 수업을 마칠 수 있었다. 그리고 두 사람 모두에게 합격 판정을 받았다.

두 사람이 잠깐 쉬러 간 사이 난 운공으로 체력을 회복하고는 배웠던 것을 하나하나 되새겨 보았다. 그러는 사이 날이 완전히 밝았고, 기다리던 순간이 찾아왔다.

"알렉시스 군이 해줄 일은 간단해요. 마차에서 먼저 내려 공녀를 부축하고, 계단을 올라갈 때는 바로 곁에서, 계단을 올라가서는 시종장이 소개할 때까지 기다리세요. 소개가 끝나면 공녀의 손을 잡고 파티장으로 들어가 중앙을 통과해 상석에 계시는 분께 정중하게 인사를 드린 후 자신의 자리로 공녀를 안내하면 됩니다."

여러 가지 춤까지 배운 마당에 단순히 파티장으로 안내만 하면 된다니⋯⋯.

그래서 마담 베로나를 쳐다봤더니 그녀는 기다렸다는 듯이 미소를 지으며 말을 이었다.

"그런 후 먼저 상석에 계시던 분이 먼저 춤을 춘 후 음악이 이어지면 바로 그때 공녀에게 춤을 신청하고 공녀가 승낙을 하면 춤을 추면 돼요. 여기까지가 알렉시스 군이 해줘야 할 일이에요. 알았나요?"

"알겠습니다. 그럼 언제까지 공녀들의 연습 상대가 되어드려야 합니까?"

"몰랐나요? 나는 로안나 양이 말을 한 줄 알았는데 아직 말을 하지 않은 모양이군요. 알렉시스 군은 공녀들이 사교계에 데뷔하는 전날까지 공녀들의 연습 상대가 되어야 합니다. 이런 방법은 지금까지 사용해 본 적이 없지만 결과가 좋다면 앞으로는 전문적인 조교를 아카데미에 둘까 해요."

"잘 알겠습니다. 그런데 이번 사교계 모임이 열리는 곳은 어느 곳인가요?"

"발트렌트 후작가에서 열려요. 점심시간까지 발트렌트 후작가의 메인 홀과 최대한 비슷하게 만들 거예요. 그리고 그곳에서 연습을 할 테니까 일단은 점심시간까지 쉬도록 해요. 기다리고 있는 공녀들의 수가 모두 스물일곱 명이나 되니 체력 안배를 해야 할 거예요. 공녀들께서 긴장하지 않고 사교계에 데뷔할 수 있는 것이 모두 알렉시스 군의 리드에 달려 있으니 알렉시스 군의 임무는 실로 막중하다고 할 수 있어요. 그 점을 잊지 마세요."

"명심하도록 하겠습니다."

천천히 여러 가지 춤의 스텝을 기억하면서 시간을 보냈다.

다행히도 춤의 스텝들은 생각보다 복잡하지 않았다.

춤의 템포가 빠른 것은 스텝이 아주 단순했고, 템포가 느린 춤은 스텝이 조금 복잡했다.

그렇게 난 영애들을 위해 자그마치 25일 동안 파티장 호위와 춤 상대를 해야만 했다. 특히 시일이 지날수록 파티장 호위보다는 주로 춤 상대가 돼주어야만 했다.

수십 명의 춤 상대가 돼주다 보니 잠시도 쉴 수가 없었다.

몇몇 몸치인 귀족가의 영애들은 자신들이 만족할 때까지 날 붙잡고 놓아주지 않기 일쑤였다. 또 비록 몸치는 아니지만 유연성이 부족해 뻣뻣하기 이를 데 없는 귀족가 영애도 적지 않았다.

뚱뚱하기 이를 데 없는 영애도 몇 있었고, 내게 관심을 보이는 영애의 수도 적지 않았다. 또 로안나만큼 아름다운 영애도 적지 않았다.

물론 그중에서 가장 아름다운 사람은 단연 로안나였다.

객관적인 시각이 아닌 주관적인 시각이긴 하지만 나 나름대로는 충분한 이유가 있었다.

단번에 사람들의 눈길을 사로잡을 정도로 화려하지는 않지만 곁에 있는 것만으로도 마음이 푸근해지는 것이 바로 로안나였다. 화려하지는 않지만 결코 눈을 뗄 수 없게 만드는 매력을 가진 소녀가 바로 로안나였다.

춤 솜씨도 그 정도면 괜찮았고, 드레스도 결코 화려하지 않은 차분한 스타일이라 난 마음에 들었다.

불과 20여 일의 훈련과 연습이었지만 사교계에 데뷔할 귀족가의 공녀들이나 부상(富商)들의 영애들의 춤 실력은 정말 일취월장했다.

처음엔 나 스스로가 제비족이 된 것 같다는 생각을 버리지 못했는데 지금은 그녀들의 아름다운 성장에 일조를 했다는 생각에 뿌듯한 마음이 들었다. 그러다 생각이 로안나를 에스코트할 녀석에게 미치자 갑자기 가슴이 답답해졌다.

하지만 내가 알아본 정보에 의하면 그녀를 에스코트하겠다고 나선 녀석은 없었다.

그럼 대체 누구일까?

시간이 지날수록 불안감 때문에 가슴은 더욱 답답해졌고, 질투심 때문에 태어나 한 번도 거른 적이 없는 운공마저 건너뛸 정도였다.

그러던 중 드디어 로안나의 사교계 데뷔 전날이 되었다.

로안나의 부름에 저녁에 레이디관을 찾아가 보니 로안나가 숲의 벤치에서 날 기다리고 있었다. 그런 그녀 곁에는 작지 않은 상자 하나가 놓여 있었다.

"절 부르셨습니까?"

"알렉스, 여기 앉아봐."

그녀의 말에 난 그녀에게서 조금 떨어진 곳에 앉았다.

"달빛이 참 아름답지?"

"예? 예. 무척이나 아름답군요."

아무리 예상치 못했던 질문이라고 해도 이런 멍청한 대답을 하다니…….

한참 동안 밤하늘을 쳐다보던 로안나가 느닷없이 내 손을 움켜잡았다. 갑작스러운 그녀의 행동에 움찔 놀라긴 했지만 피하지는 않았다.

"참 오랜만이지?"

"예?"

"이렇게 둘이 있어본 적 말이야."

"아, 예."

"케시마론을 캐러 갔을 때를 아마 난 평생을 살아도 영원히 잊지 못할 거야."

"벌써 7년이나 지났군요."

"그때 피를 흘리면서 늑대들을 가로막던 알렉스의 모습은 지금도 기억나."

"로안나 아가씨, 여자를 지키는 것은 남자로서 당연한 일입니다."

"하지만 알렉스는 그때 겨우 여덟 살밖에 안 됐었잖아?"

살짝 울먹이는 듯한 그녀의 말에 난 그녀의 얼굴을 똑바로 쳐다봤다. 아마 내가 그녀를 만난 후 이렇게 노골적으로 그녀의 얼굴을 쳐다본 것은 처음이 아닌가 생각되었다.

눈가를 적시는 눈물을 닦아준 후 난 그녀를 위로해 주었다.

"로안나 아가씨, 비록 상처가 생기긴 했지만 전 늑대와 싸운 것을 결코 후회하지 않습니다. 또 그런 상황이 닥친다면 얼마든지 싸울 겁니다. 그러니까 울지 말아요."

"이건 궁금해서 물어보는 건데… 그때 왜 날 구한 거야? 그날 날 처음 봤잖아."

초롱초롱한 눈빛으로 날 쳐다보는 그녀의 눈망울은 그대로 내 가슴을 파고들 정도로 너무나 아름다웠다.

"로안나 아가씨, 제가 그날 케시마론을 캐러 간 것은 로안나 님이 예쁘게 생겨서도, 또 돈이 많은 부모를 두었기 때문에 간 것도 아닙니다. 오랫동안 병석에 누워 계신 어머님을 위해 한 번도 힘든 일을 해보지 않은 어린 소녀가 고생하는 모습이 안 되어 보여서 함께 간 것뿐입니다. 늑대들을 만난 것은 의외였지만 말입니다."

"내가 예쁘게 생겼다고 했어?"

"물론 예뻤지요. 그렇게 예쁘게 생긴 소녀는 한 번도 본 적이 없을 정도로 말입니다. 하지만 얼굴보다는 마음씨가 훨씬 아름다운 분이란 생각이 들었기 때문에 도왔던 겁니다. 전 언젠가는 변하거나 사라질 미모나 재산보다는 따스하고 아름다운 마음씨를 가진 사람을 훨씬 좋아합니다."

내 말에 로안나의 뺨이 조금 발갛게 변했다.

"알렉스, 내가 이렇게 부른 것은 내일 있을 사교계 데뷔 때 알렉스가 날 에스코트해 주었으면 해서야."

"예? 제가요?"

"그래."

당연한 듯한 로안나의 대답에 난 정말 당황했다. 그래서 하지 말아야 할 멍청한 질문을 했다.

"어째서 절 택하신 겁니까?"

"어째서라니? 그런 말이 어딨어?"

"전 가진 것도 없을뿐더러 평민에 불과하고… 더군다나 얼마 전까지만 해도 저와 우리 가족은 제스로님께 소속된 농노였는데… 왜 그런 저에게 평생에 한 번뿐인 사교계 데뷔 같은 중요한 날을……."

"알렉스, 이건… 남에게는 처음 이야기하는 건데… 그때 있잖아… 새벽에… 알렉스가 늑대를 물리치고 날 깨웠잖아. 그런데 난 알렉스가 늑대 피를 뒤집어쓰고 있는 것을 보고 너무 놀라서 비명을 질렀잖아. 그때는 정말 무서웠거든. 사과할 사이도 없이 늑대를 피해 도망치다가 알렉스의 등에 업혔잖아. 처음엔 이상한 냄새도 나고 피 때문에 축축하게 젖어서 기분이 좋지 않았어. 그런데 알렉스가 집에 도착하자마자 쓰러졌잖아. 그때 처음 봤어, 얼굴의 이 상처."

이마와 뺨의 상처를 쓰다듬는 조심스러운 로안나의 손길을 느꼈지만 피하지는 않았다. 금방이라도 다시 눈물을 쏟을 것 같은 로안나의 모습을 그냥 지켜보기만 했다.

"그렇게 심한 상처를 입고도 날 지켜줬잖아. 그렇게 피를 흘리면서도 날 안전한 곳까지 데려다 줬잖아. 그때부터 알렉스는 내 영웅이었어. 나만의 영웅. 어렸을 때도 그랬고 지금도 그렇고, 또 앞으로도 그럴 거야. 그런 사람에게 에스코트를 부탁하지 않는다면 누구한테 부탁할 수 있겠어? 알렉스, 날 파티장으로 데려가 주겠어?"

날더러 영웅이란다. 자신만의 영웅.

그 말을 듣는 순간 온몸에서 전율이 일었다.

"하겠습니다. 아가씨를 에스코트해 드리겠습니다."

"고마워. 그리고 부탁할 것이 한 가지 더 있어."

"말씀하십시오."

"내일 하루 동안 내 영웅으로 내 곁을 지켜줘."

"무슨 말씀이신지?"

"알렉스가 내 연습 상대가 되어줬을 때처럼 친절하고 부드럽게 날 에스코트해 줬으면 해. 그리고 내일만은 내게 존댓말을 쓰지 않았으면 좋겠어."

"잘될지는 모르지만 열심히 노력해 보겠습니다."

"그리고 이건 내일 입을 옷이야. 내일 6시에 데리러 와줘."

"알겠습니다. 늦지 않도록 하겠습니다."

"그럼 내일 봐."

"늦지 않도록 하겠습니다. 그럼 기억에 남을 내일을 위해 일찍 쉬도록 하십시오."

인사를 하고 숙소로 돌아서면서 솔직히 난 너무나 머릿속이 복잡했다.

그렇게 신경을 썼던 에스코트의 사내가 나라는 것도 놀라웠지만 로안나가 날 영웅이라고 생각하고 있다는 것이 더 놀랄 일이었다.

설마 날 그렇게까지 생각하고 있을 줄은 꿈에도 몰랐다.

방으로 돌아온 난 흥분한 마음을 진정시키고 내일 실수하지 않기 위해서 잠시 생각을 정리했다.

평민이 귀족들의 파티에 참가한다?

로안나가 아닌 나라면 어림도 없는 일이었다.

물론 로안나도 나와 같은 평민의 신분이긴 하지만 그녀의 아버지가 칼린 왕국의 십대상인 가운데 한 명이기 때문에 파티에 참가할 자격은 충분했다.

내일 파티에서 부디 아무런 일도 생기지 않기를 바라며 잠을 청했다.

③

스톤힐에 있는 그리핀 상단의 지점을 아침에 다녀왔다. 그리고 바깥출입을 삼가한 채 운공을 하면서 시간을 보냈다.

샤워는 이미 했고, 머리도 그때의 이발사가 점심때 다녀가면서 세팅이 끝났다.

잠시 심호흡을 한 다음 천천히 옷을 갈아입기 시작했다.

저번에는 흰색 비단옷이더니 이번엔 검은색 벨벳으로 만든 옷이었다. 솔직히 내 개인적인 취향을 말하라면 이번 옷이 더 마음에 들었다.

심플한 디자인이었지만 빛을 받으면 무지갯빛 광택을 뿌리는 것이 꽤나 마음에 들었다. 날개를 활짝 편 채 천공에 떠 있는 그리핀이 오른쪽 가슴에 흰색 비단실로 수놓아져 있었는데 그 역시 마음에 들었다.

왼쪽 어깨에서 오른쪽 허리로 연결된 네 개의 각기 길이가 다른 금색 줄이 유일한 액세서리였지만 그것만으로도 넘칠 정도로 충분했다.

옷을 갖춰 입고 하인관 밖으로 나가보니 그리핀 상단 소속의 화려한 마차가 날 기다리고 있었다.

"오랜만에 보는구나."

"어? 빌리 아저씨, 아저씨가 어떻게 여기에? 수도엔 언제 오신 거예요?"

"주인어른께서 직접 명을 내리셨다. 이번 아가씨의 사교계 데뷔에 너와 아가씨를 도우라고 말이다."

"제스로님이 직접 지시를 하셨다고요?"

"그래. 그냥 일반적인 사교계 데뷔였다면 주인어른이나 주인마님께서도 참석하셨겠지만 이번 사교 모임의 주체가 상인들을 싫어하시는 발트렌트 후작 각하이기 때문에 참석도 못하고 마음만 졸이고 계시단다. 그래도 아가씨를 에스코트하는 사람이 너라는 걸 아시고는 무척 안심하고 계시다는 걸 전해 달라고 하시더구나."

"부모님과 동생들은 모두 잘 있나요?"

"예전에 봤을 때 모두 잘 있었으니 아마 지금도 잘 있을 게다."

"이야기는 나중에 하기로 하죠. 로안나 아가씨께서 지금 기다리고 계실 겁니다."

"아가씨를 기다리게 만들면 안 되지. 어서 타거라."

"그럼 부탁드리겠습니다."

마차에 올라보니 널찍한 실내에는 최고급 재질로 만든 것들로 가득했다.

난방 기구도 보이지 않았는데 실내는 꽤나 훈훈했고, 푹신한 의자나 두터운 커튼도 모두 최고급이었다. 또 벽면에는 간단히 마실 수 있는 물과 과일 주스도 이미 마련되어 있었다.

마차의 속도가 늦어지는 것을 느끼는 순간 마차가 서서히 멈췄다.

마차에서 내리고 보니 레이디관에서 걸어나오는 로안나의 모습이 보였다. 그런 그녀 곁에는 완연히 처녀티가 나는 메리가 로안나의 시중을 들고 있었다.

재빨리 로안나에게 다가간 난 한쪽 무릎을 살짝 꿇으며 그녀에게 머리를 숙였다.

"레이디 로안나, 레이디를 발트렌트 후작가까지 에스코트할 수 있는 영광을 제게 주시겠습니까?"

"오히려 제가 더 영광이에요, 헬링턴 경. 그럼 에스코트를 부탁드릴게요."

깜찍한 계집애.

내가 만약 후일 성(姓)이라는 것을 갖게 된다면 헬링턴이라 정할 거라고 지나가는 말로 한 적이 있었는데, 그걸 기억하고 있었다니…….

사랑받을 가치가 충분한 여자였다.

심플한 디자인의 상아색 드레스를 입고 붉은색 머릿결을 늘어뜨린 로안나의 모습은 지금껏 보았던 모습 가운데 가장 아름다웠다.

가벼운 화장은 그녀의 미모를 더욱 돋보이게 만들었다. 하지만 액세서리를 너무 배제했기 때문인지 허전한 느낌과 함께 아쉬운 마음을 들게 했다. 하지만 그건 내가 준비한 것이 있으니 걱정할 필요가 없었다.

그녀를 부축해 마차에 오르게 한 후 재빨리 마차에 오른 후 외쳤다.

"빌리 아저씨, 출발이오!"

"알았다."

Chapter 9
파티에서 생긴 일

The Duel of Master
마스터 대전

발트렌트 후작가가 위치한 곳이 귀족들이 많이 모여 사는 곳이라 후작가로 향하는 길은 그리 복잡하지 않았다.

느긋하게 후작가로 향하면서 로안나를 쳐다보니 살짝 고개를 숙이고 있었는데, 그야말로 한 폭의 그림, 그 자체였다.

"아가씨."

"무슨 일인가요?"

"작은 선물 하나를 준비했는데… 부족하더라도 받아주시겠습니까?"

말과 함께 작은 나무 상자를 그녀에게 내밀었다.

고개를 갸웃거리며 상자를 받아 든 로안나는 조심스럽게 상자를 열어보다 깜짝 놀란 표정을 지었다.

"어떻게 이것을?"

"아가씨께 잘 어울릴 것 같아 준비했습니다. 하지만 만들어 주신 분은 따로 계십니다."

조심스럽게 상자 안에서 꺼내 든 것은 케시마론 꽃송이였다.

중앙의 큰 꽃송이를 중심으로 크고 작은 열 송이의 꽃을 마치 코르사주처럼 만든 것인데, 보라색의 꽃잎과 황금색 무늬가 상아색 드레스와 절묘한 조화를 이뤘다.

은은하면서도 흔히 볼 수 없는 신비스러운 모습은 몇 해 전 케시마론 군락지의 달빛 아래서 보았던 모습만큼은 아니지만 충분히 아름다웠다.

왼쪽 가슴 위를 장식한 케시마론 코르사주와 엷은 화장을 한 로안나의 모습에 조금씩 가슴이 두근거렸다.

애써 두근거림을 억누르려고 했지만 소용이 없었다.

후작가까지 가는 동안 이 순간이 멈췄으면 하고 간절히 바랐지만 무심한 시간은 하염없이 흘러가 마침내 도착해 버리고 말았다.

"그리핀 상단의 제스로 발레리우스의 따님이신 로안나 발레리우스님이시오."

"그리핀 상단? 마차를 왼쪽에 대시오."

별것 아니라는 듯한 경비병의 말투에 들떴던 기분이 조금 식어버렸다.

마차에서 내리자마자 근처에 있던 기사 정복 플레이트 메일이 아닌 라이트 레더 아머 차림을 한 사내와 마주쳤다.

내 복장을 흘낏 쳐다보던 사내가 먼저 인사를 건넸다. 그것도 허리까지 살짝 숙이면서 말이다.

"어서 오십시오. 전 발트렌트 각하의 검인 델멘토 드 카이오넬이라고 합니다. 어디서 오신 분인지요?"

분명히 마차 위에 그리핀 상단의 문장인 그리핀이 그려진 깃발이 걸려 있건만 알아보지 못한 것인지 내게 물었다.

정문을 통과하면서 느꼈던 불안하고 찜찜했던 기분이 다시 스멀스멀 느껴지기 시작했다.

"그리핀 상단의 제스로 발레리우스님의 따님이신 로안나 발레리우스님이 타고 계십니다."

"그리핀 상단? 아~ 그 그리핀 상단? 그럼 그쪽은?"

"로안나 발레리우스님을 에스코트하기 위해 온 알렉시스라고 합니다."

"알렉시스? 그럼 평민?"

"그렇습니다."

"정문에서 통과시켜 주던가?"

"그렇습니다만……."

"이 자식들이 평민 따위를 정문으로 통과시키다니… 단단히 기합을 줘야겠군."

그 말만 남기고 그 싸가지없는 자식은 그 자리를 떠났다.

기분이 더러웠지만 오늘의 주인공은 내가 아니었기 때문에 참는 수밖에 없었다.

"레이디 로안나, 내리시겠습니까?"

내 말에 망사 장갑을 낀 로안나가 손을 내밀었고, 내가 잡아주자 그녀는 천천히 마차에서 내렸다.

내 곁에서 가볍게 팔짱을 낀 그녀의 모습은 정말 아름다웠는데, 또래보다 큰 키에 늘씬한 체형은 마치 이날만을 위해 준비한 듯 보였다.

그녀와 함께 천천히 파티가 열리는 장소로 다가갔다.

현관 앞에서 손님을 기다리고 있던 시종은 나와 로안나에게서 눈을 떼지 못하고 있다가 초청장을 받고서야 정신을 차렸다. 그리고는 근엄한 자세로 서 있던 시종장에게 초청장을 건넸다.

슬쩍 초청장을 본 시종장은 곧 문 앞으로 우리를 안내했다.

문 앞에서 기다리던 시종들은 시종장의 눈짓에 천천히 문을 열었다. 널찍한 홀에는 이미 많은 사람들로 넘쳐 났고, 잔잔한 음악이 흘러나오고 있었다.

홀로 내려가는 계단 앞에 선 시종장은 곧 굵고 큰 소리로 우리를 소개했다.

"그리핀 상단의 후계자이신 로안나 발레리우스와 그녀를 에스코트해 온 알렉시스가 입장합니다!"

다른 사람들은 어떻게 소개했는지 모르지만 어째 영 성의가 없는 것처럼 들렸다. 하지만 다음 순간 일어난 상황은 나도 미처 예상하지 못했다.

성의없는 시종장의 소개에도 불과하고 파티장 안에 있던 레이디 가운데 일부가 우릴 보고 손짓을 하며 아는 척을 했는데, 그 수가 거의 절반에 가까웠다.

로안나의 걸음에 맞춰 계단을 내려온 우리는 홀의 중앙에 깔린 레드 카펫을 밟으며 상석을 향해 걸음을 옮겼다.

30미터에 가까운 거리를 걸어 상석 아래에 도착을 한 나와 로안나는 상석에 앉아 있는 사람을 향해 공손하게 인사했다.

"그리핀 상단의 로안나 발레리우스가 후작 각하께 인사 올립니다."

"로안나 발레리우스를 에스코트하고 온 알렉시스가 후작 각하께 인사드립니다."

"잘 왔다. 즐거운 시간 보내거라."

발트렌트 후작은 산적 두목처럼 생겼지만 무척이나 섬세한 성격을 가졌다고 알려진 조금은 독특한 인물이었다. 문학이나 철학을 사랑하지만 상인들을 극도로 싫어한다고 알려진 후작은 왕국 내의 어떤 상단과도 거래를 하지 않는 인물로 유명했다.

그럼에도 불구하고 십대상단이 꾸준히 그에게 접근을 하는 것은 그가 대규모 스위트베리 과수원을 가지고 있기 때문이었다. 스위트베리에 대해서는 나중에 또 설명할 기회가 있을 테니 이만 줄이겠다.

어쨌든 후작에게 인사를 한 후 물러난 우리는 비로소 먼저 도착한 레이디들과 함께 인사를 나눌 수 있었다.

레이디들은 나에게, 사내 녀석들은 로안나에게 관심을 보이며 접근했다.

최대한 예의에 어긋나지 않게 대답을 해주면서 근처에 있는 로안나의 상태를 살폈다.

대부분은 그녀의 미모에 반해 멍한 표정으로 있었지만 몇몇은 멸시하는 눈빛으로, 또 몇몇은 음탕한 눈빛으로 그녀를 훑어보고 있었다.

주먹이 불끈 쥐어졌지만 사고를 칠 수는 없는 일이기에 일단은 지켜볼 수밖에 없었다.

몇 가지 질문이 오가다 내 신분이 평민이라는 것을 안 레이디 가운데 몇몇은 즉시 그 자리를 떠났다. 하지만 로안나를 늑대에게서 구한 이야기를 로안나에게서 들은 레이디 몇몇이 사실을 확인하기 위해 질문을 했고, 난 감출 일이 아니기에 당시에 있었던 일을 담담히 대답해 주었다.

몽롱한 시선으로 날 쳐다보는 것을 보니 아마 머릿속에서 멋대로 소설을 쓰고 있는 것이 뻔히 보였다.

가녀린 소녀를 노리는 50마리의 늑대를 여덟 살짜리 소년이 피투성이가 된 채 삽 한 자루로 막아내는 환상 같은 상황을 떠올렸을 테고, 그 가녀린 소녀가 바로 자신이라고 생각했을 것이 뻔했다.

"어쩜 그렇게 용감할 수 있죠?"

"도망가고 싶지는 않았나요?"

"얼굴의 그 상처가 고통스럽지는 않나요?"

"당신은 그야말로 기사의 표본이에요."

"레이디를 지키고 보호하는 것은 비록 기사가 아니더라도 사내로서 당연히 해야 할 일입니다."

내 대답에 그녀들의 얼굴은 더욱 황홀하게 변했다.

"너무 멋진 말이에요."

"멋있어요."

"낭만적이에요."

새끼 새마냥 날 쳐다보며 짹짹거리는 레이디들의 모습에 난 얼굴이 화끈해지는 것을 억지로 참아야만 했다.

한데 방금 레이디의 음성이 너무 컸던지 주위에 있던 사람들이 날 쳐다봤다. 무척이나 곤혹스러운 상황이었지만 어쩔 수 있는 상황이 아니었다.

날 힐끔거리며 쳐다보고는 끼리끼리 쑥덕이는 사람들이 삽시간에 늘어났다. 그 물결은 결국 홀 전체로 퍼졌고, 상석에 있던 발트렌트 후작마저 관심을 보여 시종에게 뭔가를 묻는 모습이 보였다.

후작이 시종에서 뭔가를 지시하자 음악이 갑자기 느린 춤곡으로 바뀌었고, 상석에서 내려온 후작은 가까운 곳에 있는 한 레이디에게 춤을 신청했다.

춤 신청을 받은 레이디는 무릎을 굽혀 인사를 하고는 다소곳하게 후작의 손을 잡았다. 그리고는 홀 중앙으로 향했다.

서로를 응시하던 두 사람은 후작의 리드에 따라 춤을 추기 시작했다.

썩 어울리는 풍경은 아니었지만 집주인이 첫 번째 춤을 추는 것이 관례이기 때문에 지켜볼 수밖에 없었다. 그렇지만 후작의 춤은 너무나 딱딱했다. 게다가 춤을 리드할 때 본인이 여유가 없으니 상대 레이디에 대한 배려가 있을 리 만무했다.

결국 후작의 리드에 제대로 대응하지 못한 레이디는 모냥 빠지게 허둥대다가 춤을 마쳐야 했다.

춤이 끝난 다음 얼굴이 벌겋게 변한 레이디와는 달리 후작의 표정은 시작 전과 다름이 없었다.

관례대로라면 후작은 젊은이들끼리 놀라고 말한 후 파티장에서 퇴장해 주는 것이 관례였다. 그런데 후작은 퇴장하지 않았다.

사실 후작이 퇴장을 하든 말든 파티의 진행과는 아무 상관이 없었지만 그래도 후작이 자리를 차지하고 있으니 신경이 쓰이는 것만큼은 사실이었다.

춤곡은 계속 이어지고 있었고, 레이디들은 하나둘 자신을 에스코트하고 온 청년들과 춤을 추기 시작했다.

로안나에게 다가가 춤을 신청하려던 내게 시종이 다가왔다.

"주인어른께서 뵙자고 하십니다."

"절 말입니까?"

"아닙니다. 두 분 모두 뵙자고 하십니다."

"알겠습니다."

어쩔 수 없이 로안나와 함께 후작에게로 갔다.

"조금 전 먼 친척뻘 되는 아이에게서 아주 재미있는 이야기를 들었다. 여덟 살짜리 꼬마가 50마리의 늑대와 싸워 동갑내기 여자 아이를 구했다는 걸 말이다. 그런데 난 그 이야기를 도저히 믿을 수 없어서 그 이야기의 주인공이라는 너희 두 사람을 불렀다. 그 이야기가 사실이냐?"

"그렇습니다, 후작 각하."

내가 정중히 머리를 숙이며 대답하자 후작은 묘한 시선으로 날 쳐다봤다.

"사실이란 말이지…… 어떻게 그럴 수 있었느냐?"

"예? 무슨 말씀이신지……."

"겨우 여덟 살밖에 안 된 꼬마가 기사들이라 해도 불가능할 일을 해냈다는데 어떻게 믿을 수 있겠느냐?"

"지켜야만 할 소중한 사람이 있다면 누구든 본인이 가진 능력 이상의 힘을 발휘할 수 있을 겁니다."

"지켜야만 할 소중한 사람이 있으면 본인의 능력 이상의 힘을 발휘할 수 있다라…… 아주 좋은 말이야. 시종장! 시종장!"

갑작스러운 후작의 외침에 시종장이 허둥대며 달려왔다.

"부르셨습니까, 주인님?"

"받아 적어라."

"말씀하십시오, 주인님."

"남자란 사랑하는 사람을 보호하기 위해서 때로는 초인적인 힘을 발휘할 때도 있다."

"남자란 사랑하는 사람을……."

품에서 종이와 필기도구를 꺼낸 시종장은 후작의 말을 받아 적기 시작했는데, 그 폼이 무척이나 익숙해 보였다. 그건 그런데 왜 내 말을 받아 적게 한 것인지 이유를 알 수 없었다.

"어때?"

"정말 가슴에 팍팍 꽂히는 주옥같은 말씀이십니다, 주인
님."

"소설에 쓰면 어떨까?"

"딱 주인공의 대삽니다. 이렇게 멋진 대사를 하는 주인공이
라……. 소설의 완성도가 확 올라갈 겁니다."

"자네가 생각해도 그렇지? 정말 멋진 대사야."

"역시 주인님의 문학적 재능은 천부적이십니다. 이 포텐, 주
인님의 주옥같은 글을 읽을 때마다 눈물이 앞을 가려 말을 이
을 수 없을 정도의 감동을 받습니다."

과대망상증 주인과 간신 시종장이 벌이는 썰렁한 촌극에 나
와 로안나는 그대로 얼어버렸다.

"알렉시스라고 했더냐? 내 오늘 널 만나 아주 멋진 명대사
하나를 얻었구나. 포텐, 저 아이에게 우리 집 통행증을 주도록
하거라."

"알겠습니다, 주인님."

"앞으로 자주 찾아오도록 하거라. 참, 이러고 있을 때가 아
니지. 이번 작품은 아주 명작이 될 거야."

후작은 서둘러 그 자리를 떠났고, 그때부터 젊은 청년들과
레이디들의 본격적인 사교 파티가 시작되었다.

절반이 넘는 레이디와 청년들은 이미 사교 파티에 참가해
본 경험이 있었기에 마음에 드는 상대를 찾기 위해 이성들을

살피고 있었다.

한 시간가량 계속된 댄스 시간이 끝나고 나와 로안나는 음료수와 약간의 음식을 먹으며 쉬고 있었다.

그런 우리에게 다가오는 사람들이 있었다.

"이봐, 천한 놈!"

슬쩍 고개를 돌려 보니 3, 4명의 사내 녀석이 몰려와 우릴 쳐다보고 있는데, 분위기가 심상치 않았다.

천천히 일어나 상대를 확인하고 보니 중앙의 덩치 좋은 녀석을 중심으로 화려한 복장을 한 녀석들이었는데, 비대한 체격이나 단련이라고는 전혀 안 되어 보이는 전형적인 귀족가의 도련님들이었다.

실제 농노 시절에도 들어본 적이 없는 말을 평민이 되어서 들으니 기분이 묘했다.

"지금 절 부르신 겁니까?"

"그래, 너."

성질 같아서는 오뚝한 코뼈를 박살 내 코피를 질질 흘리게 만들고 싶었지만 그랬다가는 괜히 엉뚱한 사람들이 피해를 입을 수 있기 때문에 일단은 참아야만 했다.

"무슨 일이십니까?"

기본적인 예절을 지키긴 했지만 굽실거리지는 않았다. 하지만 상대는 그 점이 꽤나 눈에 거슬렸나 보다.

"네가 저 빨강머리계집애를 구하기 위해 늑대와 싸웠단 이야기를 들었다. 왜 그런 거짓말을 했지?"

계집애 운운하는 말에 순간적으로 열이 올랐다.

열을 받긴 했지만 그래도 지금은 무조건 참아야만 할 때라는 것을 잊지는 않았다.

"전 거짓말을 한 적이 없습니다. 그보다… 실례가 안 된다면 말씀하시는 분의 이름을 알고 싶습니다."

"나? 달튼 자작가의 첫째 아들인 모리스라고 한다."

물론 이건 나중에 알게 된 거지만 이 자식과 떨거지 넷을 합쳐 '이글 파이브'라고 부르는 파락호들이었는데, 하는 짓이라곤 파티를 찾아다니며 귀족가의 레이디들과 문란한 생활을 즐기는 것으로 이들에 대한 소문을 수도에서 모르는 사람들이 없을 정도였다.

그들에게 몸을 버린 평민 처녀들이 하나둘이 아니었고, 그중에는 스스로 목숨을 끊은 여자도 있었다.

그럼에도 불구하고 그들의 죄가 세상에 드러나지 않은 것은 귀족이라는 배경과 어느 정도의 보상금으로 강제로 무마시켰기 때문이다.

물론 이런 이글 파이브란 녀석들이 집안에서 제대로 대우를 받을 리 만무했다. 그러나 비록 집안에서 천덕꾸러기 취급을 받는 처지였지만 그래도 자식인 이상 모른 척할 수 없는 일이라 강제적인 방법까지 동원해 녀석들이 저지른 사건들을 무마시켜 왔던 것이다.

사건들을 무마시킨 것을 자신을 아끼는 가족들의 사랑이라고 받아들인 녀석들은 그 후에도 정신을 차리지 못하고 그런 짓거리를 계속하고 다녔다.

그러다 오늘 파티 소식을 듣고 연줄을 동원해 참석했는데 사람들의 관심이 나에게만 쏠린 것이 엄청 기분이 나빴었나 보다. 그런 상황에서 황당하기—물론 녀석들에게 말이다—이를 데 없는 싸움 이야기를 들었으니 보나마나 시비를 걸러 온 것이 분명했다.

"거짓말을 한 적이 없다? 그럼 네가 정말 늑대 50마리와 싸웠단 말이냐? 그것도 고작 여덟 살짜리가? 이 자식이 감히 누구에게 사기를 치려고 그따위 헛소리를 늘어놓는 거지? 내가 그렇게 우스워 보이나?"

"모리스님은 직접 본인의 눈에 보이지 않는 것은 믿지 못하는 분이신가 보군요."

내 말을 들은 모리스는 그 말이 마음에 드는지 크게 고개를 끄덕였다.

"당연하지. 직접 내 눈으로 보고도 믿지 못할 일이 얼마나 많은데 남의 말을 무조건 믿다니. 그거야말로 정말 멍청하기 이를 데 없는 짓이지. 따라서 난 네 말을 도저히 믿을 수 없다."

"그럼 제가 공기를 뭉칠 수 있는 능력이 있다고 하더라도 믿지 못하시겠군요."

"공기를 뭉쳐? 말도 안 되는 헛소리. 공기를 뭉칠 수 있다니… 그건 설사 드래곤이라고 해도 불가능한 일인데 그런 일을 평민에 불과한 네깟 녀석이 할 수 있다는 말을 믿으란 말이냐?"

"제 능력을 믿지 못하시겠다니 어쩔 수 없군요. 믿음이라는 건 강요한다고 생기는 것이 아니니까요."

대답을 하면서 주위를 확인하니 꽤나 많은 청년들과 레이디들이 모여 나와 모리스란 녀석의 대화를 듣고 있었다.

반응들을 보아하니 대부분 내 말을 믿을 수 없다는 표정을 짓고 있었다.

하긴 공기를 뭉칠 수 있다는데 누가 그 말을 믿겠는가?

"감히 지금 날 놀리는 거냐?"

"그럴 리가 있겠습니까?"

담담히 대꾸하는 나와는 달리 모리스란 녀석은 얼굴이 벌겋게 달아오른 것이 꽤나 열을 받은 것 같았다.

녀석이 열을 받든 말든 내가 신경 쓸 필요가 있을까? 다만 녀석의 분노가 나에게 국한되기만을 바랐다.

"지금 검만 있었다면 네 녀석을 당장 서너 토막으로 잘라 버렸을 것이다."

멍청한 자식.

만약 그랬다가는 당장 네 녀석의 머리통을 수박 깨듯 박살을 내버렸을 거다. 정당방위라는 이유로 말이다. 물론 귀족들이 정당방위를 인정할 리 없다는 것은 모르는 것은 아니지만 날 위협하는 놈들을 그냥 놔두고 볼 정도로 난 선량한 성격의 소유자가 절대 아니었다.

최대한 부드러운 표정을 지으며 고개를 숙였다.

"제 이야기가 모리스님을 불쾌하게 만든 것 같군요. 그 점에 대해 사과를 드리겠습니다. 부디 기분을 푸시길 빕니다."

내 태도에 녀석은 더욱 열을 받은 것 같았지만 정중한 내 태도에 더 이상은 흠을 잡지 못하고 씩씩거렸다. 시비를 걸지 못해 안달하던 녀석은 갑자기 로안나를 노려봤다.

"너는 왜 나를 보고도 인사를 하지 않는 것이냐?"

"지금 저에게 말씀하신 겁니까?"

"그래, 너, 빨강머리."

"말씀이 너무 무례하시군요, 모리스님."

"지금 내 말이 심하다고 그랬냐? 감히 너 같은 평민 계집이 건방지게 내게 말대꾸를 하는 것이냐?"

"저는 모리스님께 이런 모욕을 당할 이유가 없습니다."

"모욕? 모욕을 당한 사람이 누군데! 평민 따위가 감히 귀족을 보고도 인사를 하지 않았는데 누가 모욕을 당했다는 것이냐?"

"제가 평민인 것은 맞습니다만 귀족은 누구십니까?"

"뭐라고?"

"다시 말씀드리겠습니다. 모리스님이 달튼 자작가의 이공자이신 것은 알겠지만 현재 작위를 받은 귀족은 아니지 않습니까? 게다가 오늘 이 자리는 사교계에 레이디들이 데뷔하는 날입니다. 왕립 아카데미의 졸업생 자격으로 참석한 저에게 이름 대신 빨강머리라고도 부르셨고, 계집애라고도 부르셨습니다. 과연 모욕을 당한 사람은 누구일까요? 아직도 모리스님이 모욕을 받았다고 생각하시나요?"

"이 처, 천한 계집이 감히 누구에게 설교를……"

시뻘겋게 달아오른 모리스가 한 걸음 앞으로 다가왔지만 로안나는 그 자리에 서서 꼼짝도 하지 않았다. 그냥 두었다간 손찌검이라도 당할 것 같아 슬쩍 그녀의 곁으로 다가갔다. 그러면서도 로안나의 당당한 태도에 감탄하지 않을 수 없었다.

"노블리스 오블리제란 말을 아시나요? 모든 귀족은 귀족으로서 누리는 권리에 따른 도덕적인 의무도 다해야 하는 것으로 알고 있어요. 샤칸 황제 폐하의 명에 의해 모든 귀족은 자신이 다스리고 있는 영지민들을 보호해야 할 의무는 물론, 레이디를 비롯한 노약자를 보호할 의무 또한 있지 않나요? 그런데 보호받아야 할 레이디에게 강제로 의무만을 강요하시는 것은 노블리스 오블리제에 어울리지 않다고 생각하지는 않나요? 모리스님은 어떻게 생각하시나요?"

"으드득, 괘씸한…… 어디 두고 보자."

이를 부드득 간 모리스는 나머지 떨거지들과 함께 그 자리를 떠났다. 그렇다고 파티장을 떠난 것은 아니지만. 내 쪽을 계속 노려보고 있었다.

로안나의 대답에 얼굴색이 변한 사내들도 적지 않았다.

권리를 누리는 것은 좋아하지만 의무를 좋아할 귀족은 아마 거의 없을 것이다. 그런 귀족들의 실태를 사정없이 꼬집어댔으니 기분이 좋을 리 만무했다.

부드럽게 생긴 외모와는 달리 사정없이 몰아치는 로안나의 말은 내가 귀족이라도 뜨끔했을 정도로 신랄했다.

　사람들이 조금 흩어진 후 난 로안나에게 사과했다.

　이유가 어찌 되어든 내가 녀석을 자극해서 생긴 일이라고 판단했기 때문이다.

　"레이디 로안나, 죄송합니다. 제가 괜히 모리스란 놈을 자극해서 레이디를 곤란하게 만들었습니다."

　"아니에요, 알렉시스님. 오히려 제가 더 미안해요. 알렉시스님과 사교 파티의 예행연습을 할 때 레이디들이 알렉시스에 대해서 무척이나 궁금해했어요. 특히 얼굴에 있는 그 상처에 대해서요. 그래서 예전의 일을 레이디들에게 이야기를 해줬어요. 과장한 것도 없고 숨김도 없이 있는 그대로 말을 해주었는데, 아마 남들은 제가 과장해서 말했다고 생각하나 봐요. 제가 오히려 생명의 은인인 알렉시스님을 곤란하게 만들었어요. 정말 죄송해요."

　"아닙니다. 레이디 로안나께서는 정말 옳은 말만 하신 겁니다. 만약 녀석이 허튼짓을 했다가는 그 자리에서 박살을 내버렸을 겁니다. 제 말을 믿으시겠습니까?"

　"물론이에요. 7년 전 밤 저의 생명을 구해주셨을 때부터 전 당신을 신뢰하고 있답니다. 그리고 사랑 또한 느끼고 있었다는 걸 말씀드리고 싶었어요."

　끝말은 들리지도 않을 정도로 작았지만 내가 듣지 못했을 리 만무했다.

　갑자기 심장이 미친 듯이 뛰더니 얼굴이 화끈거리기 시작했고, 순간적으로 정신이 멍해져 아무 생각도 들지 않았다.

내가 정신을 차린 것은 조금 시간이 지난 다음이다. 그런데 쪽팔리게 목소리가 저절로 떨리는 것이었다.

"지, 지금 저, 절 사랑한다고 하셨습니까?"

확실히 이런 상황에서는 여자가 남자보다 용감한 모양이다.

"네, 그래요. 분명히 그렇게 말했어요. 7년 전 그날 밤부터 지금까지 당신을 생각하지 않은 적이 한순간도 없어요."

내 눈을 똑바로 쳐다보며 똑 부러지는 음성으로 대답하는 로안나의 모습에 난 다시 한 번 심장이 뛰는 것을 느꼈지만 이 상하게도 정신은 얼음물 속에 잠긴 것처럼 냉정해졌다.

"저는 얼마 전까지만 하더라도 로안나 아가씨 집에 소속된 노예였습니다. 그런데도 절 사랑하신단 말씀이십니까?"

"그게 문제가 되나요? 처음 본 나에게 당신은 친절을 베풀어줬어요. 그리고 말도 안 되는 요구를 했지만 당신은 기꺼이 들어주었어요. 또 위험에서 제 생명을 구해주기도 했고, 어머니의 병도 낫게 해주셨지요. 그 후에도 당신은 제게 무수히 많은 도움을 주었어요. 한없이 내게 베풀기만 한 그런 당신을 어떻게 사랑하지 않을 수 있나요?"

"그것은 가문에 소속된 노예로서 당연히 해야만 할 도리를 했을 뿐입니다."

"전 그런 말을 듣고 싶은 게 아니랍니다. 당신은 절 어떻게 생각하시나요?"

"로안나 아가씨……."

버릇이란 역시 무서웠다.

몇 년 동안 아가씨라고 불렀더니 이제는 저절로 아가씨란 소리가 튀어나왔다.

"대답하세요, 알렉시스님. 제발 대답해 줘요. 당신의 대답을 듣고 싶어요. 당신에게 난 어떤 사람인가요?"

로안나의 말에 마치 얼굴에 휘발유를 뿌리고 불이라도 붙인 양 얼굴이 화끈거렸다. 또 머리도 지끈거려 아무런 생각도 할 수 없었다.

열다섯 살짜리에게 고백을 받고 어쩔 줄 몰라 하는 내 자신이 너무도 한심스러웠지만 도저히 정신을 차리기 힘들었다. 하지만 그녀의 질문에 서둘러 대답해야만 했다.

"사… 사랑합니다. 처음 당신을 본 후 언제부턴가 나도 모르게 당신을 사랑하고 있었습니다. 그래서는 안 된다고 생각하면서도 전 항상 당신을 보고 있었습니다. 조금 전 당신은 내게 많은 도움을 받았다고 하지만 전 제가 당신을 위해 한 행동이 당신에게 작은 도움이라도 되었다는 것이 기쁘고 또 보람을 느꼈습니다. 그런데 그런 당신을 어떻게 사랑하지 않을 수 있겠습니까?"

내 입에서 흘러나왔다고는 믿을 수 없을 정도로 유치찬란한 말들이 줄줄이 흘러나왔다.

생각지도 못한 말이었을까?

글썽글썽했던 눈물이 기어코 그녀의 뺨을 적시고 말았다. 하지만 그녀의 입가에 걸린 환한 미소가 날 안심시켰다.

"그랬군요. 당신도 날 사랑하고 있었군요."

눈물을 흘리던 로안나는 느닷없이 내 품으로 파고들었고, 난 그런 그녀의 등을 두드려 줄 수밖에 없었다.

잠시 후 진정이 되었는지 고개를 들며 환하게 웃음 짓는 그녀의 모습은 지금까지 내가 보아왔던 모습 중에서 가장 아름다웠다.

"기뻐요. 당신이 날 그렇게까지 생각하고 있었다는 것을 알게 되어서요. 하지만 더 기쁜 것은 나 혼자만의 사랑이 아니라는 것을 알게 되었기 때문이에요."

난 그녀 앞에서 한쪽 무릎을 꿇고 그녀에게 손을 내밀었다.

"레이디 로안나, 저와 춤을 추시겠습니까?"

"물론이에요, 알렉시스님."

로안나가 내 손 위에 가볍게 손을 얹었고, 난 그녀를 홀 중앙으로 인도했다.

악단의 반주에 맞춰 천천히 스텝을 밟았다.

조금 전에도 그녀와 춤을 췄지만 그때와는 느낌이 전혀 달랐다.

행복했다.

지금까지 수백 번도 넘게 레이디들과 춤을 췄지만 지금처럼 이렇게 행복한 기분을 느낀 적은 한 번도 없었다.

로안나는 내 사람이어야 했고, 또 나만의 사람이어야 했다.

그녀를 소유하고 싶었다. 그녀의 의사와는 상관없이 무조건 내 사람으로 만들고 싶었다.

왜 갑자기 이런 생각이 들었는지는 모르지만 지금은 아무래도 상관없었다. 그녀의 곁에 서 있을 남자는 나뿐이어야 한다는 생각뿐이었다. 그걸 방해하는 놈은 상대가 누구든 용서하지 않을 생각이다.

춤이 끝나고 우리의 좌석으로 돌아온 난 앉으려는 그녀를 놓아주지 않았다. 의아한 표정을 짓는 그녀를 슬쩍 끌어당겨 허리를 안고는 살짝 입맞춤을 했다.

깜짝 놀라는 그녀의 표정이 얼마나 사랑스럽던지…….

그녀의 표정을 보며 만족해 뒤로 물러서려는 순간 느닷없이 그녀가 내 목에 팔을 감고는 진하디진한 딥키스를 해왔다.

영혼이 달아날 정도의 충격이었다.

깜짝 놀라긴 했지만 로안나를 밀쳐 내지는 않았다. 오히려 그녀를 안은 손에 힘을 주어 그녀를 내 품으로 끌어당겼다.

짝짝짝~

짝짝짝~

휘이익~

갑자기 들려온 박수 소리와 휘파람 소리에 놀라 떨어져 주위를 살펴보니 수많은 레이디와 청년들이 우리 주위에 몰려들어 열렬한 박수를 보내고 있었다.

"너무 로맨틱해요."

"부러워요."

"커플 탄생인가?"

얼굴이 발그레해진 로안나는 조금 전 용감하던 모습은 어디로 갔는지 고개를 푹 숙인 채 들 생각을 하지 못하고 있었다.

그런 상태는 나도 마찬가지였다.

쑥스럽고, 창피하고, 부끄럽고, 무안하고……

한마디로 '아~ 쪽팔려' 였다.

그렇게 나와 로안나는 짓궂은 레이디들과 청년들의 계속된 장난 속에서 얼굴을 들지 못했다.

춤도 추고, 음식도 먹고, 대화를 나누기도 하면서 시간을 보내다 자정쯤에 파티가 끝나자 레이디들과 청년들은 각자 자신들의 목적지를 향해 흩어졌다.

집으로 돌아간 커플들도 있었지만 일부는 자신들만의 향락을 위해 다른 장소로 이동한 커플도 적지 않았다.

난 로안나와 함께 다시 아카데미로 향했다.

얼마나 갔을까?

유난히 어두운 곳에 다다랐을 때 우리 마차 앞을 가로막는 자들이 있었다.

"누, 누구냐?"

"마차에 타고 있는 천한 놈들은 당장 마차에서 내려라!"

슬쩍 내력을 끌어올려 천리지청술을 펼쳐 보니 20명 정도가 마차 앞과 뒤를 포위하고 있었다.

"레이디 로안나, 제가 알아서 처리하겠습니다. 그러니 마차 안에 계십시오."

"아니에요. 전 알렉시스가 어떻게 적을 물리치는지 그 모습을 곁에서 지켜보고 싶어요."

조금 놀라 그녀를 바라보니 로안나는 설사 내가 허락을 하지 않는다고 하더라도 마차에서 내리겠다는 표정으로 날 쳐다보고 있었다.

결국 그녀와 함께 마차에서 내리자 우리 앞으로 나서는 녀석들이 있었는데, 역시나 예상했던 대로 '이글 파이브' 녀석들이었다. 게다가 녀석들 뒤에서는 한 덩치 하는 녀석들 몇 명이 병풍처럼 서 있었다.

테러를 가하겠다는 의도가 분명해 보였는데 그렇다고 녀석들이 원하는 대로 순순히 당해줄 수는 없는 일이었다.

"무슨 일이십니까, 모리스님?"

"감히 파티장에서 날 모욕하고도 무사히 집으로 돌아갈 수 있으리라 생각했더냐?"

"제가 모리스님을 모욕했다니… 전 영문을 모르겠군요."

"영문을 몰라? 네놈이 아직도 날 모욕하겠다는 거냐?"

모욕이라고?

머저리 같은 자식, 모욕이란 단어의 뜻이 뭔지나 알고 지껄이는 건지 모르겠다.

"그런데 저희 마차는 왜 세우신 건지요? 아까 분명히 사과를 드렸는데 말입니다."

"사과? 네깟 놈이 저지른 죄가 미안하다는 말 한마디로 없던 일이 될 정도로 가벼운 죄인 줄 알았더냐?"

"그럼 어떻게 해야 용서를 하시겠습니까?"

"용서? 네 녀석이 용서를 받을 수 있다고 생각했단 말이냐? 오늘 넌 차라리 죽는 것이 편할 정도로 얻어터져야 할 것이고,

저 빨강머리계집은 오늘 밤 우리 모두의 시중을 들게 한 다음 창녀촌에다 팔아 수많은 사내놈들의 정액받이로 만들어 버릴 것이다."

"지금하신 말씀, 진심이십니까?"

"당연히 진심이다. 뭣들 하는 거냐? 당장 저 자식의 온몸의 뼈를 박살 내버려라. 대신 계집은 다치지 않도록 조심해서 별장에 데려다 두거라. 지긋지긋할 정도로 괴롭혀 주마."

모리스의 말에 병풍처럼 서 있던 덩치들이 우리를 향해 포위망을 좁혀왔다.

"로안나 아가씨, 잠시만 그대로 서 계십시오."

"알렉시스님, 그냥 이름을 불러주세요. 알렉시스님에게만은 아가씨라고 불리고 싶지 않아요."

"알겠습니다, 로안나님."

분뢰권의 여러 가지 묘리 중 회(廻)의 묘리를 이용해 바닥을 향해 권력(拳力)을 내뻗었다.

펑!

『마스터대전』 제1권 끝

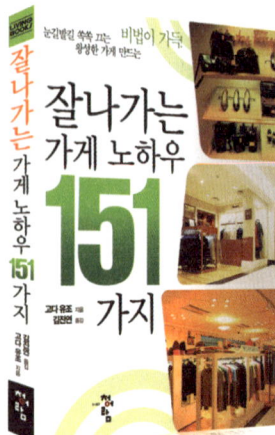

입소문을 통해 아는 분은 다 알고 계십니다!
올 한해 공인중개사 최고의 화제작!

1~2권 합본 | 이용훈 지음
3~4권 합본 | 이용훈 지음
5~6권 합본 | 이용훈 지음
용어해설 | 이용훈 지음

수험생 기본 필독서
만화 공인중개사

제목 : 만화공인중개사 쓰신 분에게 감사드립니다.

학원을 두 달 다녔어요. 근데 과연 그 숫자 외우기 그런 게 몇 문제나 나올까 생각을 했어요.
아니라는 생각이 드네요. 학원강의를 뒤로하고 서점을 갔어요. 내 머리에 가장 이해될 수 있는
책이 없나 하구요. 거기서 만화를 발견했어요. 무조건 세 번 봤어요. 3개월 걸렸어요. 문제집을 보라고
했는데 그건 시행을 못했어요. 근데 합격을 했네요.
어떻게 감사의 말을 해야 될지…….
도서관에서 만화책 들고 다니니까 사람들이 비웃더라구요. 만화책으로 공인중개사를 공부한다고
미친 사람처럼 보더라구요. 근데 그거 다 감수하고 했던 내가 자랑스럽습니다.
어떻게 감사의 말을 해야 할지… 정말 감사합니다.
부디 행복하세요. 제 나이 41살에 좋은 스승을 만난 것 같습니다.
엎드려 감사드립니다.

-본사 홈페이지에 독자분이 올린 메일 中에서 발췌-